给孩子的古文

修订版

商伟 编注

中信出版集团|北京

图书在版编目（CIP）数据

给孩子的古文/商伟编注. -- 北京：中信出版社，
2019.4（2025.10重印）
ISBN 978-7-5217-0105-0

Ⅰ.①给… Ⅱ.①商… Ⅲ.①古典散文－散文集－中国 Ⅳ.①I262

中国版本图书馆CIP数据核字（2019）第031518号

给孩子的古文

编　注：商伟
出版发行：中信出版集团股份有限公司
　　　　　（北京市朝阳区东三环北路27号嘉铭中心　邮编　100020）
承 印 者：北京联兴盛业印刷股份有限公司

开　本：889mm×1194mm　1/32　　印　张：13.75　　字　数：200千字
版　次：2019年4月第1版　　　　　印　次：2025年10月第12次印刷
书　号：ISBN 978-7-5217-0105-0
定　价：58.00元

图书策划： 活字文化

版权所有·侵权必究
如有印刷、装订问题，本公司负责调换。
服务热线：400-600-8099
投稿邮箱：author@citicpub.com

给孩子的古文

修订版

目　录

序		1
《老子》	上善若水	1
《论语》	吾十有五而志于学	4
	子在川上曰	6
《列子》	杞人忧天	9
	海上之人有好沤鸟者	12
	燕人生于燕	14
	偃师献技	16
	疑邻窃斧	22
	昔齐人有欲金者	24
《战国策》	画蛇添足	26
	南辕北辙	28
	鹬蚌相争	31
《孟子》	人皆有不忍人之心	33
	君子所以异于人者	36
	齐人有一妻一妾	39
《庄子》	逍遥游（节选）	42
	秋水（节选）	48
	埳井之蛙	48

	庄子钓于濮水	55
	惠子相梁	57
	鱼之乐	59
《礼记》	苛政猛于虎	62
司马迁	赵括谈兵	65
	圯上受书	70
	韩信拜将	74
诸葛亮	诫子书	80
邯郸淳	《笑林》三则	82
曹丕	与吴质书	88
王羲之	兰亭集序	96
陶渊明	五柳先生传	101
刘义庆	《世说新语》十则	105
陶弘景	答谢中书书	117
吴均	与宋元思书（节录）	120
房玄龄 等	陶侃母	125
谢赫	《古画品录》序	128
王维	山中与裴秀才迪书	131
李白	春夜宴从弟桃花园序	135
韩愈	师说	139
	送董邵南序	145
	祭十二郎文	149
	柳子厚墓志铭	158
柳宗元	蝜蝂传	167

	游黄溪记	170
	小石潭记	175
王禹偁	待漏院记	179
范仲淹	岳阳楼记	186
欧阳修	五代史伶官传序	192
	秋声赋	196
王安石	游褒禅山记	202
苏轼	留侯论	208
	石钟山记	216
	答谢民师书（节选）	221
	记承天寺夜游	226
孟元老	东京梦华录序	229
宋濂	送东阳马生序	235
归有光	项脊轩志	242
李贽	童心说	250
文震亨	长物志·位置（节选）	259
袁宏道	满井游记	263
袁中道	《西山十记》之记一	269
	寄四五弟	273
	寄八舅	275
刘侗、于奕正		
	宜园	277
	钓鱼台	281
	水尽头	285

魏学洢	核舟记	290
锺惺	与陈眉公	296
董其昌	跋米芾《蜀素帖》（之二）	299
张岱	金山夜戏	303
	湖心亭看雪	306
	西湖七月半	310
夏完淳	狱中上母书	316
金圣叹	释孟子四章（第一章）	322
	《景阳冈武松打虎》评点（节选）	329
	快事（节选）	338
黄宗羲	天一阁藏书记	343
李渔	取景在借	356
	厅壁	363
郑燮	范县署中寄舍弟墨第二书	368
	书后又一纸	373
姚鼐	登泰山记	376
龚自珍	病梅馆记	384
吴敏树	说钓	388
曾国藩	养晦堂记	394
魏源	海国图志原序（节选）	400
梁启超	少年中国说	407

后记　　421

序

活字文化约我编一本《给孩子的古文》，我欣然接受了。这不是一件轻松的事情，做得好就更难，但我还是一口答应了下来。

我们常说，中国自古以来就是一个诗歌大国。这固然不错，可是别忘了，中国也历来是一个散文大国。

我们这里所说的古文，是一个宽泛的概念，指新文化运动之前众多的散文体裁，包括半诗化的骈文。从历史上来看，散文与诗词相辅相成，共同创造了中国古典文学的辉煌成就。而诗词使用的文字又正是从文言文中提炼出来的，不懂古文，对诗词也只能是一知半解。就语文学习来说，古文是起点，舍此别无他途。

同古典诗歌相比，古文覆盖的内容更广泛，小自身边琐事，日常交往，大到历史兴衰，天下存亡，没有它不涉及的话题，也没有它处理不了的题材。从古文作品中，我们可以读到美德与修养，友谊和情义，也可以读到对自然的观赏，艺术与审美的趣味，以及生活的经验和历史的智慧。一部好的古文选，就是一部中华传统文化的读本。读一本好的古文选本，也就是经历一次古典文化的精神洗礼。

落实到《给孩子的古文》，首先有一个选目问题：选取哪些作品，标准是什么？

首先，我们收入了一些经典性的古文。这些作品不仅经历过时间的考验，也往往成为衡量其他同类文章的标准典范。由此入手，可以举一反三，触类旁通，事半功倍。

其次，我希望在这个选本中展现古文活泼的生命力，及其多样性和丰富性。为此我也选入了一些不大常见的作品，包括个别节选的篇目，如金圣叹的《快事》，就是从他的《读第六才子书〈西厢记〉法》中节选出来的。作者无意于独立成篇，题目也是由编者拟订的，但又自成段落，而且活泼灵动，兴味盎然。我们今天读这样的古文，不仅不觉得困难，甚至没有丝毫的过时感和违和感。千百年之下，它们仍然能唤起心灵的共鸣，给予智性的启迪。这正是我希望这本书带给我们读者的感受。

古文的多姿多彩体现在主题、风格和文体等方面。在选择篇目时，我尤其希望读者能对古文的重要文体获得一个大致了解。因此，收入的文章包括从经部、史部和子部书籍中节选的片段，也包括了书信、记、传、志、赋、序、论、说、祭文、游记、画论、题跋、墓志铭，乃至儒家经典的注释和戏曲小说的评点等等。掌握这些文体的基本特征，是进入古文世界的一条重要门径。

在编排的体例上，全书大致按时代排序，但同时兼顾难易长短的先后顺序，通常是先短后长，先易后难。尤其是刚开始的部分，有意节选了一些篇幅短小的寓言、笑话。

这样读起来，可以由浅入深，循序渐进。

我对每一篇古文都做了导读和注释。注释以句子的串讲为主，对难懂的字词也提供注音和释义，读者无须查阅字典，便可以得其大意。导读部分是这本书的重点，但愿能做得有一些特色。我在导读部分不求面面俱到，也没有遵循一个固定的格式，而是每一篇各有侧重，就文章的某些精彩之处，做启发性的提示和发挥。我希望这些导读既能展现古文写作的千姿百态，也可以启示阅读古文的不同方式。

了解一篇古文的特色，最好的办法是参照比较。因此，我在选择篇目和撰写导读时，做了一个新的尝试，那就是在所选的篇章之间，去做一些前后串联或相互对照。这样一来，这些作品就不再是互不相关、孤零零的单篇文章了，而是彼此之间产生了许多关联。这些关联多种多样，有的涉及主题和题材，有的涉及篇章结构、修辞风格、文体属性和其他特征。例如，我选了不少与水有关的内容，从《老子》的"上善若水"、《论语》的"逝者如斯夫，不舍昼夜"，到《庄子》的《秋水》，一直到吴均的《与宋元思书》、柳宗元的《小石潭记》、苏轼的《答谢民师书》、袁中道的《西山十记》、刘侗和于奕正的《水尽头》等等。这些文字或写水景，或以水为譬喻，谈诗论文，或从中引申关于宇宙人生的哲理，但都来自对自然现象的直观感受。吴均写富春江："水皆缥碧，千丈见底。游鱼细石，直视无碍。"

柳宗元写小石潭,"全石以为底",水中之鱼仿佛是在透明的空气中游动:"潭中鱼可百许头,皆若空游无所依。"于是有了接下来这一段晶莹剔透的文字:

> 日光下澈,影布石上,怡然不动,俶尔远逝。往来翕忽,似与游者相乐。

后来明代的袁中道这样描写北京西直门外的溪流:"流水澄澈,洞见沙石",又见"小鱼尾游,翕忽跳达"。他用"翕忽跳达"来描写游鱼的敏捷活泼,直接呼应了柳宗元的《小石潭记》,我在导读和注释中都做了说明。可以说,水在这本书的字里行间流动闪烁,时隐时现,形成了一个前后贯连的系列。从这些篇章和片段中,我们读到了灵动鲜活的文字,也读到了鸢飞鱼跃的机趣和心灵状态。其中蕴含了令人耳目一新的感受,还有那些启迪心智的快乐。单独来读,这些片段和单篇的文字不过灵光乍现,稍纵即逝,但连起来看,就可以相映生辉,最终汇成一道绵延不绝、流光溢彩的河流。

我的初衷正是通过前后勾连参照,来达到融会贯通的效果,而全书读起来,也有了内部的连续性和整体感。无论是依照顺序通读还是挑着读,读者都能够从导读中发现一些线索,把读到的文章串连起来;读过了前面的文章,也可以帮助理解后面的文章,并引出一些相关的话题来讨论。在我看来,编选本应该做乘法,而不是做加法:由于彼此呼应和反复比照,这些文章形成了多层次的交织,彰显了它们之间的关联与异同,因此从各个方面对读者产生启发。加法做起来简单容易,但乘法的效果是加倍的,是二乘三等于六,而不是二加三等于五。

与古文直接相关的是书文化,因为"书"正是古文的载体和媒介,从早期的铭文和竹简,到后来的抄本和印本,形成了悠久的文化传统。在今天这个多媒体的电子读本时代,许多与此相关的知识和经验都逐渐消失了,如何保存关于书的历史记忆就变得更为迫切、更为重要了。在《给孩子的古文》中,我们特意配上了一些书影,相信读者能够对古代的书籍获得一个亲切的感受:古人阅读的书籍是什么样子的?版式如何?重要的是,古人读书,不只读作品本身,还连同注释和评点一块儿读。那么,注释和评点是怎么教我们读书的呢?它们采用了什么格式,又出现在每一页的哪些位置上?此外,我们在《给孩子的古文》中也读到了书画的题跋,它们本身就是书画作品的一部分。从本书提供的古籍书画的图例中,我们多少可以窥见古人是如何阅读的。

这个选本的标题是《给孩子的古文》,但又不只是为孩子们编的,大人也可以读,或者说更应该读。尤其欢迎家长和孩子一起读,每天或每周花上一点时间,分享阅读的喜悦和交谈的快乐。就父母来说，还有什么比这更值得珍贵的经验呢？而孩子养成终生读书的习惯，也正是这样开始的。请相信我好了，在灯下与父母一起读书交谈，会是他们一生中最温馨的记忆。

古文需要反复阅读，不可能一遍就读懂了，更做不到完全领会。对于我们每一个人来说，提高文学阅读的能力和修养，都是一辈子的事情，不可能立竿见影，当即生效。然而，千里之行，始于足下。我的愿望是编撰一册古文读本，让它陪伴着年轻的朋友们成长。

但愿孩子们长大了还记得这些读过的古文，还想回过头来重读，就好像回到自己熟悉的家园。我们每个人都应该有这样一个文化的家园，它是富饶的人生宝藏。不论我们走到哪里，身在何处，都可以经常回顾，不仅看到自己成长的足迹，也从中获得精神的安顿，并汲取智慧和力量。这些精彩的古文作品，寓意十分丰富，因此能够让人百读不厌、常读常新，陪伴我们一生。我相信，每一次阅读，都会让我们感到宾至如归，同时也带给我们发现的惊喜和意外的收获。就让我们一起来加入古文之旅，共享阅读的乐趣吧！

商伟
2018年7月29日初稿
2019年11月29日修订

《老子》

上善若水

本篇选自《老子》第八章。

《老子》相传为老子所作。老子,春秋时期楚国人,姓李,名耳,字聃(dān)。楚国苦县(今河南鹿邑东)人,另一说安徽涡阳人。与孔子同时,而年岁稍长。

《老子》总结了老子的哲学思考,是关于"自然"之"道"的智慧之书,不过,《老子》所说的"自然"指的是"自然而然"和"顺其自然",不同于我们今天常说的"大自然"或"自然界"。《老子》也是一部精湛的文学作品。从形式上看,它通篇押韵,而且穿插了不少排比句和对仗句。它的文学品格也体现在其他方面,例如老子对自然现象和人类生活经常会有一些精妙的观察,在行文中透露出通过直觉而领悟的智慧。此外,老子还长于使用比喻来表述哲理,往往寥寥数语,却寓意无穷,耐人寻味。

说到水,真是再平常不过了,谁没见过水呢?老子喜欢写水,常常用它来象征值得赞美的品格,包括智慧和力量。水看上去柔弱无形,甚至有些逆来顺受。可在老子的眼里,却没有什么比它更强大了。这倒不是因为洪水滔天的时候，来势汹汹，而是因为滴水可以穿石，能以柔克刚，以弱胜强。

俗话说：人朝高处走，水往低处流。但老子认为，水甘居卑下之位，与物无争，却润泽万物，惠及天下。因此，姿态谦卑，格局宏大。这正是令人景仰的境界。

老子教导我们效法水的"不争"，并非教人消极退却，无所作为；而是要我们学会沉潜包容，谦逊为怀；同时做到动静得时，因势利导，最终以无为之心，行有为之事。这是哲人的省察，是值得深思的智者之言。

本书节选的部分古文章节原无标题。为了方便阅读，取其首句或首句的头几个字为题，如此处的《上善若水》；有的根据内容重新拟题，如选自《史记·廉颇蔺相如列传》的《赵括谈兵》。谨此说明，此后不再一一解释。

上善若水①。水善利万物而不争,处众人之所恶②,故几于道③。

居善地,心善渊,与善仁,言善信,政善治,事善能,动善时④。

夫唯不争,故无尤⑤。

① [上善] 句:至善之人的品德如水一般。 上善:至高无上的品德,也可以理解为上善之人、圣人。
② [水善利万物而不争] 二句:水善于滋润万物而不与万物相争,汇聚于人们不愿意去的卑下之地。 善:善于、长于。 利:有利于。 恶(wù):厌恶。
③ 故:因此。 几:接近。 水最接近老子推崇的"道",也就是"自然"的最高境界。
④ [居善地] 数句:这里列举了水的七个美德,也就是圣人所具有的品格。居处要像水那样甘居下位,心境要像水那样沉静渊默,待人要像水那样友爱仁善,润泽万物,言说要像水那样来去有时,遵守信用,为政要像水那样保持平衡安定,做事要像水那样发挥能量,行动要像水那样把握时机。
⑤ [夫唯] 二句:正因为水有不争的美德,所以也就不会有过失。 夫:句首语气词。 尤:怨咎、过失。

《论语》

吾十有五而志于学

本篇选自《论语·为政》。

《论语》记载孔子（前551—前479）及其弟子的言行，由孔门弟子及再传弟子纂录而成，其中有很多格言警句，在后世广为流传。孔子，名丘，字仲尼，春秋末期鲁国人，中国古代著名的思想家、教育家，儒家的创始人。《论语》对孔子的言谈举止、生活场景的记载，展现了一位文化巨人的亲切形象。通过只言片语，孔子弟子的形象也往往跃然纸上，给读者留下了难忘的印象。

在这一节中，孔子自述学习和修养的经历。他把自己的一生描写成一个永无止境的自我完善的旅程：他从十五岁开始致力于学，直到七十岁才达到了"从心所欲，不逾矩"的理想状态。而随着年龄的增长，人生的每一个阶段都打上了各自的印记。

孔子相信人具有通过学习而自我改进的内在动力和无限潜力。因此，自我修养与外在的功利无关，也没有来世的补偿。它是儒家君子的终生追求，是每日必修的功课，容不得丝毫的涣散或懈怠。

子曰:"吾十有五而志于学①,三十而立②,四十而不惑,五十而知天命③,六十而耳顺④,七十而从心所欲,不逾矩⑤。"

① 十有(yòu)五:即十五岁。 志于学:有志于学。
② 三十而立:到了三十岁,就学有所成了。
③ 天命:指非人力所能支配的事。
④ 耳顺:指听别人说话,能知晓其意,判明是非,也可指能听得进不同的意见。
⑤ [七十]二句:到了七十岁,就能按照自己的心意去做事,但又不越出规矩。 逾(yú):越过、超过。 矩:规矩、法度。

《论语》

子在川上曰

本篇选自《论语·子罕》。

两千五百多年前,孔子站在河边发出了这样的感慨:"逝者如斯夫,不舍昼夜。"大意是说,时间就像这河水一样流逝啊,昼夜不息。几乎与孔子同时,古希腊哲学家赫拉克利特(约前540—约前480)也说过类似的一句话:"人不能两次踏入同一条河流。"河流与时间一样,一去不返,不可逆转。因此,即便是同一条河流,也无时无刻不处在变化当中。但孔子在感叹万物随时间逝去时,强调了"不舍昼夜"的永恒性。在他眼里,天地之间唯一不变的,似乎正是那江河般日夜不息的奔涌流逝。

儒家的人生哲学重行动、重实践,而由人及物,又形成了天道运行不息、宇宙以动为本的世界观,于是有"天行健,君子以自强不息"的说法。这样看来,孔子的感慨或许有惜时进取之意。还记得吗?他曾经这样说过:"知者乐水,仁者乐山;知者动,仁者静;知者乐,仁者寿。""知者"即"智者",而"逝者如斯夫"也因此成为智者的启悟。

不过,这智者的启悟又蕴含着诗人的感受和叹息,是宇宙意识的一个诗化的表达。时间原本是抽象的,既看不见,也摸不着。但孔子用奔流不息的河水来做比喻,就把它给具象化了,并且造成了视觉上的鲜明印象。再看"不舍昼夜"的"不舍",意思是不停止、不止息。使用这样一个词语,也就意味着将宇宙运行的力量人格化了,仿佛河水昼夜不息地奔流,是出于它自身的意愿和选择。的确,"不舍"是相对于"舍"而言的,是对静止状态的否定;"昼"与"夜"也是相互对立的,形成了明与暗的反衬和对比。而无论是将抽象的概念具体化或人格化,还是有意造成动静、黑白的映衬对照,都可以说是诗的做法。孔子的感叹因此成就了一首诗——从形式上看是散文,骨子里却是诗。

每当我们抚今追昔,感叹岁月流逝,光阴不再,都自然会想起孔子的这句话。从此后的古典诗文中,我们也经常听到它绵延不绝的回响。

子在川上曰①："逝者如斯夫②，不舍昼夜③。"

① 川上：河边。 川：河流的统称。
② 逝者：指时间，也泛指随时间消逝的所有事物。 斯：这，指"川"。 如斯：如同流水。 夫：句尾助词，表示感叹。
③ 舍：停止、舍弃、止息。

《列子》

杞人忧天

这则寓言选自《列子》的《天瑞》篇。

《列子》又名《冲虚真经》,相传为列子的入门弟子编撰成书。列子,即列御寇,生活在战国时期的郑国,关于他的生平留下来的记载很少,是道家学派的杰出代表人物。《列子》一书在流传过程中,几经编订,现在流传的版本是晋代张湛校订注释的,杂糅了一些后来的观念。也有不少学者怀疑《列子》为晋代的伪作,出自张湛之手。但即便是伪书(或其中的一些部分出自后人的假托),也不足以抹杀这本书的价值。《列子》是一本智慧之书,收入了不少短小精悍的寓言故事,读起来俏皮风趣,而又寓意深长。其中蕴含的道理,往往能超越时代的局限,与我们今天的经验产生共鸣。

本则寓言即成语"杞人忧天"的出处,其中那个杞国人成天忧心忡忡:如果天崩地陷,日月星辰自天坠落,那该怎么办呢?他为此焦虑得吃不下饭、睡不着觉。有一位热心人,为杞人答疑解忧:自然界有它自身的秩序,万物各安其位,为那些不着边际的念头而寝食不安,不过是自寻烦恼罢了。

这一段对话是从《列子·天瑞》中节选出来的，选段后的文字里还有别人对此事的评论，连列子对此也有话要说。关于这个话题，谁对谁错，一时还难下断言。要知道他们说了些什么，可以找《列子》来读读看，他们对生命、宇宙和其他的自然现象都有一些精彩独到的洞见与思考。

杞国有人忧天地崩坠，身亡所寄，废寝食者①。又有忧彼之所忧者，因往晓之②，曰："天，积气耳，亡处亡气③。若屈伸呼吸，终日在天中行止，奈何忧崩坠乎④？"其人曰："天果积气⑤。日月星宿，不当坠耶？"晓之者曰："日月星宿，亦积气中之有光耀者⑥，只使坠，亦不能有所中伤⑦。"其人曰："奈地坏何⑧？"晓者曰："地，积块耳，充塞四虚，亡处亡块⑨。若躇步跐蹈，终日在地上行止⑩，奈何忧其坏？"其人舍然大喜，晓之者亦舍然大喜⑪。

① [杞国] 三句：杞国有人担心天坠地陷，没有存身之处，因此吃不下饭，也睡不着觉。　崩坠：崩陷坠落。　亡：同"无"。　寝：睡觉。
② [又有] 二句：又有人因为这个杞国人终日忧心忡忡而替他担心，因此前去开导他。　晓：晓喻、开导。
③ [天，积气耳] 三句：天不过是由气积聚而成的，无一处无气。　耳：罢了、而已。
④ [若屈伸] 三句：你活动呼吸，整天都在空气中行走和停留，为什么要担心天坠下来呢？　若：你。　天：指地面以上的空间。　奈何：为什么。
⑤ 果：果真。
⑥ [日月星宿] 二句：日月星辰也不过就是空气中有光耀的物体。　亦：的确。
⑦ [只使] 二句：即使坠落，也不会伤人的。　只使：即使。　中伤：击中伤害。
⑧ [奈地坏何] 句：地要是崩陷了该怎么办呢？　奈……何：即"对……该怎么办呢"。
⑨ [地，积块耳] 四句：大地不过是积聚的土块，充塞四方，无一处无土块。　四虚：四方。
⑩ [若躇步] 二句：你走路步行，整天都在地上活动。　躇（chú）步跐（cǐ）蹈：踩踏。
⑪ 其人：那个人。　舍然：释然、放心的样子。

《列子》

海上之人有好沤鸟者

本文选自《列子》的《黄帝》篇。

这一则寓言中的主人公生长在海边,与海鸥快乐嬉戏,不分你我。可是有一天他动了机心,因为父亲要他捉几只海鸥带回家来。这只是一念之差,外表上不易觉察,却破坏了他与海鸥之间无心可猜的默契和信任。第二天海鸥见到他时,凭着直觉,就产生了戒心,再也不肯跟他亲近了。

这个故事的结局令人遗憾,背后的教训更值得记取:只有怀着一颗天真的心去接近海鸥,海鸥才会跟你做朋友。与海鸥交往是如此,待人处世就更是如此了。

海上之人有好沤鸟者,每旦之海上,从沤鸟游,沤鸟之至者百住而不止①。其父曰:"吾闻沤鸟皆从汝游,汝取来,吾玩之②。"明日之海上,沤鸟舞而不下也③。

① [海上之人] 四句:海边有一个人喜欢海鸥,每天早上去海边与海鸥嬉戏,来和他玩耍的海鸥数以百计而不止。 好(hào):喜欢、喜好。 沤(ōu):通"鸥"。 之海上:去海边。 住:当作"数"。 百住:数以百计,这里形容多。
② [吾闻] 三句:我听说海鸥都和你一起游乐,你抓几只来供我玩耍。 汝:你。
③ [明日] 二句:第二天到海边,海鸥在空中盘旋却不飞下来了。

《列子》

燕人生于燕

本文选自《列子》的《周穆王》篇。

燕人思乡心切,但在回乡途中,却因为轻信了别人,而误将晋国当成了燕国故里。这一番误会真是大煞风景,不但预支了他的乡情,也败坏了他的心绪。等他到了燕国,面对故乡的遗迹和祖先的墓地,反而不再感到伤心了。

扯谎骗人当然不对,但受骗上当的人也应该好好反省。列子的这一则寓言究竟告诉了我们什么呢?

燕人生于燕，长于楚，及老而还本国。过晋国，同行者诳之①，指城曰②："此燕国之城。"其人愀然变容③。指社曰："此若里之社。"乃喟然而叹④。指舍曰："此若先人之庐。"乃涓然而泣⑤。指垄曰："此若先人之冢⑥。"其人哭不自禁。同行者哑然大笑，曰："予昔绐若，此晋国耳⑦。"其人大惭。及至燕，真见燕国之城社，真见先人之庐冢，悲心更微⑧。

① [过晋国] 二句：途经晋国时，同行的人欺骗他。 诳（kuáng）：欺骗。 燕国、晋国：均为周代的诸侯国。
② 城：城墙。
③ 愀（qiǎo）然变容：悲伤地变了脸色。
④ [指社曰] 三句：同行的人指着土地庙说："这是你乡里的土地庙。"此人就感慨地叹息。 社：祭祀土地神的地方。 乃：于是。 喟（kuì）然：叹气的样子。
⑤ [指舍曰] 数句：同行的人指着屋舍说："这是你祖辈的房屋。"此人伤心地流下了眼泪。 舍：屋舍。 庐：居住的房子。 涓然：流泪的样子。
⑥ 垄：土丘，此处指坟墓。
⑦ [同行者] 数句：同行的人哑然大笑，说："我刚才都是骗你的，这里只是晋国而已。" 哑然：情不自禁地笑出声来。 绐（dài）：欺骗。
⑧ 及：等到。 更：反而，与预期相反。

《列子》

偃师献技

这个故事选自《列子》的《汤问》篇。

在我们面前读到的古文中,主人公要么是人物,要么是动物,尤其是寓言里的动物,但这一篇却是例外,描写了一个为周穆王表演的歌舞艺人:他看上去既有个人意愿,也能自由行动,可以与人互动交流;他智商发达,情商好像也不差,除了能歌善舞,还跟服侍天子的姬妾眉来眼去,结果惹得龙颜大怒。幸亏他不是真人,否则早没命了。闹了半天,这个演技出众的艺人竟然是人工制造的玩偶,出自一位名叫偃师的神工巧匠之手。偃师当即叫停表演,把玩偶拆了个七零八落。周穆王终于放心地发现,他身体内外全是"假物"。可一旦重新组装起来,他又像真的似的,活蹦乱跳起来。天底下竟然有这样的活宝吗?是的,读到这里,我知道大家心里在想什么:他多像今天的机器人!

这个故事假托在久远的周代,写作的时间不晚于魏晋时期,也可能更早。说它科幻也好,穿越也罢,毕竟有一些时代的依据。杨伯峻先生引晋人傅玄的《马先生传》,证明至迟到那个时代,已有类似偃师的设计了,可以让木头人击鼓吹箫、缘绳倒立、舂磨斗鸡等等,有千变万化之妙。同《马先生传》比起来,这一篇包含了更多想象、夸张的成分。尤其是在玩偶的身上投射了人的意识和感情,体现了当时人对自我的认识。可是我们今天读起来却不觉得过时,甚至丝毫没有违和感。仿佛作者就活在当下,与今天的世界息息相通。

这篇文字见证了一个跨越时空的奇迹,不仅令人惊叹,并且发人深省。它的精彩描述引出了许许多多的问题,这些问题我们今天依然在面对着。

周穆王西巡狩，越昆仑，不至弇山①。反还，未及中国，道有献工人名偃师，穆王荐之②，问曰："若有何能？"偃师曰："臣唯命所试。然臣已有所造，愿王先观之③。"穆王曰："日以俱来④，吾与若俱观之。"

　　越日偃师谒见王⑤。王荐之，曰："若与偕来者何人邪⑥？"对曰："臣之所造能倡者⑦。"穆王惊视之，趣步

---

① 巡狩（shòu）：夏、商、周三代天子巡幸天下，视察分封给诸侯的领地，称巡狩。　昆仑：山名，在今天新疆与西藏之间，古代关于昆仑山的神话传说，见于《山海经》《淮南子》等书。　弇（yān）山：在今甘肃境内，相传为西王母之山，又传为日入之所。　一说"不"为衍文，当删去。

② [道有]二句：途中有人献给周穆王一位工匠，名叫偃师，周穆王召见了他。　偃（yǎn）师：周穆王时期的能工巧匠。

③ [臣唯命所试]三句：我完全听从大王的命令，要我做什么我就做什么。不过，我已经造出了一些东西，请大王先观看一番。　臣：古人的自称，以示谦卑。

④ 日：另日。　以：即"以之"，带上它。　俱：一同。

⑤ 越日：第二天。　谒（yè）见：拜见。

⑥ [若与偕来者]句：与你一起来的那一位是什么人呢？　偕：同行。　邪（yé）句尾词，表示疑问。

⑦ [臣之所造]句：我制作的多才艺的歌舞艺人。　倡：歌舞艺人。

俯仰,信人也⑧。巧夫镇其颐,则歌合律⑨;捧其手,则舞应节⑩。千变万化,惟意所适⑪。王以为实人也,与盛姬内御并观之⑫。技将终,倡者瞬其目而招王之左右侍妾。王大怒,立欲诛偃师⑬。

偃师大慑⑭,立剖散倡者以示王,皆傅会革、木、胶、漆、白、黑、丹、青之所为⑮。王谛料之⑯,内则肝、胆、

⑧ [趋步俯仰] 二句:看他疾走的步履和俯仰的姿态,的确是人。 趋:同"趋",快步疾走。 信:确实。
⑨ [巧夫] 二句:偃师点头,倡者歌唱而合于音律。 一说偃师用手按倡者的下巴,倡者便开始歌唱,且合于音律。 巧夫:巧匠,此处指偃师。 镇(qīn):点、摇;又作(qìn),通"揿",用手往下按。 颐:下巴。
⑩ [捧其手] 二句:偃师捧起倡者的手,倡者便开始跳舞,一举一动都合乎节拍。 应节:合拍。
⑪ 惟意所适:指倡者完全依照偃师的意念歌舞表演。 适:至。
⑫ 盛姬:周穆王宠幸的后宫美人。 内御:宫中侍奉天子的女官。 并:一起。
⑬ [技将终] 四句:表演快结束时,倡者眨眼挑逗天子左右的女官。天子大怒,当即就要诛杀偃师。 瞬:眨眼。 立:立即。
⑭ 慑(shè):恐惧。
⑮ [皆傅会] 句:大意是说倡者全身附着聚合了各种不同的材料,包括革(皮革)、木、胶、漆和白、黑、丹、青等自然颜料。 傅会:即附会,指附着、汇聚。
⑯ 谛(dì)料:细察。

心、肺、脾、肾、肠、胃，外则筋骨、支节、皮毛、齿发，皆假物也，而无不毕具者。合会复如初见⑰。王试废其心，则口不能言；废其肝，则目不能视；废其肾，则足不能步⑱。穆王始悦而叹曰："人之巧乃可与造化者同功乎⑲？"诏贰车载之以归⑳。

　　夫班输之云梯，墨翟之飞鸢，自谓能之极也㉑。弟子

⑰ [合会]句：把这些部分组合起来，倡者又恢复了最初见到的样子。
⑱ [王试废其心]六句：写周穆王每拿掉倡者的一个内脏器官，与之相应的肢体或外部器官就失去了功能，这是因为古人相信人的五脏分别对应七窍和四肢。　废：去除。
⑲ [人之巧]句：人工之巧竟然可与宇宙造化的功效相媲美吗？
⑳ [诏贰车]句：周穆王下令随从的马车载上这个倡者一同回家。
㉑ [夫班输]三句：班输设计了攻城的云梯，墨翟发明了飞翔的木鸢，他们都自称是技艺的极致。　夫：句首语气词，起提示作用。　班输：也就是鲁班，古代的巧匠。　墨翟（dí）：即墨子，先秦时期墨家的创始者。　鸢（yuān）：鹰。

东门贾、禽滑釐闻偃师之巧以告二子,二子终身不敢语艺,而时执规矩㉒。

㉒ [弟子]三句:班输和墨翟的徒弟东门贾、禽滑(gǔ)釐(xī)听说了偃师的机巧,分别转告给他们的老师。于是,班输和墨翟都终身不敢谈论技艺了,只是不时拿起测绘工具,依照现成的规矩,有所制作而已。言下之意,偃师的技艺出神入化,不是循规蹈矩者所能比的。　规矩:工匠用来测画方圆的工具,泛指法度、规则。

《列子》

疑邻窃斧

　　这个故事出自《列子》的《说符》篇,讲的是关于观察与成见的道理。故事的主人公不小心弄丢了斧子,于是疑心大起。他仔细地观察他邻居的儿子,从走路的样子、态度表情,一直到言谈举止,一样都不放过。而这些观察全都得出了他是窃斧者的结论。听上去,仿佛他真看出了什么蛛丝马迹,但其实不然。故事一开头就告诉我们,他怀疑上了邻居的儿子。心里有了成见,自然就越看越像。可实际上呢,却是视而不见的,因为他只看到了他想看的东西,一心一意要证明他已经得出的结论。

　　这个小故事的深刻寓意完美地体现在了它的语言结构上。故事的主人公丢了斧子之后,觉得邻居的儿子,"动作态度无为而不窃铁也"。找到了斧子,再看邻居的儿子,结果"动作态度无似窃铁者"。得出完全相反的结论,却采用了同样的句式,连句子的顺序都没有改变。可见,他并没有改掉先入为主的老毛病,仍旧是有了结论再观察。犯了错误,却不知改进,他最终也没学会怎样去观察。

人有亡铁者①，意其邻之子②，视其行步，窃铁也；颜色③，窃铁也；言语，窃铁也；动作态度无为而不窃铁也④。俄而抇其谷而得其铁⑤，他日复见其邻人之子⑥，动作态度无似窃铁者。

① [人有亡铁者] 句：有人丢失了一把斧子。 铁：通"斧"，指斧子。
② 意：猜想、怀疑。
③ 颜色：指脸上的表情。
④ [动作] 句：动作、态度没有一样不像偷斧头的人。
⑤ [俄而] 句：不久，他在山谷里掘地时找到了自己的斧子。 抇（hú）：挖掘。
⑥ 他日：异日、另外一天。

疑邻窃斧 23

《列子》

昔齐人有欲金者

这则故事也出自《列子》的《说符》篇。

这是一个关于贪欲的故事。那个齐国人一门心思只想着金子,到了卖金子的地方,他眼里便只有金子,什么店主呀,官吏呀,全都视而不见了,于是就在光天化日之下抢走了金子。我们都听过"掩耳盗铃"的故事吧?讲的也是偷盗,但还有所不同:掩耳盗铃不免自欺欺人,但毕竟有备而来,怕的是主人听见铃声。而齐人攫金而去,却完全财迷心窍,明目张胆地行偷盗之事,连他自己也说不清是怎么一回事。

有一个成语叫"利令智昏",用来解释这个故事,再恰当不过了。

昔齐人有欲金者①,清旦衣冠而之市②,适鬻金者之所,因攫其金而去③。吏捕得之,问曰:"人皆在焉,子攫人之金何④?"对曰:"取金之时,不见人,徒见金⑤。"

① 金:金子或其他材料制成的钱币。
② [清旦]句:清早,他穿戴整齐去集市。 衣冠:用作动词,即穿衣戴帽。 之:去。
③ [适鬻金者之所]二句:到了卖金子的地方,抢了卖金者的金子就离开。 适:到。 鬻(yù):出售、卖。 所:地方。 因:于是。 攫(jué):夺、抢。
④ [人皆在焉]二句:别人都在那里,你为什么要抢人家的金子呢? 焉:即"于此"。 子:你。 何:为什么。
⑤ [取金]三句:我拿金子的时候,没看见人,只看到了金子。 徒:只。

《战国策》

画蛇添足

文选自《战国策·齐策二》。

战国时代，天下大乱，列国纷争，连横合纵的故事，可没少听说过。纵横家因此成了时代的风云人物。他们纷纷往来于各国之间，争相游说诸侯，为他们出谋划策。纵横家是谋臣策士，职业说客，擅长修辞与论辩。其中也不乏非常之人，以大智大勇和人格魅力而为后人称颂。他们的精彩言行和滔滔雄辩，在史书上随处可见，而最为集中地体现在《战国策》中。这部书上承春秋，下迄秦并六国，由西汉刘向汇集整理而成，并拟定书名。

这个故事讲的是一场画蛇比赛。蛇本来没脚，画上了脚就不是蛇了。哪怕画得飞快，又有什么用呢？更何况因为画脚还耽误了时间，别人后来居上，赢得了这场比赛。我们常说"功亏一篑"，指的是一座高山，缺了最后一筐土而没有堆成。言下之意，做一件事情务必坚持到底，始终如一，否则就有可能功败垂成。画蛇添足的寓言则告诉我们：过犹不及。事情做过了头，也同样糟糕。因为卖弄聪明而多此一举，结果因小失大，落得个前功尽弃，空手而归。

楚有祠者,赐其舍人卮酒①。舍人相谓曰:"数人饮之不足,一人饮之有余。请画地为蛇,先成者饮酒。"一人蛇先成,引酒且饮之②,乃左手持卮,右手画蛇,曰:"吾能为之足③。"未成,一人之蛇成,夺其卮曰:"蛇固无足,子安能为之足④?"遂饮其酒。为蛇足者,终亡其酒⑤。

---

① [楚有祠者]二句:楚国有人举办祭祀活动,结束之后,他把一壶酒赏赐给了门客。 舍人:春秋战国时期寄食于贵族门下并为之服务的人。 卮(zhī):盛酒的器具。
② [一人]二句:一个人先画成了蛇,拿起酒壶正准备喝。 引:拿过来。 且:将。
③ [吾能为之足]:我能为它画上脚。
④ 固:本来、根本。 安能:怎么能?这是一个反问句,回答是不应该、不可能。
⑤ [为蛇足者]二句:画蛇添足的人最终没有喝到酒。 亡:失去。

《战国策》

南辕北辙

本文选自《战国策·魏策四》。

这里魏国的臣子季梁讲了一则寓言：一个人打算驾车到楚国去，由于选择了相反的方向，又不听别人的劝告，结果离楚国越来越远了。季梁想劝说魏王改变攻打赵国的想法，于是就讲了这个故事，未必实有其事，但道理却不难理解：无论做什么事，都要首先看准方向，才能真正发挥自己的有利条件；如果方向弄错了，条件越好，走得越快，离目的地就越远。

季梁与下一篇中的苏代游说君王时，都采用了讲故事的方式，而且自称是出自亲身见闻。由此可见《战国策》的写作套路，连句式也十分相似，都是从"今者臣来"（今天我在来的路上）说起。两篇对照来读，就会发现《战国策》这些不成文的结构法则和叙述程式。这对于我们阅读古文是大有益处的。

魏王欲攻邯郸,季梁闻之,中道而反①,衣焦不申,头尘不浴②,往见王曰:"今者臣来,见人于大行,方北面而持其驾③,告臣曰:'我欲之楚④。'臣曰:'君之楚,将奚为北面⑤?'曰:'吾马良。'臣曰:'马虽良,此非楚之路也。'曰:'吾用多。'臣曰:'用虽多,此非楚之路也⑥。'曰:'吾御者善⑦。'此数者愈善,而离楚愈远耳。

① [魏王]三句:魏王想要攻打赵国的都城邯郸,季梁听到了这个消息,出使中途便返回魏国。 邯郸:赵国都城,今河北邯郸市。 季梁:魏国大臣。 中道:半路。 反:同"返"。
② [衣焦不申]二句:来不及舒展衣服上的褶子,也顾不上洗净头上的灰尘。 焦:卷曲。 申:同"伸",伸展。
③ [今者]三句:今天我在来的路上,见到一个人,正向北方驾车而行。 今者:今天。 大行:大路。 方:正。
④ 之:去。
⑤ 君:您,第二人称的尊称。 奚(xī)为:为什么。
⑥ [用虽多]二句:即便费用很多,但这不是去楚国的路啊。 虽:即便、尽管。
⑦ 御者:驾车的人。

今王动欲成霸王,举欲信于天下⑧。恃王国之大,兵之精锐,而攻邯郸,以广地尊名⑨。王之动愈数,而离王愈远耳,犹至楚而北行也⑩。"

⑧ [今王]二句:如今大王的一举一动,都是为了建立霸业、取得天下的信任。 信于天下:为天下所信任。
⑨ [恃王国之大]四句:依仗魏国的强大,军队的精良,去攻打赵国,以扩展土地和获得尊贵的名位。 恃(shì):依靠。
⑩ [王之动愈数]三句:大王您这类的举动越多,离霸王的目标就越远,正像去楚国却往北走一样。 数(shuò):频繁。

《战国策》

鹬蚌相争

本文选自《战国策·燕策二》。

辩士苏代借用民间流传的寓言故事,来说明赵燕两国势均力敌,一旦交战,很可能长久相持不下。结果呢,自然是相互消耗,两败俱伤,给强大的秦国提供了乘虚而入的机会。日常生活的情况自然大不相同,但类似的蠢行又何尝少见呢?

寓言不仅借助虚构的情节,也往往让动物开口说话,以寄寓人生和社会的哲理。这在中国的口头文学中十分常见,而且历史悠久。在这一则寓言中,鹬与蚌各说了一句话,不仅逻辑前后一致,连语言也很相似,还都带着歌谣腔。因此,尽管它们各不相让,针锋相对,但听上去却又一唱一和,彼此呼应,就像是一出喜剧中的对话或歌词。

大家都读过伊索寓言吧?还记得其中那些相似的情节吗?寓言的智慧往往跨越地理和文化的边界而彼此相通,未必就是谁受了谁的影响。

赵且伐燕,苏代为燕谓惠王曰①:"今者臣来,过易水②,蚌方出曝,而鹬啄其肉,蚌合而拑其喙③。鹬曰:'今日不雨,明日不雨,即有死蚌。'蚌亦谓鹬曰④:'今日不出,明日不出,即有死鹬。'两者不肯相舍,渔者得而并禽之⑤。今赵且伐燕,燕、赵久相支,以弊大众,臣恐强秦之为渔父也⑥。故愿王之熟计之也⑦。"惠王曰:"善⑧。"乃止。

① 且:将要。 苏代:战国时期的纵横家。 惠王:指赵惠文王,战国时期赵国的君主。
② 今者:今天。 易水:水名,发源于河北易县。
③ [蚌方出曝]三句:河蚌刚从河里出来晒太阳,鹬就来啄它的肉,蚌马上合上壳,拑住了鹬的喙。 曝:晒太阳。 鹬(yù):鸟名,常在水边或水田中捕食小鱼和贝类。 拑:夹住。 喙(huì):鸟兽的嘴。
④ 亦:也,同样。
⑤ [两者]二句:鹬蚌相争,谁也不放开对方,渔翁把它们两个一块儿抓走了。 舍:放开、放弃。 并:一起。 禽:同"擒",捉住。
⑥ [燕、赵久相支]三句:燕赵两国长期相持不下,就会把百姓拖垮,我担心强大的秦国变成从中获利的渔翁。 弊:使疲惫,使动用法。
⑦ [故愿]句:所以希望大王仔细考虑出兵之事。 熟:反复。
⑧ 善:好的,表示同意。

《孟子》

人皆有不忍人之心

本文选自《孟子·公孙丑上》。

孟子（约前372—前289），名轲，战国中期邹国人。孟子是战国时期儒家学派的主要代表人物，他继承并发展了孔子的思想，主张行王道，施仁政。孟子曾四处奔波，游说诸侯，宣扬自己的政治理想，但他的学说最终并没有得到实行。

《孟子》一书主要记载孟子的言说，包括他与诸侯的对话，可以看到孟子高屋建瓴、滔滔雄辩的气势和立论清晰、逐层辩驳的风格特征。与《论语》相比，《孟子》每一章的篇幅都明显加长，论述也更充分。在对话中，孟子或开门见山，或因势利导，通篇洋溢着道德的激情和智慧的光芒。哪怕对方借故推诿，说自己这也不行，那也不行，孟子也总能通过对一些小事的观察，来证明他们实际上没那么差。在他看来，怜悯、同情之心，人皆有之，而且与生俱来。因此，无论是谁，只要不放弃努力，就有向善的希望。这正是孟子难能可贵的品质：在诸侯混战、暴力横行的时代，他保持了理想主义的高贵信念和一颗赤子之心。一部《孟子》，今天读起来，仍然能感受到孟子源自内心信念的强大感召力。

　　孟子主张性善说，相信人的天性向善。这一篇谈的是德政，从一个假想的例子着手，说明每个人都"有不忍人之心"，也就是同情、怜悯之心。推向政治的领域，便"有不忍人之政"。孟子在论述时，由小及大，以己推人。在表达上，又借助了排比句和对仗句，从正反两个方面逐层展开，由此形成了论说体独具一格的篇章结构与修辞风格。

孟子曰："人皆有不忍人之心。先王有不忍人之心，斯有不忍人之政矣①。以不忍人之心，行不忍人之政，治天下可运之掌上②。所以谓人皆有不忍人之心者，今人乍见孺子将入于井，皆有怵惕恻隐之心③，非所以内交于孺子之父母也，非所以要誉于乡党朋友也，非恶其声而然也④。"

---

① [人皆有]三句：每个人都有怜悯、体恤他人之心，先王因为有怜悯、体恤他人之心，也就有了怜恤百姓的政治。 不忍人之心：指不能忍受别人受难遭罪的同情心和怜悯心。 斯：这样、于是。
② [以不忍人之心]三句：以体恤、怜悯之心，施行体恤、怜悯百姓的政治，治理天下就会像在手掌上运控物件那样轻而易举。
③ [所以]三句：之所以说每个人都有体恤、怜悯他人之心，那是因为假使现在突然看到一个小孩儿快要掉进井里了，任何人都会产生惊惧、同情之心。 乍：突然。 孺子：儿童。 怵惕（chù tì）：惊惧。 恻隐：同情。
④ [非所以]三句：（产生惊惧、同情的反应，并赶上去援救，）并不是要以此为手段，去跟小孩儿的父母攀交情，或在乡间邻里中博取名誉，也不是因为厌恶孩子的哭声。 所以：以此为手段来达到某种功利目的。 内交："内"，通"纳"。纳交、结交。 要：通"邀"，谋求博取。 然：这样，这里指产生惊惧、同情的反应。 非恶其声而然：一说，也不是讨厌背上见死不救的恶名才这样。

《孟子》

君子所以异于人者

本文选自《孟子·离娄下》。

孟子继承了孔子的学说,强调修身的重要性。修身包括哪些内容呢?其中一条便是这里说的"自反",即反躬自省,也就是《论语》中所说的"吾日三省吾身"。出了问题,先想一想自己有没有错,别一股脑儿把错都算在别人头上。也不要动不动就给自己找借口,好像别人都理无可恕,只有自己是情有可原。君子能坦坦荡荡地做人,首先是因为他问心无愧。另一条是"推",就是以己推人,也以此为依据,来决定如何对待他人。孔子所以说:"己所不欲,勿施于人。"孟子说:"老吾老,以及人之老;幼吾幼,以及人之幼。"这都是同样的意思。这是做人的法则,也暗含了作文的道理。好的作家都有以己推人的同情心,也善于扪心自问,自我反省。写小说如此,做文章也不例外。

孟子曰:"君子所以异于人者,以其存心也。君子以仁存心,以礼存心①。仁者爱人,有礼者敬人。爱人者人恒爱之;敬人者人恒敬之②。有人于此,其待我以横逆,则君子必自反也③:我必不仁也,必无礼也,此物奚宜至哉④?其自反而仁矣,自反而有礼矣,其横逆由是也,君子必自反也:我必不忠⑤。自反而忠矣,其横逆由是也。君子曰:'此亦妄人也已矣⑥。如此,则与禽兽奚择哉?于

① [君子]四句:君子与一般人不一样的地方,就在于存在心里的意念不同。君子把仁和礼存在心上。
② 恒:恒常、永久。
③ [有人于此]三句:假设这里有一个人,对我蛮横无理,君子必定会反躬自问。
④ [我必不仁也]三句:我自己一定有不仁和不合礼法的地方,否则,这样的事情怎么会发生在我身上呢? 此物:指此类事情。 宜:应该。
⑤ [其自反而仁矣]五句:如果反省的结果是自己的言行合乎仁、合乎礼,而对方蛮横无理的态度仍然不变,君子必定再次反省:自己待人一定没有做到竭诚尽力。 由是:犹是,仍旧是这个样子。 忠:尽心竭力。
⑥ [自反而忠矣]三句:如果反省的结果是自己确实竭诚尽力了,而对方的态度仍然没有发生改变。君子才说:"这是一个狂妄无知之人。" 也:出现在句尾,表示该句为判断句。 亦:的确、确实,表示强调的意思。 已:而已。

君子所以异于人者

禽兽又何难焉⑦?'

"是故君子有终身之忧,无一朝之患也⑧。乃若所忧则有之⑨:舜,人也,我,亦人也。舜为法于天下,可传于后世⑩,我由未免为乡人也,是则可忧也⑪。忧之如何?如舜而已矣。若夫君子所患则亡矣⑫。非仁无为也,非礼无行也⑬。如有一朝之患,则君子不患矣⑭。"

⑦ [如此] 三句:既然这样,那他和禽兽有什么区别呢?而我们对于禽兽又有什么可责难的呢?言下之意,如果对方与禽兽无别,那也就根本不必跟他一般见识了。 择:选择、差异。 难(nàn):质问、责备。
⑧ [是故] 二句:所以君子有长远的忧虑,没有突如其来的祸患。
⑨ [乃若] 句:至于让君子忧虑的事情还是有的。 之:此处指忧虑之事。
⑩ [舜,人也] 六句:舜是人,我也是人。舜以自己的行动为天下树立了效法的榜样,可以传之后世。 舜(shùn):传说中的上古帝王,也是儒家推崇的圣人。 亦:也。
⑪ [我由未免为乡人也] 二句:(与舜相比,)我仍然不免是个普通人,这是值得忧虑的事。 由:犹、仍然。
⑫ [忧之如何] 三句:忧虑又怎么办呢?让自己变得和舜一样就是了。至于让君子以为祸患的事情是没有的。
⑬ [非仁] 二句:非仁的事情不做,非礼的行动不为。
⑭ [如有] 二句:即使一旦有突如其来的祸患,君子也不以为患了。这一句解释前面说的"君子有终身之忧,无一朝之患也"。对君子来说,重要的是"非仁无为也,非礼无行也"。做到了这一点,其他都不足为患。

《孟子》

齐人有一妻一妾

本文选自《孟子·离娄下》。

孟子在与君王的对话中,经常穿插一些寓言和故事,以增强说服力。在这里读到的故事中,孟子为我们勾画了一个内心和行为都卑鄙下贱,却又喜欢摆谱张扬、自欺欺人的"小人"形象。有一天,妻妾发现了他的秘密,内心蒙受了巨大的耻辱,也为自己的无助处境而深感痛苦,可他并不知道真相已经败露,还照旧在妻妾面前得意扬扬地自吹自擂。一句"施施从外来",活脱脱地写出了他踱步归来、洋洋自得的步履神态。孟子告诉我们,以卑劣的手段来谋求富贵或炫耀荣达,都是徒劳无益的,最终只能自取其辱。但他并没有一上来就讲这一番大道理,而是提供了一篇生动的讽刺小品,让读者自己去体会什么是尊严、名声与信誉,什么是虚荣、卑鄙和无耻。

齐人有一妻一妾而处室者①。其良人出，则必餍酒肉而后反②。其妻问所与饮食者，则尽富贵也。其妻告其妾曰："良人出，则必餍酒肉而后反；问其与饮食者，尽富贵也，而未尝有显者来，吾将瞷良人之所之也③。"

蚤起，施从良人之所之，遍国中无与立谈者④。卒之东郭墦间，之祭者，乞其余；不足，又顾而之他⑤——

---

① 处室：居家度日。
② [其良人出] 二句：她们的丈夫每天出门，必定酒足饭饱之后才回来。 良人：丈夫。 餍（yàn）：餍足、吃饱。
③ [问其与饮食者] 四句：问与他一起吃喝的是些什么人，丈夫说全是有钱有势的人。但我从来没见到什么显要人物到家里来，我打算偷偷看他究竟去了什么地方。 瞷（jiàn）：窥视、偷看。 所之：所去的地方。
④ [蚤起] 三句：清早起来，她便尾随丈夫去他所到之处，走遍全城，也没看到谁与他短暂交谈。 蚤：同"早"。 施（yí）：曲折缓行。 国中：城中。
⑤ [卒之东郭墦间] 五句：最后他一直走到了东门外的墓地，到那些祭扫坟墓的人面前，乞讨剩余的祭品，没吃够，又环顾左右，去另外的人那里乞食。 卒：最后。 郭：指城市的外墙，内城墙称城，合称城郭。 墦（fán）：墓地。

此其为餍足之道也⁶。

其妻归，告其妾，曰："良人者，所仰望而终身也，今若此⁷！"与其妾讪其良人⁸，而相泣于中庭，而良人未之知也，施施从外来，骄其妻妾⁹。

由君子观之，则人之所以求富贵利达者，其妻妾不羞也，而不相泣者，几希矣⑩！

---

⑥ [此其]句：这就是他让自己酒足饭饱的办法。
⑦ [良人者]三句：丈夫是我们依赖并托付终身的人，如今他却是这个样子！
⑧ 讪（shàn）：讥讽。
⑨ [施施]二句：得意扬扬地从外面回来，在妻妾面前摆威风。 施施：行走缓慢自得的样子。
⑩ [由君子观之]五句：大意是说，从君子的立场来看，有些人用来乞求富贵荣华的手段，未免有些太卑劣了，想让他的妻妾不为此蒙羞，不为此相对哭泣，是很少见的吧！ 利：利益。 达：发达、成功。 希：同"稀"，稀少、罕见。 几希：很少、罕见。

《庄子》

逍遥游(节选)

庄子,名周,战国时期宋国人,身世不可确考。《庄子》一书,现存三十三篇,一般认为,其中"内篇"为庄子所著,"外篇"和"杂篇"由庄子后学撰辑而成。《庄子》在后世与《老子》并称,成为古典道家思想的经典之作。《庄子》继承了《老子》的基本思想,但在思辨和文字表现等方面都有新的发展,对后世的哲学和文学也产生了巨大的影响。在《庄子》中,内容与风格达到了高度的统一:它的汪洋恣肆的文风与破除一切常识羁绊的思维方式,彼此合拍,相互推进,共同缔造了先秦思想与文学的辉煌巅峰。

《逍遥游》为我们描述了一种自在自为、无所凭借的自由状态。这里节选的部分从鲲、鹏起头,谈大小之别与长短之分。这些差异,在庄子看来,都是相对而言的,也取决于经验和知识。对于蝉和斑鸠来说,能飞到树上就很不错了,有时连这都做不到。像大鹏那样,扶摇直上九万里,就完全超出了它们的想象范围,也超出了它们的理解力。

本篇文字主要由寓言和比喻构成。我们知道,列子是写寓言的好手,可庄子也毫不逊色,甚至还更胜一筹。庄子通过寓言来阐发他的哲学思考,展现了他纵恣不羁的想象力。

  正像老子喜欢写水,庄子长于写风。风的形象和主题贯穿了《庄子》的不同篇章,也流动在它的字里行间。在庄子的笔下,风是力的化身和自由的象征,并且指向了《逍遥游》所憧憬的那个自由自在、恣意遨游的境界。而他的文章也有如万里长风,浩荡无际,想落天外。要了解庄子的文章和境界,首先来看一看他是怎样写风的。就让我们从《逍遥游》的这个片段开始。

北冥有鱼，其名为鲲。鲲之大，不知其几千里也。化而为鸟，其名为鹏。鹏之背，不知其几千里也；怒而飞，其翼若垂天之云①。是鸟也，海运则将徙于南冥。南冥者，天池也②。

《齐谐》者，志怪者也③。《谐》之言曰："鹏之徙于南冥也，水击三千里，抟扶摇而上者九万里，去以六月息

---

① [北冥有鱼] 以下数句：北海有鱼叫鲲。鲲之大，不知有几千里长。鲲变化为鸟，其名为鹏。鹏的脊背，也不知有几千里长；它振翅而飞，翅膀就像从天上垂挂下来的云。 北冥：北边的海，下文"南冥"即南边的海，因海水深黑而称冥。 怒而飞：振翅起飞。 垂天之云：一说即"陲天之云"，指天边之云。
② [是鸟也] 四句：这只鸟，海动风起时就飞往南海。南海就是天池。 徙：迁徙。
③ [《齐谐》者] 二句：《齐谐》是齐国记述诙谐怪异之书。 志：记载、记述。

者也④。"野马也,尘埃也,生物之以息相吹也⑤。天之苍苍,其正色邪?其远而无所至极邪?其视下也,亦若是则已矣⑥。

且夫水之积也不厚,则其负大舟也无力⑦。覆杯水于坳堂之上,则芥为之舟;置杯焉则胶,水浅而舟大也⑧。风之积也不厚,则其负大翼也无力。故九万里,则风斯

④ [鹏之徙于南冥也]四句:描写鹏鸟起飞时,翅膀拍击水面,三千里水花飞溅的壮观场面,又写它如何振动翅膀,形成旋风,直上九万里的高空。飞离此地,需要六个月才停下来歇息。 抟(tuán):盘旋。 扶摇:自下而上的旋风。 去:离开。 息:止息,一说即风,因此全句的意思是大鹏乘六月之风而去。
⑤ [野马也]三句:描写云气浮尘在风中飘游涌动的奇幻景观。天地间云气浮涌,瞬息万变,状若野马奔腾,空气中飘浮着尘埃——这些都是宇宙中的各种生物因气息吹拂而呈现出的万千气象。
⑥ [天之苍苍]五句:天空深青,这或许就是它真实的颜色?天空果真深远得没有边际吗?大鹏往下看,也是这样的光景。 苍:深色。 其:或许,一说通"岂",难道。 邪:即"耶",表示疑问。 "其视下也"一句中的"也"字标示句中停顿。 若:像。
⑦ [且夫]两句:水如果积得不深,那么它就无力承载大船。 且夫:句首语,用来提示下文、引起议论。
⑧ [覆杯水]四句:倒一杯水在堂前的洼地,一根小草像船那样浮起来,但把杯子放在上面,就黏住不动了。这是因为水浅而船大。 覆:倒水、泼水。 坳(ào)堂:应作"堂坳",即堂前地上的坑洼。 芥:小草。

在下矣,而后乃今培风⁹;背负青天而莫之夭阏者,而后乃今将图南⑩。

蜩与学鸠笑之曰⑪:"我决起而飞,抢榆枋而止,时则不至而控于地而已矣,奚以之九万里而南为⑫?"适莽苍者,三飡而反,腹犹果然⑬;适百里者,宿舂粮⑭;适千里者,三月聚粮。之二虫又何知⑮!

⑨ [故九万里]三句:所以大鹏飞上九万里的高空,风就在它的下面,它才能乘着风力南飞。 斯:就、于是。 而后乃今:即"今而后乃",意思是"这之后才……"。 培风:同"凭风",即乘风之意。
⑩ [背负青天]二句:背负青天而无所阻碍,然后飞往南海。 夭(yāo):挫折。 阏(è):阻碍。 图:图谋、打算。
⑪ 蜩(tiáo):蝉。 学鸠:斑鸠一类的小鸟。 这里写蝉和小鸠讥笑大鹏。
⑫ [我决起而飞]四句:我快速跃起,直到撞上榆树和檀树而止,有时还没飞到树上就掉下来了,如此而已,何必要飞到九万里的高空,然后再南行呢? 决(xuè):迅速的样子。 抢(qiāng):撞上。 控:投、落。 奚以之九万里而南为:镶嵌句,奚……为的意思是为什么、何必;"以"带入问题的内容;"之"为动词,意思是往、去。
⑬ [适莽苍者]三句:到郊野去的,只带三餐的口粮,当天回来,肚子还是饱饱的。 适:到。 莽苍:景色苍茫的郊野。 飡:同"餐"。 果然:果腹,吃饱的样子,"然"指……的样子,这里形容饱食的状态。
⑭ [适百里者]二句:到百里以外的地方去,要花一晚上的时间舂(chōng)米,预备粮食。
⑮ 之:这。

小知不及大知，小年不及大年。奚以知其然也⑯？朝菌不知晦朔，蟪蛄不知春秋，此小年也⑰。楚之南有冥灵者，以五百岁为春，五百岁为秋；上古有大椿者，以八千岁为春，八千岁为秋，此大年也⑱。而彭祖乃今以久特闻，众人匹之，不亦悲乎⑲！

⑯〔小知不及大知〕三句：小智不了解大智，寿命短的不了解寿命长的。我们怎么知道是这样的呢？　及：赶上、比得上。
⑰〔朝菌不知晦朔〕三句：朝生暮死的昆虫（一说为菌类）不知道一个月的始末，夏生秋死的寒蝉不知道一年的春秋，这就是"小年"，即短寿者。　晦朔：指月亮的盈缺。晦，每个月的最后一天；朔，每个月的第一天。蟪蛄：寒蝉。
⑱冥灵、大椿皆指传说中长生不死之树，一说"冥灵"指神龟。
⑲〔而彭祖〕三句：彭祖是传说中的人物，据说活了八百岁，所以他以长寿而闻名天下。众人都想比附他。岂不是太可悲了吗？因为他们只知道彭祖，而不知道还有冥灵和大椿。　匹：匹敌、匹配。

《庄子》

秋水（节选）

埳井之蛙

《秋水》篇围绕着好几组对话展开，着重阐述认知的相对性与局限性。这里所选的公孙龙与魏牟的一大段对话，就以此为主题，从各个方面，运用了不同的事例，反复加以辩析申说。

庄子生活在一个百家争鸣的时代，各种不同的学说相继登场。有人像墨子那样，奉行"兼爱"说，宣扬爱所有的人，而不是追随孔子，分什么亲疏远近。也有人像杨朱那样，恰恰相反，声称拔一毛以利天下而不为。从这里节选的《秋水》一文中，我们得知，惠施有"合同异"之说，而公孙龙与之格格不入，主张"离坚白"。究竟是什么意思呢？大家可以从正文的注释中找到答案。此外，《庄子》的《天下》篇还引用了惠施的另一个说法："镞矢之疾而有不行不止之时。"大意是说，箭头飞动的速度很快，但有不动和不止的时候。这话怎么讲呢？从运行的过程来看，箭头当然从未停止；但相对于其中的每一个瞬间而言，它又可以说是静止不动的。真是无巧不成书，这一看法与古希腊哲学家芝诺的"飞矢不动"说遥相呼应，不无相似之处。这些想法听上去悖离常识，近乎诡辩，但又往往蕴含了深刻的洞察和辩证思维的成分。例如,《天下》篇转述了惠施的另一个著名论断:"一尺之捶(棰),日取其半,万世不竭。"一尺长的木棍,每天截去一半,却永远也截不完。从常识的立场来看,这怎么可能呢?可是我们知道,物质无限可分的原理,早已得到了现代科学的支持。庄子是惠施的论敌,彼此争论,无休无止,但先秦诸子正是通过这样的激烈争辩而创造了百家争鸣的局面,将人类的认识思维和语言辨析推向新的前沿,也成就了中国思想文化史上最富于活力和创造力的黄金时代。

语言是思想的工具,并且反过来塑造了思想本身。在思想观念激烈论争的时代,语言文字被淬炼得空前犀利,锋芒闪耀。《庄子》在汉语的运用和写作的造诣上,达到了一个新的高度。他是一位了不起的格言家,擅长以悖论的方式写作,同时也是写寓言的一把好手。我们今天熟悉的成语如"以管窥天""以锥指地",成语故事如"井底之蛙"和"邯郸学步",都出自《秋水》篇的这几个选段中。从一篇文字中产生一两个成语,就已经相当稀奇了,而在庄子的笔下,它们联翩而至,令人目不暇接。《庄子》是一座思想的宝库,它也因此成为我们语言文字的重要依据。

公孙龙问于魏牟曰:"龙少学先王之道,长而明仁义之行①;合同异,离坚白;然不然,可不可②;困百家之知,穷众口之辩③;吾自以为至达已④。今吾闻庄子之言,汒焉异之。不知论之不及与,知之弗若与?今吾无所开吾喙,敢问其方⑤。"

① [龙少学] 二句:我公孙龙年轻时学习先王之道,年长后明白了仁义的行为。
② [合同异] 四句:将事物的异同合二为一,将同一个物体的坚硬和白色分离开来;把不对的说成是对的,认可了不该认可的。"合同异"与"离坚白"是当时两个学派的不同论题。前者以惠施为代表,强调事物的共相,尽管事物千差万别,仍可以从差异中看到它们的共同属性。后者以公孙龙为代表,注重事物的差异性。他主"离坚白"说,认为石头的坚与白原本是彼此无关、各自独立的两种性质,分别属于触觉和视觉所感知的范围,而不是石头的两个相互关联的内在属性。"然不然"和"可不可"的第一个"然"和"可"字均为意动用法,即以不然为然,以不可为可。
③ 困:使动用法,使百家的智慧陷于困境。 知:同"智"。 穷:穷尽、使众人理屈词穷。
④ 至达:无所不通。
⑤ [今吾闻] 六句:我刚才听了庄子的言论,内心十分迷茫,对他的说法深感震惊。不知道是我的论辩不及他呢,还是我的智性比不上他?我现在连张口说话都做不到了,请问您有什么办法吗? 喙:鸟兽的嘴。 方:方法、办法。

50　给孩子的古文

公子牟隐机大息，仰天而笑曰⑥："子独不闻夫埳井之蛙乎⑦？谓东海之鳖曰：'吾乐与！出跳梁乎井干之上，入休乎缺甃之崖；赴水则接腋持颐，蹶泥则没足灭跗；还视虷蟹与科斗，莫吾能若也。且夫擅一壑之水，而跨跱埳井之乐，此亦至矣，夫子奚不时来入观乎⑧！'东海之鳖左足未入，而右膝已絷矣。于是逡巡而却，告之

---

⑥ [公子牟] 二句：魏牟靠着几案，长叹一声，仰天大笑着说。　隐：倚。　机：通"几"，几案、桌子。　大息：叹息。
⑦ 独：岂、难道，表示反问。　埳井：同"坎井"，指浅井。
⑧ [吾乐与] 数句：我（指井底之蛙）快乐极了！我出来就跳上井的栏杆，回到井里便在井壁破损处休息。投赴水中，井水与两腋齐高，并且托起了我的腮帮子；蹬入泥里，泥水就淹没了我的脚背。环顾井里的赤虫、螃蟹和蝌蚪什么的，没有谁能比得上我。更何况我还独占一沟之水，盘踞埳井之内，这样的快乐的确已经达到了极致。夫子（指东海大鳖），你为何不随时进来看看呢？　与：语气词，表示感叹。　乎：此即"于"，出现在句尾时，通常表示疑问。　甃（zhòu）：井壁。　蹶（jué）：足踏。　跗（fū）：脚背。　虷（hán）：井中的赤虫。　擅：独霸、占据。　奚：何不？　时：时不时，也就是随时、经常的意思。

海曰⁹:'夫千里之远,不足以举其大;千仞之高,不足以极其深⁽¹⁰⁾。禹之时十年九潦,而水弗为加益;汤之时八年七旱,而崖不为加损⁽¹¹⁾。夫不为顷久推移,不以多少进退者,此亦东海之大乐也⁽¹²⁾。'于是埳井之蛙闻之,适适然惊,规规然自失也⁽¹³⁾。

"且夫知不知是非之竟,而犹欲观于庄子之言,是

⑨ [东海之鳖] 四句:东海的大鳖左脚还没伸进去,右脚已经被绊住,于是徘徊退却,把大海的情形讲给井底之蛙听。 絷(zhí):羁绊。 逡巡(qūnxún):迟疑徘徊、欲行又止。
⑩ [夫千里之远] 四句:以千里之远,也不足以形容东海的广大;以千仞之高,也不足以丈量东海的深度。 举:此指说明、形容。 仞:古代的长度单位,周制为八尺。 极:穷尽。
⑪ 潦(lǎo):水涝。 加益:涨满溢出。加:更加;益:同"溢"。 损:减损,此指涯岸上的水位并没有减退。
⑫ [夫不为顷久推移] 三句:不因为时间的长短而变化,不因为雨水的多少而增减,这就是东海的大快乐啊! 顷久:时间长短。 推移、进退:指水位的前后上下移动。
⑬ [于是] 三句:井底之蛙听罢,惊惶失措,茫然自失。 适适然:惊惶的样子。 规规然:迷惘失落的样子。

犹使蚊虻负山,商蚷驰河也,必不胜任矣⑭。且夫知不知论极妙之言而自适一时之利者,是非埳井之蛙与⑮?且彼方跐黄泉而登大皇,无南无北,奭然四解,沦于不测;无东无西,始于玄冥,反于大通⑯。子乃规规然而求之以察,索之以辩,是直用管窥天,用锥指地也,不亦小乎⑰!子往矣!且子独不闻夫寿陵余子之学行于邯郸与?

⑭ [且夫] 五句:况且你的智慧不足以达到理解是非的领域,却还想明了庄子的言论,这就像让蚊虫负山,马蚿渡河,必定是不能胜任的。 竟:同"境",指境域、境界。 蚊虻(méng):即蚊虫。 商蚷(jù):虫名,即马蚿,又称马陆。

⑮ [且夫知不知] 二句:而且你的智慧不足以通晓绝妙的言说,自己却得意于一时之利,这岂不正像井底之蛙吗? 第一个"知"即"智",第二个"知"为动词,指知晓。 自适:自得其乐。 一时之利:从上下文来看,指论辩中暂时胜出。 是:这。 与:此处表示疑问。

⑯ [且彼] 七句:庄子之道,下入黄泉而上登皇天,不分南北,四面通达,陷入深不可测之域;不分东西,起于幽暗玄远之处,而返回无所不通的大道。 且:况且。 黄泉:地下的泉水。 大皇:天。 奭(shì)然:不受拘束的样子。

⑰ [子乃] 五句:你却斤斤计较,想通过观察和辩说的方法去求索庄子之道,这简直就如同以竹管观天,用锥子量地,岂不是太渺小了吗? 规规然:拘泥浅陋的样子。

秋水(节选) 53

未得国能，又失其故行矣，直匍匐而归耳⑱。今子不去，将忘子之故，失子之业⑲。"

公孙龙口呿而不合，舌举而不下，乃逸而走⑳。

⑱ [子往矣] 五句：你走吧！你难道没有听说过那个寿陵少年邯郸学步的故事吗？他没有学会赵国人的本领，却忘掉了自己原来的步法，只能爬着回去。 往：离开。 寿陵：燕国的城邑。 余子：弱龄少年。 邯郸：赵国的国都，当地人以走路的姿态优雅著称。 直：简直、只能。
⑲ 故：指上一句中的"故行"。 业：本行、学业。
⑳ [公孙龙] 三句：公孙龙听完这番话，张口结舌，说不出话来，于是飞快地逃走了。 呿（qū）：张口。 舌举而不下：舌头抬起却放不下，形容吃惊的样子。 逸：逃走。 走：跑。

庄子钓于濮水

神龟拖着尾巴,在泥泞里爬行。从人的立场来看,这可不是什么理想的生活状态,但却顺应了神龟的天性。最要紧的是,它毕竟是自由自在地活着。神龟死后,被珍藏在庙堂之上,获得了莫大的荣耀,但那是以死亡为前提的。庄子讲这个故事给楚王的两位大夫听,是为了谢绝楚王的任命。他可不希望像死去的神龟那样活着。但有趣的是,他让他们二位先说出了"曳尾于涂中"的决定。连楚王派来的说客也赞同这一选择,他们还拿什么来劝说庄子接受楚王的任命呢?这两位大夫就只好空手而归了。

庄子钓于濮水，楚王使大夫二人往先焉，曰："愿以境内累矣㉑！"庄子持竿不顾㉒，曰："吾闻楚有神龟，死已三千岁矣，王巾笥而藏之庙堂之上㉓。此龟者，宁其死为留骨而贵乎？宁其生而曳尾于涂中乎㉔？"二大夫曰："宁生而曳尾于涂中。"庄子曰："往矣，吾将曳尾于涂中。"

㉑ [庄子钓于濮水] 三句：庄子正在濮水边上钓鱼，楚威王派了两位大夫先去向他致意说："我希望把国家政务托付给您！" 濮水：古水名，源出自山东濮县之南，经河南封丘向东北流入山东。 楚王：即楚威王。 使：派遣。 大夫：古代官职，周代国君之下有卿、大夫、士三等。 往先焉：先于自己前往那里。 境内：国境之内的政事。 累：烦劳、托付。

㉒ [庄子] 句：庄子手执钓竿，头也不回。 顾：回头看。

㉓ [王巾笥] 句：大王用织巾包好，把它放进竹盒，珍藏在庙堂之上。 巾：即巾幂（mì），用来覆盖、包裹贵重之物的织巾。 笥（sì）：盛衣物或食物的竹器。 庙堂：帝王祭祀或议事之所。

㉔ [此龟者] 三句：这只神龟宁肯死了留下龟骨受人尊重，还是更愿意拖着尾巴在泥泞里自由自在地活着呢？ 宁：宁肯、宁愿。 曳（yè）：拖着。 涂：泥泞。

惠子相梁

庄子刚讲过关于神龟的寓言,接下来又讲了一个关于鹓雏和猫头鹰的故事。鹓雏是传说中像鸾、凤那样的瑞鸟,习性高洁,而猫头鹰却引以为同类,结果造成了可笑的误会。庄子为什么要对惠子讲这个故事呢?庄子对做官没兴趣,可惠子轻信了谣言,以为庄子到梁国来,并不是为了来看他,而是要取代他做宰相,因此受了一场惊吓。

后来,唐代诗人李商隐在自己的诗歌中使用过这一典故——"不知腐鼠成滋味,猜意鹓雏竟未休",嘲笑那只猫头鹰少见多怪,不知腐鼠有什么好吃的,竟然猜疑鹓雏要来抢它的"美食"。更可笑的是,猫头鹰不仅自惊自吓,还反过来恫吓起鹓雏来了。正是蝉鸠安知鲲鹏之志,井底之蛙又如何能了解"东海之大乐"呢?

由此可知,《秋水》中的这几个寓言故事,看上去各自独立,但背后的主题却是一脉相承的。

惠子相梁，庄子往见之㉕。或谓惠子曰："庄子来，欲代子相㉖。"于是惠子恐，搜于国中三日三夜。

庄子往见之，曰："南方有鸟，其名曰鹓𫛢，子知之乎㉗？夫鹓𫛢发于南海而飞于北海，非梧桐不止，非练实不食，非醴泉不饮㉘。于是鸱得腐鼠，鹓𫛢过之，仰而视之曰：'吓！'今子欲以子之梁国而吓我邪㉙？"

㉕ 惠子相梁：惠子在梁国做宰相。　惠子：即惠施，是庄子的朋友和论辩对手，因此《庄子》中经常拿他来开玩笑。　相：做动词用，意思是任宰相一职。
㉖ [或谓惠子曰] 三句：有人对惠子说："庄子来了，是想取代你做宰相。"
㉗ 鹓𫛢（yuān chú）：传说中与鸾、凤同类的瑞鸟。
㉘ [夫鹓𫛢] 四句：鹓𫛢从南方出发，飞到北海，非梧桐树不栖息，非竹子的果实不食，非甘美的泉水不饮。　练实：竹实。　醴（lǐ）泉：像甜酒一样甘美的泉水。　醴：甜酒。
㉙ [于是鸱得腐鼠] 数句：正在这时，一只猫头鹰得到了一只腐烂的老鼠。鹓𫛢刚好飞过，猫头鹰仰起头来望着它，叫道："吓！"如今你也想用你的梁国来吓我吗？　鸱：即鸱鸺（chī xiū），猫头鹰的一种。　吓（hè）：表示恫吓之意，前一个是象声词，后一个是动词。

鱼之乐

这一天,庄子与惠子一起外出游览,来到了濠水的一座桥上。看到水里的鱼儿自由自在地从容出游,庄子感叹道:"看得出来,鱼很快乐啊。"没想到惠子立刻反驳说:"你又不是鱼,你怎么知道鱼是快乐的呢?"这话可有些煞风景啊,原本是一次轻松的出游,被他变成了一场辩论比赛。不过,庄子脑子快,当即回答说:"你不是我啊,怎么知道我不知道鱼很快乐呢?"惠子听了大喜,心想自己的机会来了,就再次反驳道:"好吧,我不是你,固然不知道你知鱼之乐。而你原本不是鱼,你不知鱼之乐,那正是确定无疑的了。"

究竟是鱼之乐呢,还是庄子之乐?这的确是一个问题。同样都是人,也未必就能彼此相知,更何况人与鱼原为异类呢。显然,惠子认为庄子把自己出游的快乐投射到了鱼的身上,而人与鱼之间是不可能感同身受、产生共鸣的。读到这里,我想问一下我们的读者,你究竟同意谁的看法呢?

庄子并没有在这个问题上纠缠下去,而是话锋一转:还是让我们从头说起吧,也就是回到你最初的那个问题。你问我:"汝安知鱼乐"这个"安"字是一个疑问词,意思是"怎么"或"哪里"。你这样问我,表明你已经承认我知鱼之乐了。你不过想进一步了解,我庄周是怎么知道或从哪里知道的。那就让我来回答你好了:我就是从我们当下所在的濠水之上得知的。言下之意,鱼之乐的判断出自我此时此地的亲眼观察，与惠子那一套关于人与鱼、你与我的推理无关。

庄子不服输，当即扳回一局，反败为胜。可是我们别忘了，"汝安知鱼乐"的这个"安"字并不简单，作为一个疑问词，它通常出现在反问句中：你怎么能知道鱼之乐呢？你哪里能知道鱼之乐呢？而这正是惠子的原意，反问句是不需要回答的，因为结论在先：你当然是不可能知道的。庄子有意回避了这个反问句，同时利用了"安"字的多义性，顾左右而言他，回答了一个根本不需要回答的问题。就这样，作为哲学家的庄子出乎预料地给我们上了一堂语言修辞课。

可是，人与人、人与鱼之间究竟能否相知共鸣呢？这个问题庄子并没有做出回答。他回应惠子说：你不是我，怎么知道我不知鱼之乐？虽说是批评惠子，实际上却采用了惠子的逻辑——正像我惠施并非你，所以不知你，你庄周又岂能知鱼呢？这样一来，惠子就在逻辑上占了上风，庄子不得不改变策略，从语言修辞上去大做文章了。

当然，我们或许不应该苛求庄子。在这样一场辩论中，以论述的方式来证明鱼是快乐的，毕竟不是一件容易的事情。这是庄子通过观察和直觉得来的判断，但它背后的道理，那可就说来话长了。

庄子与惠子游于濠梁之上㉚。庄子曰:"鯈鱼出游从容,是鱼之乐也㉛。"惠子曰:"子非鱼,安知鱼之乐?"庄子曰:"子非我,安知我不知鱼之乐?"惠子曰:"我非子,固不知子矣;子固非鱼也,子之不知鱼之乐,全矣㉜。"庄子曰:"请循其本㉝。子曰:'汝安知鱼乐'云者㉞,既已知吾知之而问我。我知之濠之上也。"

㉚ 濠梁之上:濠水的桥梁上。 濠:水名,在今安徽凤阳附近。 梁:桥梁。
㉛〔鯈鱼〕二句:鯈鱼从容自在地游动,这是鱼的快乐啊!也就是说,这表明鱼很快乐! 从容:舒缓悠闲、自由自在。 是:这,此指"鯈鱼出游从容"。
㉜〔我非子〕五句:我不是你,的确不知道你知道鱼是快乐的;而你的确不是鱼,因此,你也不知道鱼是快乐的,这完全可以肯定了! 固:固然、原本、确实。 全:完全,表示论证已经完成。
㉝〔请循其本〕句:请回到最初的问题。 循:追溯。 本:根源,此指原本的话题。
㉞ 云者:用在引文的后面,表示转述结束或有所省略。

《礼记》

苛政猛于虎

《礼记》是古代儒家经典之一,与《仪礼》和《周礼》合称"三礼",今日通行本之《礼记》据传由西汉礼学家戴圣编纂成书。《礼记》的内容十分丰富,是研究中国典章制度、社会生活和儒家思想的重要著作。部分篇章记载了孔子及其弟子的言行片段,简洁生动,有很强的可读性。

本篇选自《礼记·檀弓下》,记叙了孔子路过泰山时的一段见闻与对话:有一家三代人,从丈夫的父亲到丈夫和儿子,都死于虎口,却不肯迁居。一问才知道,原来当地虽有虎患,却没有"苛政"。他们宁肯死也不愿受苛政的罪。所以,孔子要他的弟子牢牢记住:"苛政猛于虎"——严苛的暴政比老虎还要凶猛!

这一段描写加上对话,前后不过几句,看似简单,却胜过千言万语。妇人的回答"昔者吾舅死于虎,吾夫又死焉,今吾子又死焉",三句话使用了同一个简单句,讲的是同一个死亡事件,但每一次都换了一个主语,时间跨越三代人——重复加替换,产生了触目惊心的效果。但这不过是为后文的"苛政猛于虎"做铺垫而已:与苛政相比,这些都还在能够忍受的范围之内。苛政之恐怖,就可想而知了。

孔子过泰山侧,有妇人哭于墓者而哀①。夫子式而听之②,使子路问之曰:"子之哭也,壹似重有忧者③。"而曰④:"然⑤。昔者吾舅死于虎⑥,吾夫又死焉⑦,今吾子又死焉。"夫子曰:"何为不去也⑧?"曰:"无苛政⑨。"夫子曰:"小子识之⑩,苛政猛于虎也。"

① [有妇人]句:有一位在墓前恸哭的妇人,哭得十分悲哀。
② 夫子:先生,这里指孔子。 式:同"轼",车前横木。 孔子俯身扶轼,表示同情和关怀。
③ [子之哭也]二句:听您的哭声,实在像是遭遇了好多伤心事似的。 子:您,第二人称的尊称。 壹:的确。 重(chóng):重复、连续。另一说读"zhòng",意思是沉重。
④ 而:乃、就。
⑤ 然:是的,表示同意。
⑥ 舅:丈夫的父亲。 死于虎:被动句,指被虎伤害致死。
⑦ 死焉:死于虎口。 焉,等于"于之","之"指上句中的"虎"。
⑧ 何为不去也:为什么不离开这里。
⑨ 苛政:苛刻的政令和繁重的赋役。
⑩ 小子:年轻人,这里是孔子对弟子的称呼。 识(zhì):记住。

司马迁

赵括谈兵

本文节选自《史记·廉颇蔺相如列传》。

《史记》是西汉著名史学家司马迁撰写的一部史书，是中国历史上第一部纪传体通史。它记载了上自上古传说的黄帝时代，下至汉武帝太初年间大约三千年的历史。

司马迁（约前145—约前87），字子长。他生长在史官的家庭，自幼就受到了良好的教育，并且师从董仲舒、孔安国等人学习古代文献。他早年漫游大江南北，为撰写《史记》做准备。在担任太史令的父亲司马谈死后，司马迁继任太史令，先后用了约十四年时间，终于完成了这部《史记》。

《史记》对后世史学和文学的发展都产生了深远影响。其首创的纪传体为历代官方的正史所传承。同时，《史记》也是一部优秀的文学著作。它擅长叙事和刻画人物性格，为后世留下了众多栩栩如生的历史人物形象。鲁迅盛赞《史记》为"史家之绝唱，无韵之《离骚》"，概括了它的伟大成就。

赵括出身将门，自少喜读兵书，说起用兵的道理来，口若悬河，谁也难不住他。可是司马迁笔锋一转，让我们听到了他父母的想法。首先是他的父亲老将赵奢不以为然，因为他把战争这样严重的事情说得太轻巧容易了。知儿莫如母，他的母亲根据自己平日的观察，对他也不看好。实际上，秦将白起早就看出了赵括自以为是、骄纵轻敌的弱点。他在战场上佯装败北，以诱敌深入。赵括果然中计，身败名裂不说，可叹那几十万赵军，也断送在了他的手里。

从这一段历史叙述产生了一个成语叫"纸上谈兵"。"兵"指战争、军事。"纸上谈兵"指有的人只会夸夸其谈，一旦上了战场，却落得个兵败身死。更何况自古兵者为凶器，圣人不得已而用之，又谈何容易呢？后人说少年不可轻易言兵，往往举赵括为例。

赵括自少时学兵法,言兵事,以天下莫能当①。尝与其父奢言兵事,奢不能难②,然不谓善。括母问奢其故,奢曰:"兵,死地也,而括易言之③。使赵不将括即已,若必将之,破赵军者必括也④。"及括将行,其母上书言于王曰:"括不可使将。"王曰:"何以⑤?"对曰:"始妾事其父,时为将,身所奉饭饮而进食者以十数,所友者以

① [以天下]句:以为天底下没人能与他旗鼓相当。 当:匹敌。
② 难(nàn):驳难、反驳。这里是说赵括常与父亲赵奢谈论兵法,父亲驳不倒他。
③ [兵,死地也]三句:带兵打仗是出生入死之事,赵括却把它说得那么轻易。 死地:危险之地。
④ 使:假使。 将:作动词用,指任命他做将领。下文"括不可使将"的"将"字,用法相同。
⑤ 何以:为什么。

百数，大王及宗室所赏赐者尽以予军吏士大夫⑥，受命之日，不问家事。今括一旦为将，东向而朝，军吏无敢仰视之者⑦。王所赐金帛，归藏于家，而日视便利田宅可买者买之⑧。王以为何如其父⑨？父子异心，愿王勿遣⑩。"王曰："母置之，吾已决矣⑪。"括母因曰："王终遣之，即有如不称，妾得无随坐乎⑫？"王许诺。

⑥ [身所奉饭饮]三句：承蒙他亲手送上饭食、汤饮而进食的人，多达几十位，他所交的朋友有几百人之多，大王和宗室赏赐给他的东西全都被他转赠给了军中的将士和僚属。
⑦ [今括一旦为将]三句：现在赵括刚当上大将，就面朝东方接受拜见，军中将士没有敢抬起头来看他的。　东向而朝：面朝东坐着，接受部下的拜见。
⑧ [而日视]句：每天看到有利可图的田产和屋宅就买下来。
⑨ [王以为]句：大王拿他跟他的父亲相比，以为如何？
⑩ 遣：派遣。
⑪ 置：放开手不要管了。　决：决意、做好了决定。
⑫ [即有如不称]二句：如果他犯了失职的过错，我可以不受到连累吗？　不称：不能称职、无法胜任。　随坐：连坐，因别人犯罪而受到牵连。

赵括既代廉颇,悉更约束,易置军吏⑬。秦将白起闻之,纵奇兵,佯败走⑭,而绝其粮道,分断其军为二,士卒离心。四十余日,军饿,赵括出锐卒自搏战⑮,秦军射杀赵括。括军败,数十万之众遂降秦,秦悉坑之⑯。赵前后所亡凡四十五万。明年,秦兵遂围邯郸,岁余,几不得脱⑰。赖楚、魏诸侯来救⑱,乃得解邯郸之围。赵王亦以括母先言,竟不诛也⑲。

⑬ [悉更] 二句:全部更改原有的纪律和规定,并撤换和任命了许多将吏。 悉:全部。 更:变更。
⑭ 纵:出。 佯:假装。
⑮ 锐卒:精锐部队。
⑯ 悉:全部。 坑:活埋。
⑰ 几:几乎。
⑱ 赖:有赖于。
⑲ [赵王] 二句:赵王也因为赵括的母亲有言在先,最后没有将她处死。

司马迁

圯上受书

本文选自《史记·留侯世家》。

司马迁作史而长于写人,他笔下的历史是由一系列个人的生动故事所构成的。留侯,是张良的封号。张良,字子房,谥号文成,秦末汉初著名的谋士、大臣。张良一生可写之事甚多,他从黄石公那里得到了一部兵书,于是日后精通兵法,这固然也算是一件大事,但一句话就足以交代清楚了,而司马迁却不惜笔墨,细细写来。这是为什么呢?原因可能不止一个,大家可以用心想一想。有一点我们或许都同意:圯上受书一事,有悬念,有细节,是讲故事的好材料,还极富传奇色彩。黄石公约见张良,前后三次才有了结果,这样的情节在民间故事中往往可见,司马迁又岂肯轻易放过呢?另外还有一个更重要的原因:这件小事让我们看到了张良隐忍屈尊却安之若素的性格。有了这一笔,张良这个形象就立起来了。至于他后来辅佐汉高祖,成就了统一天下的大业,也一点儿都不难理解了。

良尝闲从容步游下邳圯上①,有一老父,衣褐,至良所,直堕其履圯下②,顾谓良曰:"孺子,下取履!"良鄂然③,欲殴之。为其老,强忍,下取履。父曰:"履我!"良业为取履,因长跪履之④。父以足受⑤,笑而去。良殊大惊,随目之⑥。

父去里所,复还⑦,曰:"孺子可教矣。后五日平明,

---

① [良尝闲]句:张良闲暇时曾徜徉于下邳桥上。 尝:曾经。 圯(yí):桥。
② 褐:古时平民穿的衣服,通常用粗麻布制成。 直:故意、特意。 老人故意把鞋掉到桥下去。
③ 鄂然:同"愕然",惊讶发呆的样子。
④ [父曰]数句:老人说:"给我把鞋穿上!"张良心想既然都已经把鞋子取上来了,于是就跪下身去给他穿上。 履:此作动词用,即把鞋穿上。 业:已经。 长跪:两膝着地,上身挺直。
⑤ 受:承受。
⑥ [良殊大惊]二句:张良大吃一惊,目送老人走远。 殊:非常。
⑦ [父去]二句:老人离开一里地左右,又回来了。 里所:一里来地。 所:表示大概、约略的意思。

与我会此⑧。"良因怪之,跪曰:"诺。"五日平明,良往。父已先在,怒曰:"与老人期,后,何也⑨?"去⑩,曰:"后五日早会。"五日鸡鸣,良往。父又先在,复怒曰:"后,何也?"去,曰:"后五日复早来。"五日,良夜未半往。有顷⑪,父亦来,喜曰:"当如是。"出一编书,曰:"读此则为王者师矣。后十年兴。十三年孺子见我济北,谷城

⑧ [孺子] 三句:你这个孩子是可以教导成器的。五天以后天刚亮时,与我在这里相会。
⑨ 期:订约。 后:后到,来晚了。
⑩ 去:离去,离开。
⑪ 有顷:过了一会儿。

山下黄石即我矣⑫。"遂去,无他言,不复见。

旦日视其书⑬,乃《太公兵法》也⑭。良因异之,常习诵读之。

⑫ [读此]四句:读了这部书就可以做帝王的老师了。十年以后你会发迹。十三年后到济北来见我,谷城山下的黄石就是我。　兴:成事。
⑬ 旦日:天亮时。
⑭ 太公:即姜太公,字子牙,曾辅佐周文王和周武王成就周朝大业。《太公兵法》是假托姜太公所作的一部兵书。

司马迁

韩信拜将

本文选自《史记·淮阴侯列传》。

韩信是刘邦手下的一员大将,与萧何、张良并称"汉初三杰",为缔造汉家天下,立下了汗马功劳。但韩信的命运却令人嗟叹。他功成名就之后,因为功高盖主,引人猜忌,最终落得个夷灭宗族的下场。但他从来就是一个奇人,早年的经历也同样大起大落。这里节选了《史记·淮阴侯列传》的有关内容,司马迁从韩信发愿报漂母一饭之恩,写到他受市井小儿的胯下之辱;从萧何夜追韩信,写到韩信拜将,一军皆惊——这些跌宕起伏的精彩情节,原本出自司马迁从淮阴一带采集来的民间传说,经过他妙笔生花的润色而广为传颂。后来屡经改写,又进入了民间说书和章回小说,并且活跃在戏曲的舞台上。从文人、官僚,到乡野间不识字的农夫,甚至老幼妇孺,几乎家喻户晓。光凭这一点,我们就明白司马迁有多伟大了。司马迁是独一无二、不可替代的:他属于一个英雄时代的伟大传统,也属于我们当中的每一个人。

淮阴侯韩信者，淮阴人也。始为布衣时，贫无行，不得推择为吏，又不能治生商贾，常从人寄食饮，人多厌之者①。常数从其下乡南昌亭长寄食，数月，亭长妻患之，乃晨炊蓐食。食时信往，不为具食②。信亦知其意，怒，竟绝去③。

信钓于城下，诸母漂，有一母见信饥，饭信，竟漂数十日④。信喜，谓漂母曰："吾必有以重报母。"母怒曰："大

---

① [始为布衣时]六句：韩信当初为平民时，贫穷而且品行不好，不能被推选去做小吏，又不能做买卖以维持生活，经常寄食在别人家里，人们大多讨厌他。
② [亭长妻患之]四句：亭长的妻子嫌恶他，于是早起把饭煮好，就在床上吃完了。等到开饭的时候，韩信来了，却不给他准备饭食。蓐食：早上在床上进餐。蓐，通"褥"。
③ 绝去：诀别离去。
④ [诸母漂]四句：有几位大娘在河边漂洗衣物，其中一位看见韩信饿了，就给他饭吃。几十天都如此，直到漂洗完毕。竟：完毕、结束。

丈夫不能自食，吾哀王孙而进食⑤，岂望报乎！"

淮阴屠中少年有侮信者，曰："若虽长大，好带刀剑，中情怯耳⑥。"众辱之曰："信能死，刺我；不能死，出我袴下⑦。"于是信孰视之，俯出袴下，蒲伏⑧。一市人皆笑信，以为怯。

及项梁渡淮，信杖剑从之，居戏下⑨，无所知名。项梁败，又属项羽，羽以为郎中⑩。数以策干项羽⑪，羽不用。

⑤ 王孙：王室子弟，泛指贵族子弟，此处犹言"公子"，以示尊敬之意。
⑥ [若虽长大] 三句：你虽然长得高大，喜欢带刀佩剑，其实是个胆小鬼而已。　中情：指内心。
⑦ [信能死] 数句：你（韩信）要是不怕死，就拿剑刺我。怕死的话，就从我的胯下爬过去。　能死：不怕死。　袴（kuà）：同"胯"，胯下指两腿之间。
⑧ 孰视：仔细打量。　孰：同"熟"。　蒲伏：匍匐、爬行。
⑨ 戏下：麾下、旗下。另解作戏水之下，"戏"指戏水，在今陕西临潼以东。
⑩ 属：归属、投奔。　以为郎中：任命他为郎中。　郎中：品阶很低的官。
⑪ 干：求请、献议。

汉王之入蜀,信亡楚归汉,未得知名,为连敖⑫。坐法当斩,其辈十三人皆已斩,次至信,信乃仰视,适见滕公⑬,曰:"上不欲就天下乎⑭?何为斩壮士!"滕公奇其言,壮其貌,释而不斩⑮。与语,大说之⑯。言于上,上拜以为治粟都尉,上未之奇也⑰。

信数与萧何语,何奇之。至南郑,诸将行道亡者数十人。信度何等已数言上,上不我用,即亡⑱。何闻信亡,不

⑫ [汉王之入蜀]四句:汉王刘邦进入蜀地,韩信离开楚军归顺汉王,没有什么名声,只不过是一个小官员而已。 连敖(áo):接待宾客的小官。
⑬ 坐法:因为犯法。 适:碰巧、刚好。 滕公:即夏侯婴,曾任滕县县令,时人称滕公。
⑭ 就天下:成就天下、打下天下。
⑮ [滕公]三句:写滕公为韩信的言辞和相貌所打动,将他释放了,而没有斩首。"奇其言,壮其貌"中的"奇"和"壮"都是意动用法,即以其言为奇,以其貌为壮。
⑯ 大说之:即"大悦之",对他大为喜欢和欣赏。
⑰ [言于上]三句:便把他推荐给汉王刘邦。汉王派他做管理粮饷的治粟都尉,仍不把他当奇才来看待。 治粟都尉:汉代官名。
⑱ [诸将行道亡者]四句:半路上跑掉的军官就有几十个。韩信料想萧何等人已经多次向汉王推荐过自己了,可是汉王却一直不加重用,就也逃跑了。 道亡:半路逃走。

及以闻，自追之⑲。人有言上曰："丞相何亡。"上大怒，如失左右手。居一二日，何来谒上⑳。上且怒且喜，骂何曰："若亡，何也？"何曰："臣不敢亡也，臣追亡者。"上曰："若所追者谁？"何曰："韩信也。"上复骂曰："诸将亡者以十数，公无所追；追信，诈也㉑。"何曰："诸将易得耳，至如信者，国士无双。王必欲长王汉中，无所事信；必欲争天下，非信无所与计事者。顾王策安所决耳㉒。"王曰："吾

⑲ [不及以闻] 二句：来不及把韩信逃亡的消息报告给刘邦，就亲自去追赶韩信了。
⑳ 居一二日：指过了一两天。 谒：拜见。
㉑ 诈：欺骗。
㉒ [王必欲长王汉中] 五句：大王如只想在汉中长久称王，当然用不上他；假如想要争夺天下，除了韩信就没有可以商量大计的人了。这就看大王如何打算了。 事：用。 顾：只是。 安：怎样。 决：决定。

亦欲东耳㉓，安能郁郁久居此乎？"何曰："王计必欲东，能用信，信即留；不能用，信终亡耳。"王曰："吾为公以为将㉔。"何曰："虽为将，信必不留。"王曰："以为大将。"何曰："幸甚。"于是王欲召信拜之。何曰："王素慢无礼㉕，今拜大将如呼小儿耳，此乃信所以去也。王必欲拜之，择良日，斋戒，设坛场，具礼，乃可耳㉖。"王许之。诸将皆喜，人人各自以为得大将。至拜大将，乃韩信也，一军皆惊。

㉓ 东：用作动词，指东行，暗指占领帝都，称霸天下。
㉔〔吾为公〕句：我为了您拜他为将。
㉕ 素：平素。 慢：傲慢。
㉖〔择良日〕五句：选择吉日，守斋戒，专门为任命仪式设置高台和场地，操演礼仪，这样做才行。

诸葛亮

诫子书

诸葛亮（181—234），字孔明，早年隐居，躬耕于南阳，时称"卧龙"。刘备三顾茅庐请他出山。诸葛亮不负所望，辅佐刘备建立了蜀汉政权，从而形成了历史上有名的魏、蜀、吴三足鼎立的局面。

这是诸葛亮写给儿子诸葛瞻的一封家书。当时诸葛瞻不过八岁而已，信中所说的道理，他未必能懂。但这又有什么关系呢？诸葛亮写给孩子的话，为的是他终身受益。这封家书言简意赅，是道德与智慧的结晶，也是人生阅历的总结。诸葛亮的教诲与期望，以及父亲对儿子的爱护与关怀，都在这简短的几句话中真切地表达出来了。其中"非澹泊无以明志，非宁静无以致远"两句，引自西汉刘安的《淮南子·主术训》："是故非澹薄无以明德，非宁静无以致远。"后来又常常被缩写为"澹泊以明志，宁静以致远"，并且成为历代学子修身立志的座右铭。的确，只有胸襟淡泊，不慕荣利，才有可能明确志向。只有内心宁静，沉潜专一，才有希望走得更远。人生的行旅因此就是一场内心的修炼。

夫君子之行，静以修身，俭以养德①。非澹泊无以明志，非宁静无以致远。夫学须静也，才须学也，非学无以广才，非志无以成学②。淫慢则不能励精，险躁则不能治性③。年与时驰，意与日去，遂成枯落，多不接世，悲守穷庐，将复何及④！

① [夫君子之行] 三句：写君子的行为操守，应当通过内心的宁静来完成自身的修养，通过俭朴的生活方式来培养高尚的品德。 以：依靠、通过。
② [夫学须静也] 四句：为学必须静下心来，不受外界的干扰和诱惑，才能必须通过学习来获得。不学习就无法增长才能，而没有志向就学无所成。
③ [淫慢] 二句：放纵怠懈就无法奋发精进，急于求成就不能修炼性情。 淫慢：放纵怠惰。 励精：也可以解释为激励精神。 险躁：偏狭急躁。 治性：修养和约束性情。一作"冶性"，指陶冶性情。
④ [年与时驰] 数句：年华与光阴一同飞逝，意志伴随着岁月逐渐消磨，最终像枯叶一样衰落，大多于社会无益。到那时守在破屋里唉声叹气，哪里还来得及呢？ 遂：于是。 接：接触，也有接济、救助的含义。

邯郸淳

《笑林》三则

邯郸淳,字子淑,东汉时颖川(今河南禹州)人。他所撰《笑林》三卷,是我国古代最早的笑话集。后来又有《笑林广记》等书问世,形成了俳谐文字的悠久传统。

(一)楚人有担山鸡者

谣言是怎样形成的,为什么会有那么多的人信以为真,而且以讹传讹?骗子从中得到了好处,自不必说,连被骗的路人,也稀里糊涂地得到了楚王的一大笔赏赐。当然,最糊涂的恐怕还要算是楚王了,为了那一只根本就不存在的凤凰破费巨资,充当了一回冤大头。不过,或许他压根儿就不在乎真相如何。据说路人花重金买下了那只象征吉祥的"凤凰",首先想到的就是献给他。对楚王来说,还有什么比这一份忠诚更重要的呢?是啊,国王自有国王的道理,只不过在别人的眼里,这终究是一出滑稽可笑的荒诞剧。

楚人有担山鸡者,路人问曰:"何鸟也?"担者欺之曰:"凤皇也!"路人曰:"我闻有凤皇久矣,今真见之,汝卖之乎?"曰:"然!"乃酬千金,弗与①;请加倍,乃与之。方将献楚王,经宿而鸟死②。路人不遑惜其金,惟恨不得以献耳③。国人传之,咸以为真凤而贵,宜欲献之,遂闻于楚王④。王感其欲献己也,召而厚赐之,过买凤之值十倍矣⑤。

① 弗与:没有答应成交。
② 方:刚刚。 经宿:过了一夜。
③ [路人不遑]二句:路人还来不及惋惜花了大价钱,只是后悔没能把"凤凰"献给楚王。 遑:闲暇。 恨:遗憾。
④ [国人传之]四句:国中之人口耳相传,都把山鸡当成了凤凰来尊贵,认为应该献给楚王,于是就报告给了楚王。 咸:都。
⑤ [王感其欲献己也]三句:楚王被那个路人买"凤凰"想要献给自己的行为所感动,于是把他召去好好地赏赐了一番,赏金比路人买"凤凰"的价钱还多出了十倍。

(二)汉世老人

吝啬鬼是人们最喜欢嘲弄的对象之一,自古而然,中外不分。这个笑话中的老人,家富无子,死后田产就被充官了。但他的一生除了积累和守护财富,似乎别无所好。关于吝啬鬼的笑话很多,彼此间还相互竞争,专在细节上比高下。这一则笑话中的细节就相当精彩:老人不情愿地答应给乞丐几个钱,但他从屋里取钱出来时,走一步就拿掉一枚。等到了乞丐面前,手里的钱只剩下一半了。把钱交出去时,他还闭上了眼睛,一副于心不忍的样子。

读到这里,我们总算明白了什么是细节的魅力。写作离不开令人印象深刻的细节,不论是鸿篇巨制的小说和戏曲,还是三言两语的笑话,都不例外。

汉世有老人,无子,家富,性俭啬①;恶衣蔬食,侵晨而起,侵夜而息②;营理产业,聚敛无厌③,而不敢自用。或人从之求丐者④,不得已而入内取钱十,自堂而出,随步辄减,比至于外,才余半在,闭目以授乞者⑤。寻复嘱云⑥:"我倾家赡君,慎勿他说,复相效而来⑦!"老人俄死,田宅没官,货财充于内帑矣⑧。

① [汉世] 四句:汉代有一位老人,家富而无子,性格节俭吝啬。
② [恶衣蔬食] 三句:衣服粗劣,以草菜为食,天一亮就起床,天黑了才睡觉。
③ 聚敛:聚集和搜刮。 厌:满足。
④ [或人从之] 句:有人跟随他向他乞讨钱财。 之:指老人。
⑤ [随步辄减] 四句:走一步,就减去一枚,等到了堂外,钱只剩下一半了,他心疼地闭上眼睛把钱交给乞讨者。 比:等到。 授:交给。
⑥ 寻:一会儿。 复:又。
⑦ [我倾家] 三句:我把家里的钱全都拿来给了你,你可千万不要对别人说啊。否则,他们都会学你的样子,来向我要钱了。 倾家:即倾家荡产,把全部的家当都拿出来了。 赡:供给。 效:仿效。
⑧ [老人] 三句:老人不久就过世了,他的田地房屋被官府没收,钱财充入国库。 俄:很快、不久。 内帑(tǎng):旧时指国库。

(三)执竿入城

这个笑话中的那个鲁国人，手执长竿，却横竖进不去城门。这固然已经令人不可思议了，而那位自以为年纪大、阅历广的老父就更加可笑了：他建议把长竿锯成两截。出此下策，却那么自信，这才是真正的笑点。仿佛这还不够，作者最后又加了一句：执竿者竟然照他的话办了！在可笑的程度上，他们俩真是难分高下，只是可惜了那根长竿。

鲁有执长竿入城门者，初竖执之，不可入；横执之，亦不可入，计无所出①。俄有老父至，曰："吾非圣人，但见事多矣。何不以锯中截而入②？"遂依而截之。

① 计无所出：想不出什么办法。
② [吾非圣人] 三句：我算不上圣人，只是见识的事情不算少。为什么不用锯子把长竿从中间截断后再进城门呢？ 但：只是。

曹丕

与吴质书

曹丕（187—226），字子桓，曹操次子，于220年代汉自立，为魏文帝，也是中国文学史上一位重要的诗人和批评家。

书信在今天已经濒临绝迹了，但在中国历史上，它曾经扮演过我们无法想象的重要角色。在那些过往的岁月中，小到个人交往、亲友间的相互存问，大到思想交流、彼此间的辩驳争论，都离不开书信。那时没有手机微信，连电话电报也没听说过。而人生不易，聚少离多，维系个人之间的纽带，就不能不寄望于鸿雁传书了。以人生而言，这是一个不小的缺憾，但在精神生活上，却得到了加倍的补偿：那些通过书信折射出来的人生面影、智慧的火花和细腻而丰沛的内心世界，为中国文学的宝库增添了绚烂多彩的瑰宝。读了这些书信，我们才知道，今天这个没有书信的时代究竟失去了什么，又如何相形失色了。

《与吴质书》是曹丕为世子时写给朋友吴质的一封信。在这封信中，曹丕深情回忆了当年与吴质，以及徐幹、应玚、刘桢、陈琳等已逝友人共同游处、欢宴赋诗的经历，同时也对他们的才能与成就做出了公允的评价。难能可贵的是,曹丕在表达对朋友的追念时,处处结合自己当下的心境,融注了人生短暂、欢会难再的感慨。这封信将议论、回忆、对友人的关心与个人情感的抒发,完美地融为一体,因此读起来情文并茂,感人至深。

二月三日，丕白①。岁月易得，别来行复四年②。三年不见，《东山》犹叹其远，况乃过之，思何可支③！虽书疏往返，未足解其劳结。昔年疾疫，亲故多离其灾。徐、陈、应、刘，一时俱逝，痛可言邪④！

昔日游处，行则连舆，止则接席，何曾须臾相失⑤？每至觞酌流行，丝竹并奏，酒酣耳热，仰而赋诗⑥。

① 白：陈说，书信开篇和结尾的常用语。
② 岁月易得：时间很容易就过去了。　行：将。　复：又。
③ [三年不见]四句：三年不见，《诗经·东山》诗里的士兵尚且感叹离别的时间太长，何况我们的分别已超过了三年，思念之情又如何承受得起！　支：承受、支撑。
④ [虽书疏往返]数句：尽管我们时有书信往来，但并不足以解除郁结在心头的思念之情。前一年疾疫流行，亲友多遭不幸，徐幹（字伟长）、陈琳（字孔璋）、应玚（字德琏）、刘桢（字公干）都相继过世了，内心的悲痛怎么能用言语来表达呢？　书疏：书信。　劳结：郁结。　离：通"罹"，遭遇。
⑤ [昔日游处]四句：往昔我们或一同出游或平居相处，出游则车舆相连，平居则接席而坐，何曾有过一刻分离！　须臾（yú）：一会儿。
⑥ 觞：酒杯。　酌：斟酒。　流行：酒杯从一位传给另一位，描写欢饮正酣的情形。一说指曲水流觞，详见下一篇王羲之的《兰亭集序》。　丝：指琴类弦乐器。　竹：指箫笙类管乐器。

当此之时，忽然不自知乐也⑦。谓百年己分，可长共相保⑧。何图数年之间，零落略尽，言之伤心⑨！顷撰其遗文，都为一集。观其姓名，已为鬼录⑩。追思昔游，犹在心目。而此诸子，化为粪壤，可复道哉⑪！

观古今文人，类不护细行，鲜能以名节自立⑫。而伟长独怀文抱质，恬淡寡欲，有箕山之志，可谓

---

⑦ [当此之时] 二句：当年沉醉之时，并没有觉得自己处在快乐之中。忽然：一会儿。
⑧ [谓百年己分（fèn）] 二句：自认为人生百年是自己分内应有的，我们可以长久地共享相处之乐。 百年：泛指人的一生。 分：指应得的分内之事。 保：陪伴、依靠。
⑨ [何图] 三句：哪里想得到几年之间，差不多都凋零谢落，说起来令人伤心。
⑩ [顷撰其遗文] 四句：近来编纂他们的遗稿，汇成一集。看他们的姓名，如今已经登记在死者的名册上了。 顷：近来、不久前。 撰：编纂。 都：合成、汇集。
⑪ 可复道哉：我还能说些什么呢？
⑫ [观古今文人] 三句：纵观古今文人，大多都不拘小节，很少能在名誉和节操上立身的。 类：大类、大多。 护：注意。 鲜：很少、罕见。

彬彬君子者矣⑬。著《中论》二十余篇，成一家之言，辞义典雅，足传于后，此子为不朽矣。德琏常斐然有述作之意⑭，其才学足以著书，美志不遂，良可痛惜⑮！间者历览诸子之文，对之抆泪，既痛逝者，行自念也⑯。

孔璋章表殊健，微为繁富⑰。公干有逸气，但未遒

⑬ [而伟长] 四句：评徐幹，说他文质兼备，既抱有淳朴的本质，又怀着不凡的文采。他清心寡欲，不慕俗世的荣华富贵，而有隐者之志，可以说是一位文质彬彬的君子。　箕（jī）山之志：相传尧时的许由、巢父曾在箕山隐居。　彬彬：形容配合适中，恰到好处，出自《论语·雍也》："文质彬彬，然后君子。"

⑭ 德琏：应玚的字。　斐然：有文采的样子。　述作："述"指阐发前人的著作，"作"指他本人的创作。

⑮ 遂：实现。　良：很。

⑯ [间者] 四句：近来遍阅他们的文章，读罢不禁为之拭泪，既痛念逝去的好友，又想到了自己的生命短促。　间者：近来。　抆（wěn）泪：擦眼泪。　行：且、又。　本段提到徐幹和应玚，而作者在点评他们的为人、才学和文章时，往往同时涉及这几个方面，并不做明确的区分。

⑰ 这一段评论陈琳、刘桢、阮瑀（字元瑜）、王粲（字仲宣）。　章表：指大臣写给君主的奏书。　殊健：陈琳写的章表，气势尤其刚健。微为繁富：文辞稍嫌繁复富丽。

耳;其五言诗之善者,妙绝时人⑱。元瑜书记翩翩,致足乐也⑲。仲宣续自善于辞赋,惜其体弱,不足起其文。至于所善,古人无以远过⑳。

昔伯牙绝弦于钟期,仲尼覆醢于子路,痛知音之难遇,伤门人之莫逮㉑。诸子但为未及古人,亦一时之隽也㉒。今之存者,已不逮矣㉓。后生可畏,来者难诬,然恐

⑱ [公干有逸气]四句:刘桢的文风有超俗的气质,只是还不够遒劲有力而已。他的五言诗中的佳作,如此高妙,超过了当时所有的诗人。 绝:超越。
⑲ [元瑜书记]二句:阮瑀所作的书记文采飞扬,可以给读者带来最大的快乐。 书记:指书檄等官方文字。 翩翩:形容词采飞扬。
⑳ [仲宣]五句:评王粲,继之而起,也长于辞赋,可惜体质弱,不足以振起他的文章。然而,说到他的擅长之处,即便古人也超不过他多少。
㉑ [昔伯牙]四句:过去伯牙在好友钟子期死后,便断绝琴弦,终身不再鼓琴了,痛感知音难遇。孔子听说子路被卫人剁成肉酱后,命家人把肉酱倒掉,伤悲弟子无人可及。 醢(hǎi):肉酱。 门人:弟子,学生。 逮:赶上。
㉒ [诸子但为未及古人]二句:诸君虽比不上古人,但毕竟也是一代人中的俊杰。 但:只不过。 隽(jùn):同"俊",指才智出众。
㉓ [今之存者]二句:现在活着的人,已经赶不上他们了。

吾与足下不及见也㉔。

年行已长大，所怀万端，时有所虑，至通夜不瞑㉕，志意何时复类昔日㉖？已成老翁，但未白头耳。

光武言："年三十余，在兵中十岁，所更非一㉗。"吾德不及之，年与之齐矣。以犬羊之质，服虎豹之文，无众星之明，假日月之光，动见瞻观，何时易乎㉘？恐永

㉔ [后生可畏] 三句：后生晚辈值得敬畏，来者如何，也未敢妄言或轻视。只是恐怕您与我都来不及看到了。《论语·子罕》："后生可畏，焉知来者之不如今也？" 诬：轻蔑，指轻视或妄加评论。

㉕ 年行：即"行年"，已经度过的岁月，指年龄。 万端：形容愁思千头万绪。 瞑：闭目入睡。

㉖ [志意] 句：我的志向和心力何时能与昔日相比呢？

㉗ [年三十余] 三句：年过三十，在军中十年，所经历的事情很多。这是引用汉光武帝刘秀的话。 更：经历。

㉘ [以犬羊之质] 六句：大意是说，自己并无特殊的德能，却登上了世子之位，假借的是父王曹操的光芒。而自己的一举一动都在众目瞻观之下，这种情形什么时候才能改变呢？ 以犬羊之质，服虎豹之文：比喻自己本来不过是犬羊，却披上了虎豹的华彩外皮。 无众星之明，假日月之光：自己不像众星那么明亮，而是凭借着父王的日月之光。 此处曹丕以日月比父王曹操。 见：被。 易：改变。

不复得为昔日游也㉙。少壮真当努力,年一过往,何可攀援㉚?古人思秉烛夜游,良有以也㉛。顷何以自娱?颇复有所述造不㉜?东望于邑,裁书叙心㉝。丕白。

㉙ [恐永不复得]句:恐怕永远也不可能再像从前那样一起交游了。
㉚ 攀援:挽留、留住。
㉛ 秉烛夜游:出自汉代《古诗十九首·生年不满百》一首的"昼短苦夜长,何不秉烛游?",意思是说,既然苦于昼短夜长,为什么不夜里起来,手持火烛出游,及时行乐呢? 良有以也:的确是有道理、有原因的。
㉜ [顷何以自娱]二句:近来以什么自娱,是否又有了一些新作? 述造:即"述作"。 不:一作"否",这里是"有否"的意思。
㉝ 于邑(wūyè):同"呜咽",伤心哽咽。一解作抑郁烦闷。 裁书:即写信。

王羲之

兰亭集序

王羲之(303—361),字逸少,东晋著名书法家,有"书圣"之称。

永和九年(353),在兰亭举办了一次著名的文人集会。与会者包括王羲之、谢安等四十一位名士,他们临流赋诗,各抒怀抱,辑成《兰亭集》。王羲之为诗集作序,这就是《兰亭集序》的来历。

《兰亭集序》是古文名篇,也是选集必收之作。在这篇短文中,王羲之借眼前兰亭集会的盛况,抒发宇宙人生的感慨。前人说:古往今来曰宇,上下四方曰宙。所谓宇宙之感正是时空交会之际所唤起的人生感悟。评家早已指出,这篇文章的精彩之处在于即景言情,情景交融,但实际上又不止于此。我们看它从欢乐写到忧伤,仿佛只在一念之间,或者如曹丕在《善哉行》中所写的那样,是"忧来无方,人莫之知"吧。作者上一段还在说曲水流觞,乐莫大焉,下一段却结束在"死生亦大矣,岂不痛哉"这两句话上,一时哀从中来,如不可遏。然而悲欢之间的瞬息变化,却没有留下突兀或勉强的痕迹,仿佛本来就是如此:不知道什么时候快乐没有了,变成了悲哀,什么时候又从悲哀中升华出了浩渺的宇宙意识。情绪的潮汐,就这样波澜起伏,蔚为大观,令人不能不为之动容。这当然首先要归功于王羲之本人,归功于他敏锐而丰富的感受力和文字表现力。但无可否认,这同时也体现了魏晋时期共同的时代敏感与情感结构。我们刚读过曹丕的《与吴质书》,对此已经有所体会了吧。

永和九年，岁在癸丑①，暮春之初，会于会稽山阴之兰亭，修禊事也②。群贤毕至，少长咸集③。此地有崇山峻岭，茂林修竹④，又有清流激湍，映带左右⑤，引以为流觞曲水，列坐其次⑥。虽无丝竹管弦之盛，一觞一咏，亦足以畅叙幽情。

是日也，天朗气清，惠风和畅，仰观宇宙之大，俯察

---

① 永和：东晋晋穆帝司马聃的年号。　癸丑：古人以天干地支纪年，癸丑年即永和九年，公元353年。
② 会稽（kuàijī）：地名，今浙江绍兴。　修：指举行、操习。　修禊（xì）：古时的一种习俗，于农历三月上旬的巳日（后改为三月初三）在水边洗濯嬉戏，相聚宴饮，举行袚除不祥的祭祀活动。
③ 毕：全、全部。　少长：年少者和年长者。　咸：都。
④ 峻岭，早期摹帖写作"峻领"。　修：长。
⑤ [又有]二句：此外，还有清溪和急流，或像镜子倒映四周景色，或如佩带环绕左右。
⑥ [引以为流觞曲水]二句：引水环曲成渠，流觞饮酒为乐，依次列坐在曲水的两边。　流觞：将酒杯放在弯曲的水流之中，顺流而下，酒杯停在谁的面前，谁就取杯饮酒。

品类之盛⁷,所以游目骋怀,足以极视听之娱,信可乐也⁸。

夫人之相与,俯仰一世,或取诸怀抱,晤言一室之内;或因寄所托,放浪形骸之外⁹。虽趣舍万殊,静躁不同,当其欣于所遇,暂得于己,快然自足,不知老之将至⑩。及其所之既倦,情随事迁,感慨系之矣⑪。向之所欣,俯仰之间,已为陈迹,犹不能不以之兴怀。况修短

⑦ 是日也:这一天。 惠风和畅:柔和的风让人感到温暖而舒畅。 惠:原意指给予恩惠,此指和风令人舒适。 品类:泛指宇宙间万物的种类。 盛:此处指繁多。
⑧ [所以]三句:借以放眼四望,驰骋胸怀,也足以尽情享受视听之乐,真是一大乐事。 所以:用以、可以用来。 极:穷尽。 信:的确、实在。
⑨ [夫人之相与]六句:人与人相互交往,俯仰之间便度过了一生。有的人在一室之内畅谈自己的胸怀抱负;有的人就着自己所爱好的事物,寄托内心情怀,放纵无羁地生活。 取诸怀抱:取之于怀抱。 诸:之于。 晤:晤谈,摹帖作"悟"。 形骸:身体。
⑩ [虽趣舍万殊]六句:尽管每个人自有取舍,性情各异,躁静不同,可一旦遇上了他喜好的事物,都会在那一刻感到自得、满足和快乐,忘记了衰老即将到来。 趣舍:即"取舍",偏好。 最后一句出自《论语·述而》中孔子对自己的描述:"其为人也,发愤忘食,乐以忘忧,不知老之将至云尔。" 快然:早期摹帖作"怏"(yàng)然。
⑪ [及其所之既倦]三句:等到他对自己所遇之物产生了厌倦,心绪随着事情发生了变化,感慨也便由此而来。 之:此作动词,有"追求""遭遇"或"获得"的意思。 系:附着。

兰亭集序　99

随化，终期于尽⑫。古人云，死生亦大矣⑬，岂不痛哉！

每览昔人兴感之由，若合一契，未尝不临文嗟悼，不能喻之于怀⑭。固知一死生为虚诞，齐彭殇为妄作⑮。后之视今，亦犹今之视昔⑯，悲夫！故列叙时人，录其所述。虽世殊事异，所以兴怀，其致一也。后之览者，亦将有感于斯文⑰。

⑫ [向之所欣] 六句：过去所喜欢的东西，转瞬之间已成旧迹，可是仍然不能不因为它而引发心中的感触，况且寿命的长短，取决于造化，最后同归于消灭。
⑬ [死生] 句：死生实在是一件大事。这句话出自《庄子·德充符》。
⑭ [每览] 四句：每每考察古人兴发感动的缘由，与今人别无二致。及至下笔为文，也不免嗟叹悲悼，而难以豁然于心。　览：观览，摹帖作"揽"，同"览"。　契：符契，古时的一种信物，在上面刻字，然后剖而为二，双方各执一半，以为凭证。　喻：晓悟、明白。
⑮ [固知] 二句：由此可知，把生与死看成是一回事儿是虚幻而不真实的，把长寿和短命等量齐观也是胡乱的编造。"一死生""齐彭殇"均出自《庄子》。　固：原本，又作"故"解，即"因此"。　彭：指彭祖，据说活了八百岁。　殇：未成年而死去的人。
⑯ 犹：犹如，摹帖作"由"，同"犹"。
⑰ [虽世殊事异] 五句：尽管时代变了，事情也不同了，但引起人们感怀的境况，却是一样的。将来的读者，也会因为这部《兰亭集》而感慨万千的。　斯文：这里指这次集会的诗文。

陶渊明

五柳先生传

陶渊明（约365—427），又名潜，字元亮，世称靖节先生。陶渊明年轻时曾有过建功立业的志向，但始终未能实现。当时的政治环境和社会现实异常动荡复杂，陶渊明最终觉悟到，他既不可能实现自己的政治理想，也不可能改变自己的本性来迎合世俗，于是辞官归隐，过上了隐居躬耕的生活。陶渊明生前不求闻达，只是因为隐逸而偶为人知，死后才逐渐以诗歌而获得了巨大的声望。

一篇传记文字，开头两句却说不知道传主来自何处，也不知道他的姓名，这岂不是咄咄怪事吗？然而，陶渊明的《五柳先生传》就是这样开篇的。而且我们很快就明白了，这位五柳先生既是一个理想人格的化身，也是作者内心世界的写照。

通篇读下来，我们会发现，如果一心一意想从这篇自传中获得今天个人履历中常见的那些信息，结果就未免要大失所望了。陶渊明并不是没有闪光的金字招牌，他的名片也根本用不着打造。他早年在幕府和官府中任职，接近过权重一时的风云人物，更不用说他还出身于一个世代为官的家族。但对此陶渊明一字不提，他希望我们记住的不是这些，甚至也不是他的姓氏和身世。从他简短的文字中，我们看到了一位隐者的肖像速写：他安贫乐道、不慕荣利，好读书饮酒著文，一心以自娱自适为乐，而不知老之将至。

《五柳先生传》中的两个典故，可以帮助我们更多地了解传主的人生理想。一处出自孔子在《论语》中对弟子颜回的称赞："一箪食，一瓢饮，在陋巷。人不堪其忧，回也不改其乐。"颜回住在简陋的巷子里，平常的饮食粗糙简单。别人处在这样的情况下，都会不胜其忧的，可颜回却自得其乐，而且从未改变。这与文中引用的黔娄之妻的话"不戚戚于贫贱，不汲汲于富贵"是一致的。另一处出自早期的史书，无怀氏和葛天氏都是传说中上古时代的帝王，据说他们的部落过着淳朴无忧的简单生活。这两个典故，前者代表了儒家的道德楷模，后者完美地契合了老子和庄子的道家理念。合而观之，它们揭示了陶渊明人生观的重要来源。

先生不知何许人也①，亦不详其姓字。宅边有五柳树，因以为号焉②。闲静少言，不慕荣利。好读书，不求甚解③；每有会意，便欣然忘食。性嗜酒，家贫不能常得。亲旧知其如此，或置酒而招之。造饮辄尽，期在必醉，既醉而退，曾不吝情去留④。环堵萧然，不蔽风日。短褐穿结，箪瓢屡空，晏如也⑤。常著文章自娱，颇示己志。

① 何许：什么地方。
② 因以为号：于是就以（五柳）为号。 古代的男子二十而冠，行过冠礼后，始立字号。
③ [好读书] 二句：喜好读书，但不拘泥于字句，不过求烦琐的解释。
④ [亲旧知其如此] 六句：亲戚朋友了解到他的这种境况，有时摆好酒席邀请他。他去了就喝个尽兴，务必大醉而归。而大醉之后，竟然说走就走，没有丝毫犹豫。 造：至。 曾（zēng）：用在"不"前，加强否定语气。 吝情：顾惜、舍不得。 去留：偏义词，强调的是"去"，也就是离开的意思。
⑤ [环堵] 五句：简陋的屋子里四壁破败，遮挡不住风和烈日，粗布短衣破烂，家里的箪瓢也经常是空的，可他却怡然自得，不以为苦。 环堵：房屋四壁。 穿结：衣服洞穿和补缀打结。 箪（dān）：古代盛饭用的器皿。 瓢：饮水用具。 晏如：快乐的样子。 "箪瓢"几句话出自孔子在《论语》中对弟子颜回的称赞。

忘怀得失，以此自终。

赞曰⁶：黔娄之妻有言："不戚戚于贫贱，不汲汲于富贵⁷。"极其言，兹若人之俦乎⁸？酣觞赋诗，以乐其志，无怀氏之民欤？葛天氏之民欤⁹？

---

⑥ 赞：是传记结尾的评论性文字。
⑦ [不戚戚于贫贱] 二句：不因为贫贱而悲戚，也不热衷于发财和做官。 戚戚：忧虑的样子。 汲（jí）汲：心情急切的样子。
⑧ [极其言] 二句：黔娄之妻的这句话，如果深究其意，大概五柳先生就是像她说的这样的人吧？ 黔娄：春秋时鲁国人，不求仕进，屡辞诸侯之聘。 极：推究。 兹：指五柳先生。 俦（chóu）：同类。
⑨ [无怀氏] 二句：不知道他是无怀氏时代的人呢，还是葛天氏时代的人呢？ 无怀氏和葛天氏均为传说中的上古帝王。

刘义庆

《世说新语》十则

《世说新语》主要记录魏晋名士的奇闻轶事和清谈佳话，也可以说是魏晋风流的一部分类汇编。该书是由临川王刘义庆（403—444）组织一批文人编写而成的。全书今传本分三卷三十六门，分别展示了人物活动的不同门类，或人物的某些内在品格和行为特征。例如上卷四门：德行、言语、政事、文学；中卷九门：方正、雅量、识鉴、赏誉、品藻、规箴、捷悟、夙慧、豪爽。这十三门偏向于正面的褒扬。下卷二十三门，情况相对复杂，有褒有贬或近于中立。魏晋时期盛行人物品鉴之风，通过对名士的气质风度和言谈举止的观察，对他们做出评断和品定高下。《世说新语》正是这一风气的产物。

《世说新语》记载的轶事传闻，未必都实有其事，但提供了魏晋时期名士文化多彩多姿的剪影。其中多有奇人轶事，其中人物多特立独行，而不拘于礼法常规。这其中不仅包括了高人逸士的操行，也有像王述那样近乎好笑的狷急之举。而在名人雅士竞相以清高自许的氛围之中，陶侃的节俭和勤勉就显得格外另类了。不过，这里重要的或许不只在于做了什么，而在于是否做得洒脱坦然或一以贯之。在《世说新语》的评价系统中，即便"俭啬"也可以做得不俗的。顺便说一句，你会好奇陶侃是谁吗？他就是陶渊明的曾祖父。

　　魏晋时期，政治环境险恶，人人自危，自有其黑暗面，但这同时又是一个人生高度艺术化的时代。在这里所选的几则中，我们读到了他们对山水的游观，对人物的品鉴和对文学作品的欣赏。走在山阴道上，时有会心之处。徘徊于园林之中，又觉鸟兽禽鱼自来亲人。这一态度也体现在了对文学和人物的品藻上：阮孚每一次读罢郭璞的两句山水诗"林无静树，川无停流"，便顿觉神超形越。而山涛把自己的朋友嵇康比作孤松，醉后则如"玉山之将崩"。其他人的品评也不乏诗意，比如说嵇康就像是松间的长风，舒缓而高举。这是一种艺术的眼光和态度，也因此成全了艺术化的人生。

言语 61

简文入华林园①,顾谓左右曰:"会心处不必在远,翳然林水,便自有濠、濮间想也,觉鸟兽禽鱼自来亲人②。"

① 简文:即东晋简文帝。
② [会心处]四句:令人心领神会的地方不一定很远,树木蔽空,林水掩映,就自然会产生濠水、濮水上那样悠然自得的想法,觉得鸟兽禽鱼自己会来与人亲近。 翳(yì):遮蔽。 濠(háo):濠水。 濮(pú):濮水。 濠、濮间想:详见本书《庄子·秋水》中的"庄子钓于濮水"和"鱼之乐"。

言语 63

支道林常养数匹马①。或言:"道人畜马不韵②。"支曰:"贫道重其神骏③。"

① 支道林:即支遁(dùn),东晋高僧。
② [道人]句:僧人养马不雅,意思是养马与僧人的身份不符。 道人:指有德行或道术的人,此指僧人。 畜:畜养。 不韵:不雅。 韵:风雅、高雅。
③ 贫道:支遁自指,为自谦之辞。 重:看重、欣赏。 神骏:指马的神气骏逸。 *这一逸事还有另外一个版本,略有不同,出自《许玄度集》:"遁字道林,常隐剡(shàn)东山,不游人事,好养鹰马,而不乘放。人或讥之,遁曰:'贫道爱其神骏。'"大意是说,支道林经常隐居在剡东山,不参与世俗事务,而好养鹰畜马,但又从不乘马放鹰。有人讥笑他,支道林回应说:我养鹰畜马,并不是以乘马放鹰为乐,而是因为喜爱它们的神骏。 剡山、剡溪均在今浙江省绍兴嵊山境内。

言语91

　　王子敬曰:"从山阴道上行,山川自相映发,使人应接不暇。若秋冬之际,尤难为怀①。"

① [山川]四句:山光水色交相辉映,使人目不暇接。若在秋冬之交,这里的景色又特别让人难以释怀。王子敬即王献之,字子敬,书法家王羲之的儿子。

政事16（节选）

陶公性检厉，勤于事①。作荆州时，敕船官悉录锯木屑，不限多少。咸不解此意②。后正会，值积雪始晴③，听事前除雪后犹湿，于是悉用木屑覆之，都无所妨④。

官用竹，皆令录厚头⑤，积之如山。后桓宣武伐蜀，装船，悉以作钉⑥。

---

① ［陶公］二句：陶侃性情检束、严厉，对政事十分勤勉。　陶公：即陶侃，东晋人。
② ［作荆州时］四句：他在荆州任刺史时，命令建造船只的官员把锯木屑全部收集起来，不论多少。大家都不明白他的用意。　敕（chì）：命令。　悉录：全部收集起来。　咸：全、都。
③ 正会：此指农历正月初一，下属向刺史陶侃朝贺的大会。　值：正当、遇上。
④ ［听事］三句：大堂前的台阶雪后还很湿。这时陶公就让人用木屑覆盖在上面，大家出入时就一点儿都不受妨碍了。　听事：处理政事的厅堂。　除：台阶。
⑤ ［官用竹］二句：官府用的毛竹，陶侃总是命令把截下的根部收集起来。
⑥ ［后桓宣武］三句：后来桓温伐蜀，组装战船的时候，就把这些竹头全部当作铆（mǎo）钉来使用了。　桓宣武：即桓温，东晋政治家，死后谥（shì）号"宣武"。

文学①42

支道林初从东出②,住东安寺中。王长史宿构精理,并撰其才藻,往与支语,不大当对③。王叙致作数百语④,自谓是名理奇藻⑤。支徐徐谓曰⑥:"身与君别多年,君义言了不长进⑦。"王大惭而退。

① 文学:即文章学问,不同于今天所说的"文学"。
② 支道林初从东出:支道林,即支遁,字道林,东晋高僧。他原居会稽,在京城建康的东边,晋哀帝派人把他接到建康,所以说"从东出"。
③ [王长史]四句:长史王濛事先想好精微的义理,并且撰构了富于才情的文辞,去和支道林清谈,可是却不大能与支道林相匹敌。 王长史:即王濛,长史是他的官职。 宿:事先。
④ 叙致:陈述事理。
⑤ 藻:词藻。
⑥ 徐徐:缓慢。
⑦ [君义言]句:你在义理和言词方面一点儿都没有长进啊。

文学 76

郭景纯诗云:"林无静树,川无停流①。"阮孚云:"泓峥萧瑟,实不可言②。每读此文,辄觉神超形越。"

① [林无静树] 二句:这两句诗出自郭璞的《幽思篇》。 郭璞,字景纯,东晋文学家。
② [泓峥萧瑟] 二句:阮孚评价郭璞的诗句说:意境深邃萧索,只可意会,不可言传。 泓峥:清澈而又深不可测。

巧艺 21

顾长康画谢幼舆在岩石里①。人问其所以②，顾曰："谢云：'一丘一壑，自谓过之③。'此子宜置丘壑中④。"

① 顾长康：即顾恺之，晋代著名的画家。　谢幼舆：即谢鲲，晋朝人，年少知名，性好山水。
② 所以：原因。
③ [一丘一壑] 二句：此处顾恺之引用谢鲲的话，见《世说新语·品藻》："明帝问谢鲲：'君自谓何如庾亮？'答曰：'端委庙堂，使百僚准则，臣不如亮。一丘一壑，自谓过之。'"大意是说，晋明帝问谢鲲："与庾亮相比，你自以为如何？"谢鲲回答道："说到在朝中做官（穿着礼服，在朝廷上行身处事，为百官做出榜样），我不如庾亮。至于隐居世外，寄情山水，我自认为要胜过他。"　丘：山丘。　壑（hè）：沟，指两山之间的洼地或溪流。　过：超过。
④ 此子：指谢鲲。　宜：应该、宜于。　置：放置、置身于。

容止^①5

嵇康身长七尺八寸^②，风姿特秀。见者叹曰："萧萧肃肃，爽朗清举^③。"或云："肃肃如松下风，高而徐引^④。"山公曰^⑤："嵇叔夜之为人也，岩岩若孤松之独立^⑥；其醉也，傀俄若玉山之将崩^⑦。"

---

① 容止：容貌举止，指一个人的风度。
② 嵇（jī）康：字叔夜，是"竹林七贤"之一。在嵇康所生活的三国时期，一尺约等于现在的24.2厘米，一寸为十分之一尺，约等于2.42厘米，因此嵇康身高约188.76厘米。如果刘义庆采用他本人所在时期的长度单位，那么嵇康的身材还会略高一些，因为东晋时期一尺约为24.5厘米，南朝宋时期一尺约为24.6厘米。
③ ［萧萧肃肃］二句：写嵇康外貌秀逸安详，气质清爽超俗。　萧萧：竦立秀出貌。　肃肃：严正凝定。
④ ［肃肃如松下风］二句：他像松树间沙沙作响的风声，高远而舒缓悠长。　肃肃：此处为象声词，形容风声。
⑤ 山公：即山涛，是嵇康的朋友。
⑥ 岩岩：高峻的样子。
⑦ 傀（guī）俄：倾颓。　崩：倒塌。

任诞[①]47

　　王子猷居山阴，夜大雪，眠觉，开室，命酌酒[②]，四望皎然。因起彷徨，咏左思《招隐诗》[③]。忽忆戴安道。时戴在剡，即便夜乘小船就之。经宿方至，造门不前而返[④]。人问其故，王曰："吾本乘兴而行，兴尽而返，何必见戴。"

---

① 任诞：任性放诞，听凭个性行事，不拘常规。
② [王子猷] 五句：一觉醒来，推开门，命仆人斟酒。 王子猷（yóu）：即王徽之，字子猷，书法家王羲之的儿子。 觉（jué）：醒来。
③ [四望] 三句：四下望去，一片皎洁，于是起身徘徊，吟咏左思的《招隐诗》。 皎（jiǎo）然：光明洁白。 彷徨（pánghuáng）：来回走动。 左思《招隐诗》：左思是西晋著名诗人，曾作《招隐诗》，表达了向往隐居的心愿。
④ [忽忆] 五句：忽然想念起戴安道。当时戴安道在剡县，王子猷当即连夜乘小船去拜访他，经过了一夜才到，可他到了戴安道的家门口，却又转身返回了。 戴安道：即戴逵，字安道，是当时著名的隐士。 造：到达。

忿狷①2

王蓝田性急②。尝食鸡子③，以箸刺之，不得，便大怒，举以掷地④。鸡子于地圆转未止，仍下地以屐齿蹍之⑤，又不得，瞋甚，复于地取内口中，啮破即吐之⑥。王右军闻而大笑曰⑦："使安期有此性，犹当无一豪可论，况蓝田邪⑧？"

① 忿狷（juàn）：易怒，躁急。
② 王蓝田：即王述，字怀祖，东晋人，为蓝田侯。
③ 鸡子：鸡蛋。
④ [以箸刺之] 四句：用筷子扎鸡蛋，没扎到，于是大怒，抓起鸡蛋扔到地上。　箸（zhù）：筷子。
⑤ 仍：即"乃"，于是。　屐（jī）：木制的鞋子，鞋底装有二齿，以便于在泥地上行走。　蹍（niǎn）：踩踏。
⑥ [瞋（chēn）甚] 三句：王述气得不行，又从地上捡起鸡蛋放入口中，咬破了随即吐掉。　内：此处用作动词，同"纳"。　啮（niè）：用牙咬。
⑦ 王右军：即王羲之，"右军"为古官名。
⑧ [使安期] 三句：假如王承有这种狷急的性格，都不值得一提，更何况是他的儿子王述呢？　安期：王述的父亲王承，字安期。

陶弘景

答谢中书书

陶弘景（456—536），字通明，自号华阳隐居。他是南朝时期著名文学家，也是道教史和中国科技史上的重要人物。

《答谢中书书》是陶弘景写给朋友谢征（字元度，曾任中书舍人，故称谢中书）的一封信，一共只有六十八个字，但江南的山水之美，已尽现于笔端了。据说陶弘景在山中隐逸之时，梁武帝曾致信请他出山，他作了《诏问山中何所有，赋诗以答》一首，表示谢绝："山中何所有？岭上多白云。只可自怡悦，不堪持赠君。"原来，山中的风景只能在此赏玩，不足为外人道矣。有趣的是，这封信的最后一句写到江南山水时说：自南朝的谢灵运（385—433）以下，就再也没有谁能像他那样"与其奇者"。作者在这里用的是"与"字，有"参与"的意思。也就是说，谢灵运并没有将山水视为外在的对象，而是置身于其间，以这种方式来体验它的奇妙之处。此外，"与"字用在谢灵运这位著名的山水诗的作者身上，还有通过诗文的写作来参与、介入和分享的含义。这也正是"只可自怡悦，不堪持赠君"的另外一个说法，因为岭上的白云，如同山水的所有其他的妙处,都已经属于作者所有了,是自我"怡悦"的一部分。

南北分裂、晋室南渡之后,江南地区得到了开发。而对江南的开发,也正是对自然山水的一次发现。自此之后,山水之美不仅体现在了山水诗中,而且滋养了南朝文人的气质风神。物色感召,心为之动,江南的秀美风景为他们的写作提供了取之不尽、用之不竭的天然宝藏。一个美文的时代,翩然而至。

山川之美，古来共谈。高峰入云，清流见底。两岸石壁，五色交晖。青林翠竹，四时俱备①。晓雾将歇，猿鸟乱鸣；夕日欲颓，沉鳞竞跃②。实是欲界之仙都。自康乐以来，未复有能与其奇者③。

---

① [两岸] 四句：两岸的石壁色彩斑斓，交相辉映。青葱的林木，翠绿的竹丛，四季常在。
② 颓：落。　沉鳞：潜游在水中的鱼。　鳞：代指鱼。
③ [实是] 三句：这里实在是人间的仙境啊。自从南朝的谢灵运以来，就再也没有人能够置身其间来感受山水的奇丽之美了。　欲界：佛教语，这里指人间。　康乐：即谢灵运，他是南朝山水诗的开创者。

答谢中书书

吴均

与宋元思书[1]（节录）

吴均（469—520），字叔庠，南朝梁代文学家，工于写景，自成一家。

本文出自唐代的类书《艺文类聚》，只是原信的节录部分。它从"奇山"和"异水"两方面入手，描绘了富春江自富阳到桐庐一段沿途百里的秀丽风光。山水之美，于此尽矣。而山与水相对而出，又恰好成全了骈文的骈偶结构。《与宋元思书》历来被视为南朝骈文的代表作之一。所谓骈文，又称骈体文，或四六文。它的一大特色，在于将四字句与六字句搭配起来，形成四四六六和四六四六的句式组合与骈偶关系，并且通篇用韵，是介于诗与文之间的一种文体形式。严格说来，骈文不能列入"古文"。我们接下来还会看到，在唐代韩愈这位古文的倡导者看来，古文与骈文是对立的。古文的黄金时代是先秦两汉，而骈文兴盛于南北朝时期，在形式和风格上都偏离了古文的传统。不过，我们今天往

---

[1] 宋元思：字玉山，南朝梁刘峻有《与宋玉山元思书》。一作朱元思，恐误。

往在一个更宽泛的意义上使用"古文"这一概念,将骈文和骈散相间的文章,也一并纳入古文来看了。

南朝的骈文得江南秀美山水之助,以清词丽句而一新读者的耳目。《与宋元思书》写富春山水路一行的所见所闻,真是山水相映,美不胜收,让我们想到前面读过的《世说新语》里王子敬行走在山阴道上时感叹的:"从山阴道上行,山川自相映发,使人应接不暇。"山阴道上行,走的是陆路;富春江行,走的是水路。但山与水一路伴行,并不曾一刻分离。其上草木繁茂,枝条掩映,遮天蔽日,游人望峰窥谷,一时不知身在何处,却又乐而忘返。山之奇妙,自不待言,水之清绝,尤其让人难以忘怀:"水皆缥碧,千丈见底。游鱼细石,直视无碍。"江水渊深而又清澈,足以洗去世俗的尘垢,净化游人的心灵,令人如入仙境,物我两忘。

吴均不仅写了从富阳至桐庐逆流而上的沿途所见,耳之所闻也同样诉诸笔端:除了泉水激石,泠泠作响,还有鸟声再加上蝉鸣和猿啸,共同为他演奏了一支大自然的协奏曲——那大概就是庄子所说的"天籁"吧。

1350年,元代著名画家黄公望终于在他八十二岁这一年,大致完成了巨幅长卷《富春山居图》。这幅旷世杰作,气势浑成,意境深远,堪称山水画中的交响诗。而它所描绘的正是桐庐至富阳这一带的富春江景。随着画卷自右向左渐次展开,我们临水看山,或顺江而行,目睹了两岸物换景移的风光变幻：从郁勃丰茂，气象万千，一直到秋风萧瑟，繁华落尽。极目望去，但见江流渐行渐远，融入了天际的一片苍茫。

以富春山水为题的诗文绘画，历代层出不穷。后世文人在遍览山光水色之余，往往在自己的作品中回顾吴均，并向他致敬。黄公望也不例外：在他的《富春山居图》中，山重水复，层峦叠嶂，其间点缀着隐士、游人和渔夫、樵子；他们或隐或现，若有若无，仿佛出自《与宋元思书》所描绘的风景。但《富春山居图》的构思和规模都更为宏大。与吴均的"从流飘荡，任意东西"不同，黄公望一路沿江而下，画面逐渐变得疏朗空阔。而长卷尽头那浩渺无际的留白，天水悠悠，意蕴深永，又不仅限于此时此地的富春山水了。

黄公望笔下的富春江之行，因此不只是一次普通的游历：它经历了茂盛，见证过繁华，走出跌宕起伏的山岭，是那水天一色的无边寥廓，从当下直至永远。

风烟俱净,天山共色。从流飘荡,任意东西①。

自富阳至桐庐,一百许里,奇山异水,天下独绝。水皆缥碧,千丈见底。游鱼细石,直视无碍②。急湍甚箭③,猛浪若奔。夹岸高山,皆生寒树,负势竞上,互相轩邈,争高直指,千百成峰④。

---

① [风烟]四句:风消烟净,天与山变成了同样的颜色。我乘着船随着江流,随意漂荡。 东西:或东或西,没有固定的方向。
② [水皆缥碧]四句:水是淡青色的,清澈的江水,深可见底。游动的鱼儿和细小的石头,都可以看得一清二楚,不受丝毫阻碍。 缥(piǎo):淡青色。 碧:原意是碧绿色的玉石,后泛指碧绿色,或形容颜色的纯度。
③ 甚箭:即"甚于箭",意思是比箭还快。为了保持四字句的整齐,作者省略了中间的"于"字。
④ [夹岸]六句:沿江两岸的高山上,长满了耐寒之树。它们借着山势竞相而上,仿佛在彼此竞赛,看谁更高。它们争相向上直指,成百上千,形成一座座峰巅。 夹岸:原作"夹峰",据《六朝文絜笺注》改。 轩:高仰、飞举。 邈(miǎo):高远。

泉水激石,泠泠作响⑤。好鸟相鸣,嘤嘤成韵。蝉则千转不穷⑥,猿则百叫无绝。鸢飞戾天者,望峰息心;经纶世务者,窥谷忘反⑦。横柯上蔽,在昼犹昏;疏条交映,有时见日⑧。

---

⑤ 泠泠(línglíng):水流发出的声音。
⑥ 转:同"啭"(zhuàn),此指蝉声。
⑦ [鸢飞]四句:希望像鸢那样一飞冲天的人,在仰望这些高峰时,不禁打消了攀越的念头。有志于经营世俗事务者,窥见这些山谷时,竟然为之流连忘返。 鸢(yuān):鹞鹰。 戾(lì):到达。 经纶:从丝缕中理出头绪来,引申为筹划、治理的意思。
⑧ [横柯]四句:茂密的枝条遮住了上空,即便是在白昼,光线也是昏暗的,只有枝条稀疏的地方,偶尔才能见到日光。 柯:树干。 条:树枝。

房玄龄 等

陶侃母

本文选自《晋书·列女传》。

《晋书》,"二十四史"之一,唐代房玄龄等撰。该书记载了从三国时期晋室的兴起,一直到刘裕取代东晋,建立刘宋王朝的历史,也兼叙了北方十六国的分合兴衰。

本文选择了两件小事来写陶侃的母亲。第一件让我们看到,湛氏从不放松对儿子的要求。她生怕陶侃因为爱母心切,一时不慎而有亏于做人为官的大节。第二件是她接待孝廉范逵时,不惜撤下床上的草垫子替他喂马,又截下自己的头发卖给邻人,用换来的钱为他提供饭菜。常言道,有其母必有其子。陶侃日后成就了一番事业,不是没有原因的。

我们从前面选的《世说新语》的一则故事中,已经熟知了陶侃勤勉节俭的美德,我们也读到了陶侃的曾孙陶渊明写的《五柳先生传》。他们的节操品行,世代相传,令人肃然起敬。

陶侃母湛氏，豫章新淦人也①。

初，侃父丹娉为妾②，生侃，而陶氏贫贱，湛氏每纺绩资给之，使交结胜己③。侃少为寻阳县吏，尝监鱼梁④，以一坩鲊遗母。湛氏封鲊及书，责侃曰⑤："尔为吏，以官物遗我，非惟不能益吾，乃以增吾忧矣⑥。"

① 豫章新淦（gàn）：今江西省新干县。
② 娉（pìn）：聘娶。
③ [湛（zhàn）氏]二句：湛氏每日辛勤纺织，供给陶侃，要他结交人品才识高过自己的朋友。
④ 监：监察、管理，此处指陶侃为官的职责。 鱼梁：一种捕鱼的设置。以土石截断水流，在缺口处，置一竹篮，鱼顺流而下，进入竹篮，就出不去了。
⑤ [以一坩鲊]三句：曾把一罐子腌鱼送给母亲。母亲封好那罐鱼，（交还给送来的人，）又写了回信责备陶侃。 坩（gān）：陶土制成的盛物器皿。 鲊（zhǎ）：腌制的鱼。 遗（wèi）：送，给。
⑥ [尔为吏]四句：你身为官吏，拿官府的东西送给我，不但不能为我带来益处，反而增添了我的担忧。

鄱阳孝廉范逵寓宿于侃⁷,时大雪,湛氏乃彻所卧新荐,自剉给其马,又密截发卖与邻人,供肴馔⁸。

　　逵闻之,叹息曰:"非此母不生此子!"侃竟以功名显。

⑦ 孝廉:汉代荐举人才的科目之一,即"孝顺亲长,廉能正直"的意思。　寓宿于侃:寄宿在陶侃家。
⑧ [湛氏]四句:湛氏就把睡觉用的新草垫子撤下来,亲自锉碎喂范逵的马,又暗中把头发剪下来卖给邻居,用来供给饭菜。彻:通"撤"。　荐:草席。　剉(cuò):同"锉",切、斩。　给(jǐ):供给,此指喂养。　肴馔(yáozhuàn):饭菜。　肴:通常指鱼、肉一类的荤菜。

谢赫

《古画品录》序

谢赫，南朝齐、梁间画家、绘画理论家。他的《古画品录》大致成书于532年以后，品评了自三国至南梁的画家二十七人，为我国现存最早的论画著作。他在《古画品录》的序文中提出了绘画"六法"的理论，对后世影响深远。

我们在前面读到了《世说新语》中有关人物品评的记载。而《〈古画品录〉序》又让我们看到，魏晋时期品评人物的语言如何延伸进了文学艺术的领域，赋予了文学、书法和绘画作品以人体生命的特质。在谢赫看来，品鉴这些作品，就像是面对活生生的个体生命。他所用的术语，也基本上来自对人物的体貌骨相和风姿气度的观察、描述和评价。这也正是为什么谢赫可以从一幅画中读出"骨法"和"气韵"来。这是中国古典文学艺术批评的一大特色，昭示了传统文学艺术生生不息的生命之源。

夫画品者，盖众画之优劣也①。图绘者，莫不明劝戒，著升沉；千载寂寥，披图可鉴②。虽画有六法，罕能尽该。而自古及今，各善一节③。

六法者何？一、气韵生动是也；二、骨法用笔是也；三、应物象形是也；四、随类赋彩是也；五、经营位置是也；六、传移模写是也④。唯陆探微、卫协备该

① [夫画品者] 二句：所谓画品，即区分绘画作品的优劣。　夫：句首助词。　品：依高下优劣而分出不同品类。
② [图绘者] 五句：绘画都是用来阐明道德劝诫，彰显历史沉浮兴衰的。千年间湮没无存的事迹，打开画卷即可查看和镜鉴了。　明：明示。　著：显明。　披：展开。
③ [虽画有六法] 四句：尽管绘画有六法，但很少有人能够六法齐备。从古至今，每位画家都各自擅长一法而已。　该：齐全、完备。
④ 气韵生动是绘画六法中最重要的一条，也是历代绘画批评的重要准则。　汉魏时期的论者认为"气生万物"，"人禀气而生"，又主张"文以气为主"。生生不息的元气充注于宇宙之中，也是个人生命的源泉；韵的含义比较复杂，与音乐的节奏、旋律有关，也指一个人内在的气质神韵。　骨法用笔说的是用笔用墨的问题；骨法源于古人的相面术，也就是如何通过观察一个人的骨体相貌来对他做出判断和评价。谢赫把品鉴人物骨相的方法与绘画的用笔联系起来，强调笔法须略去皮相，而得其内在的本质，又指书法绘画的线条刚劲有力。　应物象形指形象的描绘，应以描绘的对象为依据。　随类赋彩说的是设色用彩，也务必随对象的类型而变化。　经营位置指布局构图。　传移模写即临摹的技巧。

《古画品录》序　129

之矣⑤。然迹有巧拙,艺无古今⑥,谨依远近,随其品第,裁成序引。⑦故此所述,不广其源,但传出自神仙,莫之闻见也⑧。

⑤ [唯陆探微] 句:只有陆探微、卫协把这六法都全面掌握了。　陆探微,六朝画家,当时声誉极高。　卫协,西晋人,为顾恺之等人所推崇。
⑥ [然迹有巧拙] 二句:画作的技艺有巧有拙,但艺术本身却不分古今。　迹:指画家留下的笔迹,此指绘画作品。
⑦ [谨依] 三句:谨依从时代远近和作品高下为顺序,并撰成序文和引言。　裁:裁剪,此指写作。　引:引言。
⑧ [故此] 四句:因此,本书的记载没有扩展到绘画史的起源阶段。那时的作品,据传说出自神仙,谁也不曾耳闻目睹。　广其源:推广其源、追本溯源。谢赫在此解释为什么他没有在《古画品录》中著录和品评三国时期以前的绘画作品。

王维

山中与裴秀才迪书

王维（约701—761），字摩诘，号摩诘居士，曾任尚书右丞，故世称"王右丞"。他精通音乐，擅长绘画，在他的诗画作品中，创造出了"诗中有画，画中有诗"的意境。王维多才多艺，年少成名，尤以典雅精美的诗歌风格和艺术趣味为人所称道，并因此而在盛唐的诗坛上拥有了至高无上的地位。

王维在山中给他的朋友裴迪写信，邀请他来辋川小住。时值隆冬腊月，王维写到了冬季山中的静美风光和自己的恬淡心境：深夜静坐冥思，偶尔听见远处传来的春米声和稀疏的钟声，回想起与友人携手同游的旧日时光，清冷寂寞之中也自有一番况味。不过，他在信末重申对裴迪的邀请时，已经在遐想即将来临的春天了。到那时，"草木蔓发，春山可望"，该是何等迷人的景色！王维接着问道：可得其中"深趣"的人，除了你裴迪这样的"天机清妙者"，还能有谁呢？对春天的期待于是变成了对朋友的召唤，正合了王维《山中送别》的两句诗意："春草明年绿，王孙归不归？"春天是入山的季节，而对王孙公子来说，这又是一次归来。他们的家在山里，山就是他们的人生归宿和心灵寄托，所以王维在邀请裴迪时说:"故山殊可过"——你的故居蓝田山还是很值得一游的。言下之意,别忘了时常回来看看。

本书还收录了晚明袁中道的《寄四五弟》和《寄八舅》,也同样是邀请亲友开春入山同游。可以跟王维的这封信对照来读,看一看它们之间有什么异同。

在王维生活的时代,士大夫往往在郊外或山里另置一处宅第,称之为"别业"。而别业除了宅第之外,有时也连带着庄园或园林。辋川别业,坐落在今天陕西蓝田西南二十余里处,靠近终南山,是王维为自己精心安排设计的隐居之地,其中包括人工的园林,但也不乏自然的野趣。辋川别业的绝妙胜境固然令人叹为观止,但王维更感兴趣的,恐怕还是通过文字把它重新创造出来。他写给裴迪的这封信,因此成了后人想象辋川别业的一个重要依据。此外,王维还有《辋川集并序》,包括与裴迪唱和的五言绝句二十首,分别描写了那里的二十个景点。读《辋川集》就如同是展玩册页上的图画,每一幅都自成一体,却又彼此相连;又像是一幅绘画长卷,美景绵延,层出不穷。毫不奇怪,此后的文人不断地通过诗文和绘画的各种形式,来重构辋川的风景,从而形成了中国文学史和美术史上的一大奇观。辋川别业也因此变成了一个说不完、道不尽的话题。

王维的旧居早已荡然无存了,辋川的地貌也多有变化,今非昔比,但王维用文字构筑的辋川别业却与我们同在,有着永久的生命力。它像从前那样引人入胜,并且让人百读不厌,常看常新。

近腊月下,景气和畅,故山殊可过①。足下方温经,猥不敢相烦,辄便往山中,憩感配寺,与山僧饭讫而去②。

北涉玄灞③,清月映郭,夜登华子岗,辋水沦涟,与月上下④。寒山远火,明灭林外。深巷寒犬,吠声如豹。村墟夜舂,复与疏钟相间⑤。此时独坐,僮仆静默,多思曩昔,携手赋诗,步仄径,临清流也⑥。

① [近腊月下] 三句:接近隆冬季节的十二月底,日光和气候却和美舒畅,旧居蓝田山很值得一游。 腊月:阴历十二月。 故山:旧居之山,此指王维辋(wǎng)川别业所在的蓝田山。 殊:很。 过:过访。
② [足下方温经] 五句:您正在温习经书,我不敢贸然打扰,就独自前往山中,在感配寺歇息,与寺中的僧人一起就餐,然后便离开了。足下:对人的尊称。 猥:自谦之词。 憩(qì):歇息。 讫(qì):完。
③ 北涉玄灞:从北边涉灞水。 玄灞:指灞水,河深且广,水色浑厚。 北:一作"比",意思是等到。
④ [辋水沦涟] 二句:辋水泛起微波,水中的月影也随着上下浮动。
⑤ [村墟夜舂] 二句:村子里传来了夜间舂米之声,与稀疏的钟声相互交错。 墟:墟落,村庄。 舂(chōng):捣米。
⑥ [多思曩昔] 四句:想到从前你与我携手吟诗,在小径上漫步,俯观清澈的溪流。 曩(nǎng)昔:从前。 仄径:狭窄的路径。

当待春中，草木蔓发，春山可望，轻鲦出水，白鸥矫翼，露湿青皋，麦陇朝雊⁷，斯之不远，倘能从我游乎⁸？非子天机清妙者，岂能以此不急之务相邀⁹？然是中有深趣矣，无忽⑩。因驮黄檗人往，不一。山中人王维白⑪。

⑦ [轻鲦出水] 四句：轻捷的白鲦跃出水面，白鸥振翅飞翔。露水打湿了水边的青草地，清晨麦田里的雊鸡在鸣叫。　鲦（tiáo）：即白鲦，身体扁狭，游动迅捷。　矫翼：向上张开翅膀。　青皋（gāo）：水边长满青草的高地。　麦陇：麦田。　雊（gòu）：野鸡鸣叫。

⑧ [斯之不远] 二句：这一切离我们已经不远了，您能否与我同游？　斯：这，代词，指前几句描写的春景。　倘：倘若。

⑨ [非子] 二句：若不是足下天性清隽高妙，我又怎么能以这样一件无关紧要的事情来邀请足下呢？

⑩ [然是中有深趣矣] 二句：可是其中有很深的趣旨，不可轻易疏忽错过。　无忽：不可疏忽。

⑪ [因驮黄檗人往] 三句：借运黄檗（bò）的人出山之便，托他带给你这封信，就不一一详述了。　因：凭借。　黄檗：一种落叶乔木，可入药。　不一：古人写信结尾常用语，不再一一详述之意。　山中人：隐者，此处为王维的自称。

李白

春夜宴从弟桃花园序[1]

李白(701—762),字太白。他年轻时辞家远游,曾应诏入长安为官,但不久便辞官离京,继续四处漫游。李白的诗风豪放爽朗,被后人视为盛唐诗坛的代表人物之一。他现存的散文作品不多,但随手成章,皆为一时之佳作。

这篇文章写的是李白与堂弟们春夜宴饮赋诗的场景。它从"天地"和"光阴"这两个话题起头,表达的正是宇宙时空之中个人生命的喟叹。这听上去并不陌生,让我们想到了刚刚读过的王羲之的《兰亭集序》。同样是写宇宙人生的感悟,李白的文字别开生面:尽管仍不免有人生过客、百年如梦的感慨,它通篇的基调却是豪爽、放达的,欢快而乐观。当此宴饮欢会之际,李白感受最深的不是春天的伤感,不是花开花落的无常,而是生命在春天苏醒的喜悦,是万物皆备于我的赏叹和感激。

文章结束处,李白劝诗助酒,就像是在宴席上对着亲

---

[1] 从弟:指堂弟。从,堂房亲属。

友说话,暂时把他的读者忘在一边了。读罢全文,我们脑海里的李白,就定格在这酒酣落笔的兴头上,真是欲罢而不能了。

夫天地者，万物之逆旅也；光阴者，百代之过客也①。而浮生若梦，为欢几何？古人秉烛夜游，良有以也。况阳春召我以烟景，大块假我以文章②。会桃花之芳园，序天伦之乐事③。群季俊秀，皆为惠连；吾人咏歌，独惭康乐④。幽赏未已，高谈转清⑤。开琼筵以坐花，飞羽

① [夫天地者] 四句：天地是世间万物的客舍，光阴为古往今来的过客。 逆旅：旅馆客舍。 逆：迎接。
② [况阳春] 二句：况且温暖的初春季节以烟花春色向我发出了邀请，大地赐予我各种美妙的图景。 召：同"招"，邀请。 烟景：李白有"烟花三月下扬州"的诗句，写春天烟花迷蒙的景色和氛围。 大块：大地。 假：借、给予。 文章：杂错的色彩与花纹，泛指大自然的锦绣风景。
③ [会桃花之芳园] 二句：我们在这个美好的桃花芳园聚会，依照族亲的长幼秩序而共叙天伦之乐。
④ [群季] 四句：诸弟英俊颖秀，个个都有谢惠连那样的才情，而我作诗吟咏，却自愧不如谢灵运。 季：兄弟中的年少者。 惠连：即谢惠连，南朝人，谢灵运的族弟。 吾人：作者自称。 康乐：指谢灵运，南朝山水诗人。
⑤ [幽赏] 二句：对幽静美景的品赏还没结束，谈话已转入了清雅的话题。

觞而醉月。不有佳咏，何伸雅怀⁶？如诗不成，罚依金谷酒数⁷。

⑥ [开琼筵]四句：摆好筵席赏花，大家相互敬酒，醉倒于月下，此刻如果没有好诗，怎能抒发高雅的情怀？　琼筵：华美的宴席。　坐花：指围花而坐。　羽觞（shāng）：古人使用的一种酒杯。
⑦ [如诗不成]二句：倘若有人作诗不成，就按照当年石崇在金谷园宴客赋诗的先例，罚酒三斗。　金谷酒数：泛指宴会上罚酒的杯数。晋朝富豪石崇家有金谷园，他常在园中同宾客饮宴，即席赋诗。

韩愈

师说

韩愈(768—824),字退之,自谓郡望昌黎,故后人多称韩昌黎。自唐初以下,反感六朝以来的骈文而主张复古者,已大有人在,然而直到韩愈振臂一呼,群起响应,局面才得到了明显改观。韩愈主张"文以载道",希望通过古文的写作来表述儒家的思想,恢复儒家的正统地位。但仅仅依照儒家的观念来理解韩愈的古文,还远远不够。他的古文取法于先秦时期的孟子和庄子,而又博取众家之长,往往以气势取胜,汪洋恣肆,摧枯拉朽。他在行文之中,喜欢打破骈偶的对称句式,尤其好用长句,有时一句竟长达五十余字。可想而知,对于当时习惯了骈文精致风格的读者来说,韩愈的古文带来了怎样的震撼!

"说"是一种文体,多用于议论,《师说》的主旨就是论述从师求学的重要性,及其原则、态度和方法。这篇文章是韩愈写给自己的学生李蟠的,一开篇就说古代的学者都有所师从,但他心目中的老师并不只是教人识文断句而已,而是承担了"传道""受业"和"解惑"的使命。这是韩愈的主要观点,不过他又说,从前的圣人未必只有一个固定的老师，而且老师也未必就比学生强，只不过每个人悟道的先后有所不同，而且学业和技艺各有专长罢了。他宣称，哪儿有"道"，哪儿就有我的老师，因为求师是为了学"道"。他甚至说：吾师道也——我的老师就是道。读罢全文，我们就会发现韩愈的想法并不简单，应该细心体会才好。

古之学者必有师。师者，所以传道受业解惑也①。人非生而知之者，孰能无惑？惑而不从师，其为惑也终不解矣②。生乎吾前③，其闻道也固先乎吾，吾从而师之；生乎吾后，其闻道也亦先乎吾，吾从而师之。吾师道也，夫庸知其年之先后生于吾乎？是故无贵无贱，无长无少，道之所存，师之所存也④。

嗟乎！师道之不传也久矣，欲人之无惑也难矣⑤！

① [古之学者] 三句：古时求学的人必定有老师。老师就是用来传承对"道"的理解、讲授学业、解答疑难问题的人。 所以：用来…… 道：天地万物生成运行的道理，此处指儒家的根本看法。 受业：即授业。 又据吴小如先生的解释，"师者，所以传道受业解惑也"二句，"盖承首句'古之学者必有师'言之，盖学者求师，所以承先哲之道，受古人之业，而解己之惑也。非谓传道与人，授业与人，解人之惑也"。此说可供参考。
② [惑而不从师] 二句：如果产生了困惑还不向老师求教，那就会一直处在困惑的状态，而最终得不到解决。
③ 乎：同"于"。
④ [吾师道也] 六句：我的老师就是"道"，为什么要知道老师的出生比我早还是晚呢？因此，无论地位高低，也无论年纪大小，凡是有"道"的地方，就有我的老师。也有人把"师"理解为意动用法，即"我以道为师"。
⑤ [师道] 二句：随师求学的做法失传已久，想要人不产生困惑，真是太难了。 师道：求师问学之道。 道：这里指做法或方法。

师说

古之圣人，其出人也远矣，犹且从师而问焉；今之众人，其下圣人也亦远矣，而耻学于师⑥。是故圣益圣，愚益愚。圣人之所以为圣，愚人之所以为愚，其皆出于此乎？

爱其子，择师而教之；于其身也，则耻师焉；惑矣⑦！彼童子之师，授之书而习其句读者，非吾所谓传其道解其惑者也。句读之不知，惑之不解，或师焉，或不焉，小学而大遗，吾未见其明也⑧。

---

⑥ [古之圣人] 六句：古代的圣人远超出常人，还要从师求教，而现在的人，水平远低于圣人，却耻于向老师学习。这里的"出"与"下"互为反义词，即"超过"和"低于"的意思。

⑦ [爱其子] 五句：爱自己的孩子，就挑选老师来教他，但是对于他自己呢，却以求师为耻，真是糊涂啊！身：自身。耻师：即上一段中的"耻学于师"，也就是以求师为耻。

⑧ [句读] 六句：一方面不通晓句读而向老师学习，另一方面有了不能解决的疑惑却不向老师请教，小的方面求师问学，大的方面反而忽略了，我看不出他哪儿是明智的。句读（dòu）：为文章断句。古人读书作文，凡表达一个完整意思的单元曰"句"，句中的停顿为"读"。古书没有标点，老师教学童读书时，从句读开始。不：同"否"。遗：忽视、忽略。

巫医乐师百工之人，不耻相师。士大夫之族，曰师、曰弟子云者，则群聚而笑之。问之，则曰："彼与彼年相若也，道相似也。位卑则足羞，官盛则近谀⑨。"呜呼，师道之不复可知矣⑩！巫医乐师百工之人，君子不齿，今其智乃反不能及，其可怪也欤⑪！

　　圣人无常师。孔子师郯子、苌弘、师襄、老聃⑫。郯子之徒⑬，其贤不及孔子。孔子曰："三人行，则必有我

⑨ [位卑]二句：以地位低的人为师，便足以为羞耻，以官职高的人为师，又近乎谄媚了。
⑩ [师道]句：从师求学之道已经不复可知了。
⑪ 百工：各行各业的手工艺人。　不齿：不屑于与他们序齿，也就是以与他们同列为耻。　齿：指依照年龄大小排序。　其可怪也欤：这难道还有什么可奇怪的吗？　欤：疑问词。
⑫ [圣人]二句：圣人没有固定的老师，孔子就曾以郯（tán）子、苌（cháng）弘、师襄、老聃为师。老聃即老子。据说孔子曾问礼于老子，问乐于苌弘，问官名于郯子，并且随师襄学琴。
⑬ 郯子之徒：像郯子这一类人。

师。"是故弟子不必不如师,师不必贤于弟子,闻道有先后,术业有专攻,如是而已⑭。

李氏子蟠,年十七,好古文,六艺经传,皆通习之,不拘于时,学于余⑮。余嘉其能行古道,作《师说》以贻之⑯。

⑭ [是故]五句:因此学生不一定不如老师,老师也不一定比学生贤能,领悟"道"的时间有早有晚,学业和技艺各有专长,如此而已。
⑮ [李氏子蟠]七句:李蟠(pán),十七岁,喜好古文,六经的经文和传文都已通习,不拘于时俗,向我请教。 不拘于时:指不受当时以求师为耻的风气的约束。 六艺:这里指六经,即《诗》《书》《礼》《乐》《易》《春秋》六部儒家经典。
⑯ 嘉:嘉许、赞扬。 贻:赠、给。

韩愈

送董邵南序

　　赠序或赠别序是唐代兴起的一种新文体，虽然也称"序"，但与以往的书序和诗赋序有很大的不同，例如这篇《送董邵南序》就是韩愈为送别董邵南而作的，又称《送董邵南游河北序》。董生因举进士屡屡受挫，只好到河北——也就是古时的燕、赵之地——去碰碰运气。可是自安史之乱后，那一带已逐渐成了藩镇割据的所在，独立于朝廷之外，而韩愈心里并不赞成董生去投奔藩镇。于是，他就写下了这篇文字，说是相送却意在挽留，祝福之余又不乏规劝。这篇文章的难处在此，它的好处也在此。

　　韩愈在文章的一开头就对董生的怀才不遇表示了同情，同时也极力赞赏燕、赵的古风，说他到了那里，一定会遇到赏识他的人，并勉励他好好努力。不过，如果只读这一段，就以为明白了韩愈的意思，那可就大错特错了。接下来，韩愈话题一转，说他尽管仰慕燕、赵古风，却不免怀疑当下的情形究竟如何，是否早已移风易俗，今非昔比了呢？韩愈没有给出答案，那就等董生自己去测验一番好了。写到这里，韩愈重复了一遍"董生，你好好努力吧"。同样一句话，又说了一遍，可是上下文变了，意思也有所不同。这一回仿佛是说：好了，这我就不多说了，你还是好自为之罢！

再往下写，韩愈似乎又一次另起话题：他托董生代他去凭吊乐毅之墓，俨然是有感于董生之行，而大发思古之幽情了。可实际上呢？他只是为了再一次提醒董生，像乐毅那样在燕国和赵国得到过赏识和礼遇的人，都早已作古了。而即便是在古时的燕、赵之地，乐毅的遭遇也充满了挫折与失望。尽管他一度承蒙燕昭王的器重，为燕国立下过汗马功劳，但后来却受到了燕惠王的猜忌排挤，不得不离开燕国。因此，在《报燕惠王书》中，乐毅不仅为自己弃燕奔赵的行为辩护，也感叹君臣遇合之难，而他是绝不肯为燕惠王这样的昏君效力的。发生在乐毅身上的故事，令人感慨唏嘘，董生岂不该三思而后行吗？即便董生运气不错，在燕、赵的集市上遇见了几位高渐离那样的市井间的豪侠之士，那又能怎样呢？韩愈嘱咐董生，请他代自己转告他们：当今天子圣明，正是他们出来做官的好时候！

文章就此打住，但又意在言外：既然如此，董生又何必要离开长安，跑到燕、赵一带去寻找什么机会呢？这一层意思，韩愈并没有说出来。因为是为董生送行，也不便直说。但韩愈的用心与好意，我们都懂，董生也不会不懂的。

一篇短文，写得如此迂回曲折，欲言又止，已极尽文字变化之妙了，而韩愈对董生的体贴关切，也溢于言表，足以令人感动。这既是作文的艺术，也是做人的艺术。

燕赵古称多感慨悲歌之士①。董生举进士，连不得志于有司，怀抱利器，郁郁适兹土，吾知其必有合也②。董生勉乎哉！

　　夫以子之不遇时，苟慕义强仁者皆爱惜焉，矧燕赵之士出乎其性者哉③！然吾尝闻风俗与化移易，吾恶知其今不异于古所云邪？聊以吾子之行卜之也④。董生勉

---

① [燕赵古称]句：燕、赵之地自古以来就号称有很多豪侠之士。感慨悲歌：指他们通过悲歌来表达内心的感慨，因此往往形成歌诗而流传于人口。

② [董生举进士]五句：董生参加进士考试，屡次落榜，怀抱杰出的才能，抑郁地去往燕、赵旧地，我知道他一定会遇到赏识他的人。　生：读书人的通称。　得志：实现志向。　有司：这里指礼部主管考试的官员。　利器：比喻杰出的才能。　兹土：这里，指燕、赵之地。　合：遇合，指得到赏识和重用。

③ [夫以子之不遇时]三句：像你这样富有才干，却生不逢时，只要是仰慕仁义并且身体力行的人，都会倍加爱护珍惜的，更何况燕、赵之士这样做，原本发自他们的天性呢！　矧（shěn）：何况。

④ [吾恶知]二句：我怎么会知道那里当下的风气与从前所说的没有差异呢？情况是否如此，姑且就以你此行的经历来测验一番吧。　恶（wū）：怎么。　聊：姑且。　卜：这里指证实的意思。

乎哉!

吾因子有所感矣。为我吊望诸君之墓,而观于其市复有昔时屠狗者乎⑤?为我谢曰⑥:明天子在上,可以出而仕矣⑦。

⑤ [为我吊望诸君之墓]二句:请代我凭吊乐毅的墓,并且看一下那里的集市上,是否还有像当年高渐离这一类的屠狗者? 望诸君:即战国后期的名将乐毅,本为魏将乐羊的后人,曾受燕昭王的器重,为燕国攻城拔地,立下了汗马功劳。但燕昭王去世后,即位的燕惠王中了齐国的离间计,对他百般猜忌,乐毅不得已投奔赵国。燕惠王在战场上吃了齐国的败仗,后悔起来,便派人去赵国请乐毅回来。乐毅于是写下了著名的《报燕惠王书》,驳斥了燕惠王的指责,也阐明了自己与燕昭王的君臣之谊。乐毅在赵国时,被封于观津,号望诸君。 屠狗者:指高渐离这样埋没于草野的豪侠之士。高渐离原本是集市上的屠狗之徒,与荆轲结为好友,终日痛饮狂歌。荆轲死后,高渐离图谋完成他刺杀秦始皇的使命,惜未遂身亡。
⑥ 谢:告诉、致意。
⑦ 仕:做官,为国效力。

韩愈

祭十二郎文

这是韩愈为纪念他侄子韩老成而写的一篇祭文。韩愈年幼丧父,由其兄韩会夫妇抚养成人。因此,他自幼就与韩老成生活在一起,两人休戚与共,情谊深厚。这篇祭文在叙写悼念亡侄的悲痛时,感情诚挚,荡气回肠。而在对往事的回忆中,韩愈又融入了他们多年来聚少离多的遗憾,以及对宦海沉浮、天道不公的感慨,为这篇祭文增添了人生阅历的深度。

与别的文体相比较,祭文有一个很大的不同,那就是它通篇使用第二人称,如同面对逝者的亡灵直接倾诉。然而生死隔绝,这又是一场不可能的告白。关于韩老成的死讯,韩愈没能及时得知,连时间也无法确定,令他难以释怀。尽管这是一篇悼念亡侄的祭文,韩愈却没有拘泥于长幼辈分的规矩,而是一任情感的波澜贯穿文章的终始。它因此而成为祭文中的名篇,千载之下仍广为传诵。

年月日，季父愈闻汝丧之七日，乃能衔哀致诚，使建中远具时羞之奠，告汝十二郎之灵①：

呜呼！吾少孤，及长不省所怙，惟兄嫂是依②。中年，兄殁南方③，吾与汝俱幼，从嫂归葬河阳。既又与汝就食江南④，零丁孤苦，未尝一日相离也。吾上有三兄，皆不幸早世⑤，承先人后者，在孙惟汝，在子惟吾。两世一身⑥，形单影只。嫂常抚汝指吾而言曰："韩氏两世，惟此

① [年月日]五句：某年、某月、某日，叔父韩愈在听说你去世后的第七天，才得以含着哀痛向你表达诚挚的心意，并且让建中在远方备办了时鲜美味作为祭品，告慰你的在天之灵。 季父：父辈中排行最小的叔父。 建中：大概是韩愈家中的一位仆人。 时羞：应时的美味。 羞：即"馐"。 奠：祭品。 十二郎：即韩老成，十二是他在同辈中的排行。 灵：指韩老成的灵位。
② [吾少孤]三句：我自幼丧父，长大了都不记得父亲的模样，只能依靠兄嫂抚养。 省（xǐng）：识、记。 怙（hù）：古代用"怙"指代父亲，失怙即失去父亲。
③ 殁（mò）：过世。韩会于777年死于韶州（今广东韶关），年四十三。
④ 就食：指移家。
⑤ 早世：很早就离开了人世。
⑥ 两世一身：子孙两代都只剩一个男丁。

而已!"汝时尤小,当不复记忆;吾时虽能记忆,亦未知其言之悲也!

吾年十九,始来京城;其后四年,而归视汝。又四年,吾往河阳省坟墓,遇汝从嫂丧来葬⑦。又二年,吾佐董丞相于汴州,汝来省吾,止一岁⑧,请归取其孥⑨;明年,丞相薨,吾去汴州,汝不果来⑩。是年,吾佐戎徐州⑪,使取汝者始行,吾又罢去,汝又不果来⑫。吾念汝从

⑦ [又四年]三句:又过了四年,我前往河阳祭拜祖墓,正遇上你护送母亲的灵柩来河阳安葬。 河阳:今河南孟州市,也是韩愈祖宗坟墓的所在地。 省(xǐng):原意为探望,此处指祭拜、凭吊。
⑧ 佐:辅佐。 一岁:即一年。
⑨ 请归取其孥(nú):你想回去接妻子儿女同来。 取其孥:把家眷接来。 孥:妻和子的统称。此处董丞相即董晋,卒于799年。
⑩ 薨(hōng):唐制二品以上官员过世曰薨。 去:离开。 不果来:没有像预期的那样成行。 果:果然。
⑪ 佐戎:辅佐军务。此时韩愈在徐州任张建封的幕僚。
⑫ [使取汝者始行]三句:派去接你的人刚刚上路,我就罢官而去,你又没来成。

于东，东亦客也，不可以久；图久远者，莫如西归，将成家而致汝⑬。呜呼，孰谓汝遽去吾而殁乎！吾与汝俱少年，以为虽暂相别，终当久相与处。故舍汝而旅食京师，以求斗斛之禄⑭。诚知其如此，虽万乘之公相，吾不以一日辍汝而就也⑮！

去年孟东野往⑯。吾书与汝曰："吾年未四十，而视茫茫，而发苍苍，而齿牙动摇。念诸父与诸兄，皆康强

⑬ [吾念汝从于东] 六句：我想你如果跟随我去东边的徐州，也不过是客居，不可能久住。若想从长计议，还不如西归故乡，在那里安家之后再接你过来。　致：接来。
⑭ [孰谓] 六句：谁能料到你竟突然去世了呢？当初，我和你都年轻，总以为虽然暂时分别，以后终会长久相处。因此我离开你而旅居长安，以求得微薄的俸禄。　遽（jù）：骤然、突然。　斗斛（hú）之禄：指微薄的俸禄。　斛：唐时计量单位，十斗为一斛。
⑮ [诚知其如此] 三句：如果当初知道情况如此，即使让我做公卿宰相，我也不愿因此离开你一天而去赴任啊！　万乘之公相：指辅佐帝王的公卿宰相。　乘（shèng）：四匹马拉的车。　辍（chuò）：此处指舍弃。　就：就任。
⑯ 东野：即孟郊，韩愈的朋友。

而早世。如吾之衰者,其能久存乎?吾不可去,汝不肯来,恐旦暮死,而汝抱无涯之戚也⑰!"孰谓少者殁而长者存,强者夭而病者全乎⑱!

　　呜呼!其信然邪?其梦邪?其传之非其真邪?信也,吾兄之盛德而夭其嗣乎?汝之纯明而不克蒙其泽乎⑲?少者、强者而夭殁,长者、衰者而存全乎?未可以为信也。梦也,传之非其真也,东野之书,耿兰之报⑳,何为而在

---

⑰ [恐旦暮死]二句:我担心有朝一日,自己身逢不幸,你作为晚辈会为此抱憾终生。 无涯之戚:无限的悲哀。
⑱ 孰谓:谁能想到。
⑲ [信也]三句:这是真的吗?我的哥哥品德高尚却早早地绝后了,你纯正贤明却不能承受他的福泽。 夭:夭折,过早地离开人世。 克:能。 蒙:承受。
⑳ 耿兰:当为十二郎家中的管家,主人过世后,曾写信向韩愈报丧。

吾侧也?呜呼!其信然矣!吾兄之盛德而夭其嗣矣!汝之纯明宜业其家者不克蒙其泽矣!所谓天者诚难测,而神者诚难明矣!所谓理者不可推,而寿者不可知矣!

虽然,吾自今年来,苍苍者或化而为白矣,动摇者或脱而落矣㉑。毛血日益衰,志气日益微,几何不从汝而死也㉒。死而有知,其几何离㉓;其无知,悲不几时,而不悲者无穷期矣㉔。汝之子始十岁,吾之子始五岁。少而强

㉑ [苍苍者] 二句:前一句写灰白色的头发,几乎完全变白。后一句写松动的牙齿,有的已经脱落。
㉒ [几何] 句:大意是自己也将不久于人世。 几何:多久。
㉓ [死而有知] 二句:如果死而有知,分离又会有多久呢?
㉔ [其无知] 三句:如果人死而无知,那么,我为你悲伤的时间也不会太久了,而死后无悲无伤的日子却是没有尽期的。

者不可保，如此孩提者又可冀其成立邪㉕？呜呼哀哉！呜呼哀哉！

汝去年书云："比得软脚病，往往而剧㉖。"吾曰："是疾也，江南之人常常有之。"未始以为忧也。呜呼！其竟以此而殒其生乎㉗？抑别有疾而至斯乎㉘？汝之书六月十七日也。东野云，汝殁以六月二日，耿兰之报无月日。盖东野之使者不知问家人以月日，如耿兰之报不知当言

㉕ 冀：希望。　成立：长大成人。
㉖ [比得软脚病] 二句：我最近得了软脚病，情况越来越糟。　比：近来。　软脚病：即足弱之疾，古人称之为"脚气"，是由湿热之毒所导致的一种疾病。
㉗ 殒（yǔn）：亡。
㉘ [抑别有疾而至斯乎] 句：或者还有别的疾患导致了这样不幸的结局？

月日。东野与吾书乃问使者,使者妄称以应之耳。其然乎?其不然乎㉙?

今吾使建中祭汝,吊汝之孤与汝之乳母㉚。彼有食可守以待终丧,则待终丧而取以来㉛;如不能守以终丧,则遂取以来。其余奴婢,并令守汝丧。吾力能改葬,终葬汝于先人之兆,然后惟其所愿㉜。呜呼!汝病吾不知时,汝殁吾不知日;生不能相养以共居,殁不得抚汝以尽哀,敛不凭其棺,窆不临其穴㉝;吾行负神明而使汝夭,不孝

㉙ [东野] 四句:孟东野给我写信时才去问使者,使者随便说了个日期(六月二日)聊以应付而已。真是如此吗?还是并非如此呢?
㉚ 吊:对遭遇丧事或其他不幸的人表示哀悼和慰问。 汝之孤:此指十二郎死后留下的孤儿。
㉛ [彼有食] 二句:如果他们(指十二郎的儿子和乳母)有足够的粮食可以守丧到丧期结束,那就等到丧期结束再把他们接过来。古时父母过世,儿女守丧三年为期。
㉜ [吾力能改葬] 三句:如果我有能力为你迁葬,最终一定会把你葬在祖坟旁,然后才了却了我的心愿。 先人之兆:指祖先墓地。 兆:墓地。
㉝ [生不能] 四句:活着的时候不能在一起互相照顾,死的时候不能抚尸以尽哀,入殓时没有在棺前守灵,下棺入葬时又没有亲临你的墓穴。 敛(liàn):将死人装进棺材。 窆(biǎn):下棺入土。

不慈,而不得与汝相养以生,相守以死;一在天之涯,一在地之角,生而影不与吾形相依,死而魂不与吾梦相接。吾实为之,其又何尤㉞!彼苍者天,曷其有极㉟!

自今已往,吾其无意于人世矣!当求数顷之田于伊颍之上,以待余年㊱,教吾子与汝子,幸其成;长吾女与汝女㊲,待其嫁;如此而已。

呜呼,言有穷而情不可终,汝其知也邪?其不知也邪?呜呼哀哉!尚飨㊳!

㉞ [吾实为之]二句:是我造成了这样的不幸,又能抱怨谁呢?
㉟ [彼苍者天]二句:大意是这青苍之天啊,哪里才是尽头呢? 彼苍者天:出自《诗经·黄鸟》,此处用来比喻作者自己的悲哀如苍天那样无穷无尽。 曷:疑问词。
㊱ [当求数顷之田]二句:我会回老家置办数顷之地,以打发余生。 伊颍:分别指伊水和颍水,均在河南境内,代指韩愈的故乡。
㊲ 长(zhǎng):使动用法,意思是抚养她们长大成人。
㊳ 尚飨(xiǎng):祭文常用的结束语,希望死者享用祭品。 尚:表示愿望。

韩愈

柳子厚墓志铭

墓志铭是古代悼念性的文体之一，通常分两部分：第一部分是"志"，记叙死者姓名、籍贯、生平事略；后一部分是"铭"，多用韵文，表示对死者的悼念和赞颂。这篇墓志铭是韩愈为纪念好友柳宗元而写的。

柳子厚，即柳宗元，与韩愈同为唐代古文运动的领袖人物。这篇墓志铭概括了柳宗元的家室、生平、交友和文学成就，着重讲述了他治理柳州的政绩，并称颂他勇于为人的美德和刻苦自励的精神。其中写刘禹锡贬官，即将远去播州（今贵州境内）时，柳宗元也同在贬迁之列，但他不忍心看到刘禹锡与母亲一起颠沛流离，远赴西南边隅，就主动向朝廷请求与刘禹锡对换，宁肯自己去播州也不能让朋友母子受难，哪怕因此冒犯了朝廷并罪加一等，他也在所不惜。在此，韩愈对人情冷暖和世态炎凉做了一番生动的描述，也寄寓了深刻的人生感慨："士穷乃见节义。"平日身处顺境，大家都是朋友，还指天发誓，恨不能掏心掏肺，把自己感动得落泪，好不煞有介事！可一旦碰上利害之争，哪怕只是蝇头小利，立刻就翻脸不认人了，甚至还不遗余力落井下石。相比之下，柳宗元的举动何等令人钦佩！这一件小事，让我们明白了什么是友情、信任与担当。

　　柳宗元好佛，韩愈排佛，两人意见不合处甚多，性格和文风也大相径庭，但他们却是终生的至交好友。这究竟是为什么呢？读了韩愈为柳宗元写的这篇墓志铭，我们或许就能明白了。

子厚，讳宗元。七世祖庆，为拓跋魏侍中，封济阴公①。曾伯祖奭，为唐宰相，与褚遂良、韩瑗俱得罪武后，死高宗朝②。皇考讳镇③，以事母弃太常博士，求为县令江南④。其后以不能媚权贵，失御史⑤。权贵人死，乃复拜侍御史，号为刚直⑥。所与游皆当世名人。

　　子厚少精敏，无不通达。逮其父时，虽少年已自成人，能取进士第，崭然见头角⑦；众谓柳氏有子矣。其后

---

① [子厚]五句：柳子厚，名宗元。七世祖柳庆，做过北魏的侍中，被封为济阴公。　讳：古时对尊者、长者和死者，忌讳直呼其名，因称被避讳的名字为讳。　拓跋魏：北魏国君姓拓跋，故北魏也叫拓跋魏。　侍中：古代官职，掌管传达皇帝的命令。
② 奭（shì）：即柳奭，字子燕，柳宗元的高伯祖，此处误作"曾伯祖"。　褚遂良和韩瑗（yuàn）都是武则天时期的朝臣，因为得罪了武则天而遭贬，柳奭于659年被处死。　死高宗朝：即死于高宗在位期间。
③ 皇考：古人对亡父的尊称，"生曰父，死曰考"。
④ [以事母]二句：因为侍奉母亲而放弃了太常博士的官位，请求去江南做县令。
⑤ 失御史：失掉了御史的官职。　御史：即侍御史，行使监察、纠劾等功能。
⑥ 号为刚直：此指柳宗元父亲以刚直著称。
⑦ [逮其父时]四句：他父亲仍然在世时，柳宗元尽管年少，却已立身扬名，能够考取进士，崭露出超群的才华。　逮：及、等到。　崭：突出，原指山崖险峻高出。　见：即"现"。　头角：头顶左右的突出处，此处用来比喻少年的不凡才华。

以博学宏词,授集贤殿正字⁸。俊杰廉悍,议论证据今古,出入经史百子⁹。踔厉风发,率常屈其座人⑩,名声大振,一时皆慕与之交。诸公要人,争欲令出我门下,交口荐誉之⑪。

贞元十九年,由蓝田尉拜监察御史。顺宗即位,拜礼部员外郎。遇用事者得罪,例出为刺史⑫。未至,又例贬州司马。居闲益自刻苦,务记览,为词章泛滥停蓄,

⑧ 博学宏词:唐代科举的名目之一。 集贤殿正字:官名,主掌刊辑经籍和搜求佚书。
⑨ [俊杰]三句:柳子厚才华出众,方正廉洁而又性格强悍,发表议论时能广泛引证今古事例,遍及经史诸子等典籍。 出入:进出,形容他引经据典,十分自如。
⑩ [踔厉风发]二句:他议论高迈凌厉,意气风发,常常令在座的人为之折服。 踔(chuō):腾跃,超迈。 厉:猛烈。 屈:使动用法,即"使人为之屈服"。
⑪ [诸公要人]三句:那些公卿贵人争着想让子厚成为自己的门生,众口一词地推荐赞誉他。
⑫ [遇用事者]二句:恰巧当权者获罪于皇上,柳宗元也因此按例被贬为州刺史。 用事者:此处指王叔文等人,当时因变法失败而遭贬。柳宗元等参与变法的"八司马"也都被贬离京。 例:按照惯例。 出:这里指离开京城。

为深博无涯涘,而自肆于山水间⑬。

元和中,尝例召至京师,又偕出为刺史⑭,而子厚得柳州。既至,叹曰:"是岂不足为政邪⑮?"因其土俗,为设教禁,州人顺赖⑯。其俗以男女质钱,约不时赎,子本相侔,则没为奴婢⑰。子厚与设方计,悉令赎归。其尤贫力不能者,令书其佣,足相当,则使归其质⑱。观察使下其法于他州,比一岁,免而归者且千人⑲。衡湘以南为

---

⑬ [居闲益自刻苦]五句:贬官后闲暇无事,更加刻苦为学,致力于博览典籍,专心记诵。吟诗作文,汪洋恣肆而又凝重含蓄,深厚宏富而又浩瀚无际。而他自己则纵情于山水之间。 无涯涘(sì):无边际。 涘:水边。 肆:放纵、不加约束。
⑭ 偕:一同。此指"八司马"同被召回又同被贬迁。
⑮ 是岂不足为政邪:这样的地方难道就不值得做出一番政绩来吗?
⑯ [因其土俗]三句:柳宗元顺应当地的习俗,为他们制订了教谕与禁令,柳州之民对他表示顺从和信赖。
⑰ [其俗以男女质钱]四句:当地的习俗是用儿女做抵押向人借钱,约定如果无法按时赎回,等到利息达到了本金的数额时,债主就把人质没收做奴婢。 质:典当、抵押。 时:按时。 子:子钱,即利息。 相侔(móu):相等。
⑱ [其尤贫力不能者]四句:其中特别贫困而无力赎回子女者,就令债主记下他们子女当用工所挣的工钱,等到工钱足以抵销债金时,就要求债主归还被抵押的人质。 佣:佣金。
⑲ 下其法:推行这一法令。 比:及、等到。 且:将近。

进士者，皆以子厚为师，其经承子厚口讲指画为文词者，悉有法度可观[20]。

其召至京师而复为刺史也，中山刘梦得禹锡亦在遣中，当诣播州[21]。子厚泣曰："播州非人所居，而梦得亲在堂，吾不忍梦得之穷，无辞以白其大人；且万无母子俱往理[22]。"请于朝，将拜疏，愿以柳易播，虽重得罪，死不恨[23]。遇有以梦得事白上者，梦得于是改刺连州[24]。呜

[20] [衡湘以南] 四句：衡山、湘水以南准备考进士的人，皆以子厚为师，那些经过子厚亲自讲授和指点的人所写的文章，看得出都是合乎规范的。 悉：全、都。
[21] 遣：发遣，此处指外贬为州刺史。 诣：到。
[22] [播州非人所居] 五句：播州不是一般人能住的地方，况且梦得有老母在堂，我不忍心看到梦得如此困窘。他无法把这个坏消息告诉自己的母亲，更何况万万没有母子同往播州的道理。 梦得：刘禹锡的字。 白：告。 大人：父母，此指刘禹锡的母亲。
[23] 拜疏：上疏，向皇帝进呈自己的书面意见。 恨：遗憾。
[24] [遇有] 二句：正巧有人把刘禹锡贬谪播州一事报告了皇上，刘禹锡于是才改任连州刺史。

呼！士穷乃见节义㉕。今夫平居里巷相慕悦，酒食游戏相征逐，诩诩强笑语以相取下，握手出肺肝相示，指天日涕泣，誓生死不相背负，真若可信㉖；一旦临小利害，仅如毛发比，反眼若不相识；落陷阱不一引手救，反挤之又下石焉者，皆是也㉗。此宜禽兽夷狄所不忍为，而其人自视以为得计。闻子厚之风，亦可以少愧矣㉘！

子厚前时少年，勇于为人，不自贵重顾藉，谓功业可立就，故坐废退。既退，又无相知有气力得位者推

㉕ 穷：困顿失意。
㉖ [今夫平居里巷相慕悦] 七句：如今一些人平日街坊相处，彼此仰慕，取悦示好，在一起餐饮聚乐，往来不绝。又做出夸张的笑脸，表示愿居对方之下，握手示好，仿佛可以掏肝挖肺给对方看，指天日流着泪发誓说至死也绝不背弃朋友，真像是可以信赖一样。　诩诩（xǔ）：夸张的样子。　强：勉强、做作。
㉗ [落陷阱] 三句：即"落井下石"之意。　皆是也：都属于这一类。
㉘ 少：稍。

挽,故卒死于穷裔㉙。材不为世用,道不行于时也。使子厚在台省时,自持其身已能如司马刺史时,亦自不斥㉚;斥时有人力能举之,且必复用不穷。然子厚斥不久,穷不极,虽有出于人,其文学辞章,必不能自力以致必传于后如今,无疑也㉛。虽使子厚得所愿,为将相于一时,以彼易此㉜,孰得孰失,必有能辨之者。

子厚以元和十四年十一月八日卒,年四十七。以十五年七月十日归葬万年先人墓侧㉝。子厚有子男二人:

㉙ [不自贵重顾藉] 六句:柳宗元并不自以为贵重而有所顾惜依托,认为功名事业可以一蹴而就,以致受到了牵连而被贬斥。贬谪后,又没有赏识自己并且身居高位的人加以推荐引进,最终死于荒僻的边远之地。　顾藉:顾惜藉赖。一说作"顾忌"解。　谓:说,此指心想、认为。　坐:因他人获罪而受牵连。　裔:边远的地域。
㉚ [使子厚在台省时] 三句:假如柳宗元在御史台和尚书省为官时,已经能像他出任刺史和司马时那样持身谨重,也自然不会受到贬斥。　使:假使。
㉛ [然子厚斥不久] 六句:然而如果子厚被贬斥的时间不久,困顿未达到这样的极致,尽管也可以在官场中出人头地,却绝不可能在文学辞章上自我奋发努力,以至于像今天这样流传后世。这是无可怀疑的。
㉜ 易:交换。
㉝ 万年:即万年县,在今陕西省西安市临潼区东北。

长曰周六,始四岁;季曰周七,子厚卒乃生。女子二人,皆幼。其得归葬也,费皆出观察使河东裴君行立㉞。行立有节概,重然诺;与子厚结交,子厚亦为之尽,竟赖其力㉟。葬子厚于万年之墓者,舅弟卢遵㊱。遵,涿人,性谨慎,学问不厌。自子厚之斥,遵从而家焉,逮其死不去㊲;既往葬子厚,又将经纪其家,庶几有始终者㊳。

铭曰:是惟子厚之室,既固既安,以利其嗣人㊴。

㉞ [其得归葬也] 二句:柳宗元的灵柩能够回到故乡安葬,费用都出自观察使河东人裴行立。
㉟ [行立有节概] 五句:裴行立为人有节操,重信用。与柳宗元为至交好友,柳宗元对他也尽心尽力,而最终仰仗他来料理后事。 重然诺:看重许下的诺言,说到做到。
㊱ 舅弟:舅父之子年幼于己者。
㊲ [自子厚之斥] 三句:自从柳宗元被贬之后,卢遵就跟随着他,并住在他家里,直到柳宗元去世也没有离开。 逮:直到。
㊳ [庶几] 句:他可以称得上是有始有终的人了。 庶几:差不多。
㊴ [是惟子厚之室] 三句:大意是,愿柳宗元的墓穴能永保坚固和安宁,给子子孙孙带来益处。 室:此指幽室,即墓穴。 嗣人:子孙后代。

柳宗元

蝜蝂传

柳宗元(773—819),字子厚,二十一岁进士及第,仕途通达。后参与政治改革,失败后被贬斥外州,历尽艰辛坎坷。柳宗元是唐宋八大家之一,与韩愈并称"韩柳"。柳宗元的论说文思想犀利,说理严密;传记文风格明快,细节生动;寓言小品文机敏警策,寓意深远;山水游记清新隽永,别有寄托,往往言有尽而意无穷。

本篇属于讽刺小品,也是一篇人生寓言。蝜蝂这种小虫,善负重又喜爬高,常为物所累,坠地而死。文章前半部分着力刻画了蝜蝂这一可笑可悲的习性,后半部分将世间贪婪之徒与蝜蝂相比,并加以无情的嘲讽。我们知道,寓言往往以动物为对象,但像柳宗元对蝜蝂所做的细致观察和生动描写,在他之前似乎还并不多见。而蝜蝂最终被自己背负的重物所压垮,更具有了深刻的反讽意味:无穷无尽地攫取和积累,直到财富最终变成了负担,变成了压垮骆驼的最后一根稻草,更何况蝜蝂这样的小虫呢?

蝜蝂者，善负小虫也。行遇物，辄持取，卬其首负之①。背愈重，虽困剧不止也②。其背甚涩，物积因不散，卒踬仆不能起③。人或怜之，为去其负。苟能行，又持取如故。又好上高，极其力不止，至坠地死。

今世之嗜取者，遇货不避，以厚其室，不知为己累

---

① [蝜蝂]五句：蝜蝂是一种善于负重的小虫。它在爬行中无论遇到了什么，都会攫持过来，仰起头把它驮在背上。 蝜蝂（fùbǎn）：一种黑色的小虫。 卬（áng）：同"昂"，仰头。
② 困剧：极度困倦疲乏。 剧，非常。
③ [卒踬仆]句：最终被压倒了爬不起来。 踬（zhì）仆：跌倒，这里指被东西压倒。

也,唯恐其不积④。及其怠而踬也,黜弃之,迁徙之,亦已病矣⑤。苟能起,又不艾⑥。日思高其位、大其禄,而贪取滋甚⑦,以近于危坠⑧,观前之死亡不知戒。虽其形魁然大者也,其名人也,而智则小虫也。亦足哀夫!

---

④ [今世]五句:如今那些嗜好攫取的人,见到钱财就不放过,用来扩充他们的家产,不知道财货会成为自己的累赘,而只是担心财富积聚得不够多。 厚:增加。
⑤ [及其怠]四句:等到他们一时倦怠而栽了跟头,被贬斥罢官,或流放异地,那时的确已经受尽了羞辱。 怠(dài):怠懈。 黜(chù):贬斥、罢免、抛弃。 病:羞辱;也可以作"困苦至极""吃尽了苦头"解。
⑥ 艾(yì):悔改。
⑦ 滋:愈加。
⑧ 危坠:从高处坠落。

柳宗元

游黄溪记

记之为体,属"游记"类,与游览、访古、题写名胜等场合密切相关。永州是柳宗元的贬谪之地,在今天湖南省西南部,原本名不见经传。但这篇文章起笔不凡,把永州放在晋(今山西西南部)、豳(今陕西、甘肃一带)、吴(今江苏境内)和楚、越(湖南、湖北和浙江地区)交界地区的宏大视野中,分别从东南西北四个方向来界定它的位置,然后得出结论说,同别的州相比,它的山水最佳。这样一来,地处偏远的永州不仅变成了中心,而且还是一块有待发现的瑰宝。

接下来,作者把视线投向了永州的山水,但采用了同样的修辞手法,从永州境内东南西北的溪水写起,最后才落在了黄溪上。如果用摄影来打比方,就好像一开始采用一个广角镜头,然后逐渐收缩,聚焦在了标题上的黄溪。在柳宗元描绘的风景版图上,永州的山水最佳,而永州的山水,又数黄溪最美。

第二部分从黄神祠起步,沿着黄溪游览,写了一路所见的神奇山水,而且文字风格也奇崛异常,尤以罕见的譬喻取胜,凸显了这一带瑰丽的异域色彩。读罢令人震惊错愕,而

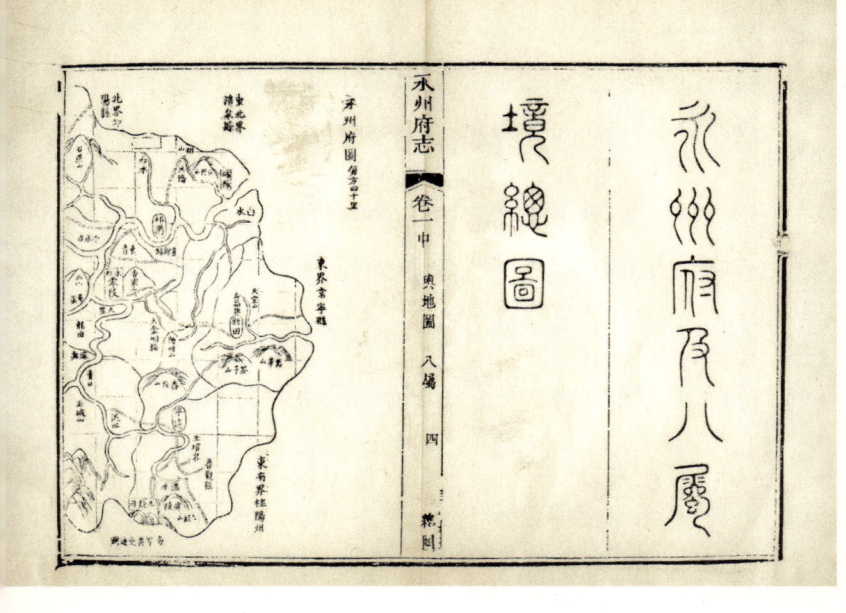

又心向往之。篇末由写景进入传说，记述了有关黄神的杳渺来历和源远流长的地方风俗，更为不同寻常的黄溪风景增添了神秘感和传奇性。

北之晋，西适豳，东极吴，南至楚、越之交，其间名山水而州者以百数，永最善①。环永之治百里②，北至于浯溪，西至于湘之源，南至于泷泉，东至于黄溪东屯③，其间名山水而村者以百数，黄溪最善。

　　黄溪距州治七十里。由东屯南行六百步，至黄神祠。祠之上，两山墙立，如丹碧之华叶骈植，与山升降，其缺者为崖峭岩窟④。水之中，皆小石平布。黄神之上，

---

① [北之晋] 六句：北及晋地，西到豳（bīn）州，东抵吴地，南至楚、越交界，这一带以山水著名的州数以百计，其中永州风景最美。　适：到。　极：到达，远至。　州：唐代行政区划采用道、州、县三级制，州在道与县之间，大致相当于今天的"地区"一级。
② 环永之治百里：环绕着永州治所一百里。　治：指永州州府的所在地。
③ 浯（wú）溪：源出祁阳，流入湘江。　泷（lóng）泉：永州境内的一条溪水。　屯：村落。
④ [祠之上] 五句：黄神祠上方的两座高山像墙一样相对而立，山上的花草树木也两相映衬，花草长满了山壁，随山势起伏。没有长花草的地方就是陡崖和洞窟。　墙立：像墙一样矗立。　华：同"花"。　骈植：平行植种。

揭水八十步⑤,至初潭,最奇丽,殆不可状⑥。其略若剖大瓮,侧立千尺,溪水积焉⑦。黛蓄膏淳,采若白虹,沉沉无声,有鱼数百尾,方来会石下⑧。南去又行百步,至第二潭。石皆巍然,临峻流,若颏颔龂腭⑨。其下大石杂列,可坐饮食。有鸟赤首乌翼,大如鹄⑩,方东向立。自是又南数里,地皆一状,树益壮,石益瘦,水鸣皆锵然⑪。又南一里,至大冥之川⑫,山舒水缓,有土田。始黄神为人时,居其地⑬。

⑤ 揭水:揭起衣服,涉水而行。
⑥ 殆不可状:几乎无法形容。
⑦ [其略若剖大瓮]三句:初潭的大体模样有些像一个剖开的大陶罐,侧面而立,高达千尺,溪水汇聚其中。
⑧ [黛蓄膏淳]五句:青黑色的潭水像膏状物一样蓄聚,阳光下水流灌注像一条白虹那样闪烁光彩,流动时默然无声,有几百尾鱼儿正游过来,会聚在石下的溪水中。 黛:女子画眉用的颜料。 膏:油脂。 淳(tíng):水聚而不流。
⑨ [石皆巍然]三句:岩石都高高耸立,前临峻急的水流,山石的形状有如脸的下巴和牙床。 颏(kē):两腮和嘴的下部。 颔(hàn):嘴唇以下的部位。 龂(yín):牙根。 腭(è):口腔上壁。
⑩ 鹄(hú):天鹅。
⑪ 锵(qiāng)然:象声词,形容凤鸣声或乐声。
⑫ 大冥之川:像海一样浩瀚的河流。
⑬ [始黄神为人时]二句:当初黄神还是人的时候,曾在此居住。作者写到黄神的身世时,多有调侃之意。

传者曰:"黄神王姓,莽之世也⑭。莽既死,神更号黄氏,逃来,择其深峭者潜焉⑮。"始莽尝曰:"余黄虞之后也。"故号其女曰"黄皇室主⑯"。黄与王声相迩,而又有本,其所以传言者益验⑰。神既居是,民咸安焉⑱。以为有道,死乃俎豆之,为立祠⑲。后稍徙近乎民⑳。今祠在山阴溪水上㉑。

元和八年五月十六日,既归为记,以启后之好游者㉒。

⑭ [传者曰] 三句:据传言说,黄神本姓王,与王莽属于同一个世系。 王莽于汉平帝时篡权摄政,改国号为"新",又称"新莽"。 世:世系、家世。
⑮ 潜:藏身。
⑯ [始莽尝曰] 三句:当初王莽曾说:"我是黄帝和虞舜的后裔。"因此,称女儿为"黄皇室主"。
⑰ [黄与王声相迩] 三句:黄与王读音相近,又有史书上王莽自称黄帝后裔的依据,那些关于黄神的传言愈发得到了验证。 相迩(ěr):相近。 有本:有所本、有依据。
⑱ [神既居是] 二句:既然黄神曾经住过这里,老百姓也都在此安居乐业了。 咸:都。
⑲ [以为有道] 三句:认为他有道行,在他死后祭祀他,为他立祠庙。 道:道行。 俎(zǔ)豆:俎和豆都是古代祭祀用的礼器,俎为几案,豆为盛干肉一类祭品的器皿。此处引申为祭祀。
⑳ 后稍徙近乎民:后来把祠庙移到了靠近民居处。
㉑ 山阴:古时山北水南曰阴。这一句的意思是说,今天的祠庙建在山北的溪岸上。
㉒ 启:开导、告诉。

柳宗元

小石潭记

柳宗元于805年被贬谪到永州,在那里度过了十年的放逐生涯。永州即今天湖南省永州一带,唐时为蛮荒之地,风景神异。柳宗元在那里写下了《永州八记》,这是其中的第四篇。这一篇中最著名的是写游鱼的那一段文字,晶莹透彻,仿佛凭空而来,无所依傍。然而作者久贬于此的孤寂凄凉的心情,也萦绕在字里行间,挥之不去。

这篇游记专在一个"清"字上下功夫。写风景之清者,向来不乏其人,但写得如此清空灵动而又凄怆神伤,则非它莫属了。在立意谋篇上,也罕有与之媲美者。

文章一开头就写到了小石潭"水尤清冽",但令人惊讶的是,不仅绝无"其境过清"之感,反而是两次用了"乐"字:听到了溪水的清音时,心为之乐,连游鱼都似乎在与游人相戏为乐。孔子说过"智者乐水",庄子写过濠上观鱼之乐。可知水清鱼游之为乐,自在情理之中,或者本当如此吧?可是此处的乐,却有始无终,归趣难求。柳宗元久坐潭上,开始环顾四周,而就在这一刹那,寒意顿生!寒意当然与气温有关,但似乎又关系不大,而是从"寂寥无人"这一句引起的。它弥漫在周围的气氛中,也仿佛渗透了人的精神和骨髓,因此神清骨寒,幽邃无边。这才是一篇风景的底色和基调,但直到结尾才悄然浮现。回头看前面的游乐,不过是一时忘忧罢了。

有谁教过我们这样写文章吗?篇末翻空出奇,另起一义——能这样做的人不多,做得好就更少。柳宗元的《永州八记》被后人誉为"千古绝调",看来并非溢美之词。

从小丘西行百二十步，隔篁竹，闻水声，如鸣佩环①，心乐之。伐竹取道，下见小潭，水尤清冽。全石以为底，近岸卷石底以出，为坻，为屿，为嵁，为岩②。青树翠蔓，蒙络摇缀，参差披拂③。

潭中鱼可百许头④，皆若空游无所依。日光下澈，影布石上，佁然不动，俶尔远逝。往来翕忽，似与游者相乐⑤。

---

① [隔篁竹]三句：隔着竹林，可以听到流水的声音，好像人身上佩带的玉佩、玉环相互碰击发出的声音。　篁（huáng）竹：竹林。
② [全石以为底]六句：小石潭以一块完整的石头为底，靠近岸边的地方，潭底的岩石向上翻卷，有的高耸出水面，有的如同小岛屿，有的高低不平，有的像水涯陡峭的岩壁。　坻（chí）：水中的小块高地。　嵁（kān）：凹凸不平的山石。
③ [青树翠蔓]三句：写青树覆盖、翠蔓缠绕，它们在风中牵连摇动，参差不齐。　翠蔓：绿色的藤蔓。　蒙：覆盖。　络：缠绕。　缀：连缀。　披：下垂。
④ 可百许头：大约百十来头。　可：约。　许：表示约数。
⑤ [日光]六句：阳光照彻水底，鱼的影子映在水底的石上。鱼呆呆地一动不动，忽然又向远处游去，来来往往，轻快敏捷，好像在与游人相戏而乐。　佁（yǐ）然：发呆的样子。　俶（chù）尔：忽然。　翕（xī）忽：敏捷迅疾的样子。

潭西南而望，斗折蛇行，明灭可见⑥。其岸势犬牙差互，不可知其源⑦。

坐潭上，四面竹树环合，寂寥无人，凄神寒骨，悄怆幽邃⑧。以其境过清，不可久居，乃记之而去。

同游者：吴武陵，龚古，余弟宗玄。隶而从者⑨，崔氏二小生：曰恕己，曰奉壹。

---

⑥ [潭西南而望] 三句：往潭水的西南方向看去，溪水如北斗七星那样曲折，又像蛇那样宛转而行，一会儿明亮闪烁，一会儿又隐灭不见了。

⑦ [其岸势犬牙差互（cīhù）] 二句：描写溪岸像犬牙那样参差交错，看不到溪水的源头。

⑧ [凄神寒骨] 二句：（这里的氛围）使人感到心神凄凉，寒气彻骨，在沉寂中陷入幽深无尽的凄怆。　邃：深。　悄怆（chuàng）：黯然神伤。

⑨ 隶而从者：附属随从的人。

王禹偁

待漏院记

王禹偁（chēng）(954—1001)，字元之，出身贫寒，入仕后多次遭贬谪。他信奉儒家的政治理念，关心国家和百姓命运，他的古文言之有物，清通爽朗。

朝臣每日早起入朝，风雨无阻，而待漏院正是他们上朝前休息的地方。他们在觐见皇帝、议论朝政之前，于此歇息的短暂片刻，心里想到了什么？这是一个有意味的瞬间，是行动之前的停顿，什么都没有发生，却包孕了接下来的事件。这正是小说家和戏曲家大显身手的时刻。王禹偁虽然不是小说家或戏曲家，但他也从这里下手，对掠过宰臣心上的各种念头，做了一番猜测。在文章结束处，作者写道："棘寺小吏王某为文，请志院壁，用规于执政者。"这表明这篇文章属于"厅壁记"，作者希望把它写在待漏院的墙壁上，对入朝的宰臣起一个警戒或规劝的作用。实际上，他描绘了宰臣的三幅不同的肖像——贤相、奸相和庸相，让他们各自对号入座，反躬自省一番。

前人评论说，从文体和内容来看，这篇文章"非骈非散，似箴似铭"。也就是说，它同时使用了骈偶和散文的句式,因此既不同于骈文也不同于古文,而读起来既像是箴言,又像是铭文。箴言即箴谏之言,目的是规谏劝诫、制止过失;铭文指铸、刻和书写在金石等器物上的文辞,也具有警戒的性质,但兼有褒贬,多用韵语。

天道不言，而品物亨、岁功成者，何谓也？四时之吏，五行之佐，宣其气矣①。圣人不言②，而百姓亲、万邦宁者，何谓也？三公论道，六卿分职，张其教矣③。是知君逸于上，臣劳于下，法乎天也④。古之善相天下者，自咎、夔至房、魏，可数也⑤。是不独有其德，亦皆务于勤耳。况夙兴夜寐，以事一人⑥。卿大夫犹然，况宰相乎！

① [天道不言] 六句：天道沉默无言，而万物顺利生长，年年都有收成，这是为什么呢？那是由于掌管四时、辅佐五行的天官们宣导天地之气、确保风调雨顺的结果。 品物：万物。 亨（hēng）：繁盛。 岁功：一年农作的收获。 宣：宣导。
② 圣人：此指皇帝。
③ 三公、六卿：泛指辅佐国君掌握军政大权的最高官员。 张其教：张大教化。 张：开展、宣传。
④ 逸：安逸。 法乎天：即取法于天。
⑤ [古之善相天下者] 三句：自古以来，身居相位而善于治理天下者，不过皋陶、夔（kuí）、房玄龄、魏征几位，屈指可数。 咎：通"皋"，即皋陶，相传曾为舜掌管刑法。 夔：尧、舜的乐官。 房、魏：即房玄龄和魏征，为唐代名相。 他们四位被后世视为大臣的典范。
⑥ 夙兴夜寐：早起晚睡。 事：服务。 一人：此指皇帝。

朝廷自国初因旧制，设宰臣待漏院于丹凤门之右，示勤政也⁷。至若北阙向曙，东方未明，相君启行，煌煌火城。相君至止，哕哕銮声⁸。金门未辟，玉漏犹滴，彻盖下车，于焉以息⁹。

待漏之际，相君其有思乎？其或兆民未安，思所泰之⁰；四夷未附，思所来之⑪；兵革未息，何以弭之⑫；田

---

⑦ 待漏院：百官入朝前歇息之处。　丹凤门：汴京宫城的南门。　示勤政也：表示勤于政事。
⑧ [至若北阙向曙] 六句：当北边的宫阙上映出曙光，东方的天空尚未大亮时，宰相就动身启行了，仪仗队的灯火照耀全城。宰相驾到，马车铃声叮当作响。　哕（huì）哕：形容有节奏的铃声。
⑨ [金门未辟] 四句：金马门还没打开，玉漏声依然可辨，撤去车上的帷盖，宰臣下车，在此歇息。　金门：即金马门，门旁曾有铜马，故名。　玉漏：古代计时漏壶的美称。
⑩ [其或] 二句：或许想的是万民尚未安宁，正在考虑如何让他们安居乐业。　所泰之：用来安顿他们的办法。　泰：安定、平安，使动用法。
⑪ 四夷：指周边少数民族，即东夷、南蛮、西戎、北狄的合称。　附：归附。　来：使动用法，使……来。
⑫ 兵革：兵器和甲胄，借指战争。　弭：消除。

畴多芜，何以辟之⑬；贤人在野，我将进之；佞臣立朝⑭，我将斥之；六气不和，灾眚荐至，愿避位以禳之；五刑未措，欺诈日生，请修德以厘之⑮。忧心忡忡，待旦而入，九门既启，四聪甚迩。相君言焉，时君纳焉⑯。皇风于是乎清夷⑰，苍生以之而富庶。若然，则总百官，食万钱，非幸也，宜也⑱。

⑬ [田畴] 二句：农田大多荒芜，怎样才能开垦出来？
⑭ 佞臣立朝：奸臣在朝，担任要职。 佞（nìng）臣：奸佞之臣。
⑮ [六气不和] 六句：气候失和，灾异频繁，愿意辞去自己的官职以消除灾祸。各种刑罚未能废止不用，欺诈行为每天都在发生，请施行教化来矫正它们。 眚（shěng）：指灾异。 荐：屡次。 禳：以祈祷消灾。 措：废弃。 厘：厘正、治理。
⑯ [九门] 四句：宫门开后，天子从百官那里听到四面八方的情况。宰相向皇帝上奏直言，皇帝采纳了他的建议。 启：开。 聪：古人往往以耳聪目明来比喻皇帝消息灵敏，明察事理。 迩（ěr）：近。
⑰ 清夷：清平无事。
⑱ [若然] 五句：如果是这样，他们总领百官，享受优厚的俸禄，就不是侥幸所得，而是理所应该的了。 宜：合适、应该。

其或私仇未复，思所逐之[19]；旧恩未报，思所荣之[20]。子女玉帛，何以致之[21]；车马器玩，何以取之。奸人附势，我将陟之；直士抗言，我将黜之[22]；三时告灾，上有忧色，构巧词以悦之；群吏弄法，君闻怨言，进谄容以媚之[23]。私心慆慆，假寐而坐，九门既开，重瞳屡回。相君言焉，时君惑焉[24]。政柄于是乎隳哉[25]，帝位以之而

---

[19] 逐：驱逐、贬斥。
[20] 荣：作动词用，奖赏、带来荣耀。
[21] 致：招致、得到。
[22] 陟（zhì）：提升。　抗言：直言进谏。　黜（chù）：贬谪、废免。
[23] [三时告灾]六句：农事季节各地报灾，皇帝面露忧虑，我便想着如何用花言巧语去取悦皇帝；众官操弄法律，皇帝听到了怨言，我便考虑怎样奉承献媚以求得皇上的欢心。　三时：春夏秋三个农忙季节。　谄容：阿谀奉承的样子。　媚：讨好。
[24] [私心慆（tāo）慆]六句：私心纷扰，勉强坐着打盹，宫门大开之后，天子时时顾盼，宰相侃侃而谈，皇上被他所蒙惑。　慆慆：纷扰不息。　假寐：不脱衣而睡。　重瞳：代指皇帝。
[25] 政柄：政权。　隳（huī）：崩毁。

危矣!若然,则下死狱,投远方㉖,非不幸也,亦宜也。

是知一国之政,万人之命,悬于宰相,可不慎欤!复有无毁无誉,旅进旅退,窃位而苟禄,备员而全身者,亦无所取焉㉗!

棘寺小吏王某为文,请志院壁,用规于执政者㉘。

㉖ 投远方:指放逐到边远之地。
㉗ [复有]五句:还有一种宰相——他们对任何事情,既不说好,也不说坏,随波逐流,同进同退,不过是窃居宰相之位,而贪图一时利禄,身在朝臣之列,却只想着保全身家性命——也是不足取的。 无毁无誉:也可以理解为,他们的名声不好不坏。 旅:同。 苟禄:苟且于官位。 禄:即俸禄,指官员的薪水。 备员:聊备一员,充数而已。
㉘ [棘寺小吏]三句:大理寺无名小吏王某作此一文,请把它写在待漏院的墙壁上,用来劝诫执政的大臣们。 棘(jí)寺:大理寺的别称,大理寺是古代管理司法的部门。 志:记。

范仲淹

岳阳楼记

范仲淹（989—1052），字希文，二十六岁中进士，官至参知政事（副宰相），因主张变法而受到贬斥。但他并没有因此消沉，而是以"先天下之忧而忧，后天下之乐而乐"的精神自励，《岳阳楼记》的这两句后来广为传诵，成为士人"以天下为己任"的宣言。

本篇是范仲淹于1046年应好友滕子京的邀请而作的。此时两人均被贬官，处境艰难。范仲淹借着岳阳楼的洞庭湖景，来寄托他的心境和怀抱。但他最终希望达到的境界却是"不以物喜，不以己悲"——既不因为外部的情状可喜而宠辱皆忘，也不因为自己的困顿遭遇和黯淡心情而满目萧然，感极而悲。这已经是一个相当超然的态度了，但范仲淹并没有就此打住，而是更进一步，提出了"先天下之忧而忧，后天下之乐而乐"的人生观。在他看来，这才是真正的达观，不仅摆脱了一时一地的喜怒哀乐，也彻底超越了个人的得失与毁誉。

《岳阳楼记》早已成为经典名篇，几乎无人不晓。但太过熟悉了，也带来了一些麻烦，那就是容易对它形成一个先入为主的固定印象。例如,我们会误以为它写的是范仲淹登览岳阳楼的观感。另外也容易导致一种不假思索的态度,误以为其中的每一句、每一字都是理所当然、天经地义的,而且从一句到另一句,也都来得水到渠成,仿佛本该如此。可实际上,从体例和内容来看,《岳阳楼记》都有些出格。这不是一篇循规蹈矩的作品。

应主人之邀为重修的名楼作记,通常的做法是首先回述此楼兴废沿革的历史。范仲淹并没有这样做。他简单地交代了写《岳阳楼记》一文的缘起,便写到了洞庭湖的景观。这样一来,似乎可以言归正传,进入"记"的主体部分了吧?但实际上,这一段文字谈不上什么描写,不过是概述了岳阳楼的"大观"而已。而如作者所说,前人早已对此有过完备的描述,也用不着细说了。接下来总算有了两段景物描写,但细读之下,又不尽然。这两段各以"若夫""至若"开头,皆为虚设之辞。作者并没有写到他本人登楼时的所见所感,而是假想从前像他这样受到贬谪的"迁客骚人",在面对"淫雨霏霏"或"春和景明"的不同景象时,会分别做何感受。事实上,范仲淹当时被贬在邓州(今河南省的西南部)为官,并没有亲临洞庭湖畔,更没有见到重修的岳阳楼。据说,滕子京请人绘制了一幅《洞庭晚秋图》,供他写作时参考。但这只是一个传说而已,即便有图为证,范仲淹笔下的"巴陵胜状"也终究不过是想象之辞罢了。在这些方面,《岳阳楼记》都打破了同类文章的范式。且不说篇末的议论将全文升华到了一个新的境界,就更是前所未见了。

面对熟读过的名篇,我们应该尽量消除习惯所造成的惰性,恢复第一次读到它的那种新鲜感和陌生感,这样才有可能在我们自以为熟悉的文字中,发现它们不同寻常的奥秘。

庆历四年春,滕子京谪守巴陵郡①。越明年,政通人和,百废具兴②。乃重修岳阳楼,增其旧制,刻唐贤、今人诗赋于其上;属予作文以记之③。

予观夫巴陵胜状,在洞庭一湖。衔远山,吞长江,浩浩汤汤④,横无际涯;朝晖夕阴,气象万千,此则岳阳楼之大观也,前人之述备矣⑤。然则北通巫峡,南极潇湘,迁客骚人,多会于此,览物之情,得无异乎⑥?

① [庆历]二句:1044年,滕子京被降职,任岳州太守。 庆历:宋仁宗年号。 滕子京:即滕宗谅,字子京,是范仲淹的朋友。 谪(zhé):官员被降职。 巴陵郡:即岳州,治所在今湖南岳阳。
② 越:到了。 明年:第二年。 具:同"俱",皆、全。
③ [乃重修岳阳楼]四句:于是重新修建岳阳楼,扩大了原有的格局,并且把唐人名家和今人的诗赋刻在上面。嘱咐我写一篇文章来记述这一事件。 属(zhǔ):通"嘱",嘱咐。
④ 衔:含。 吞:吞咽,容纳。 浩浩汤汤(shāng):水波浩荡的样子。
⑤ 述:记述。 备:详备。
⑥ [然则]六句:尽管如此,这里北通巫峡,南至潇水、湘江,被贬谪的官员和诗人,大多会于此地,观览这里的自然景物而引发的情感,大概会有所不同吧? 迁客:指降职远迁的官员。 骚人:诗人。 得无:难道不会,此为反问用法。

若夫淫雨霏霏，连月不开，阴风怒号，浊浪排空，日星隐曜⑦，山岳潜形；商旅不行，樯倾楫摧⑧；薄暮冥冥，虎啸猿啼。登斯楼也，则有去国怀乡，忧谗畏讥，满目萧然，感极而悲者矣⑨。

至若春和景明，波澜不惊⑩，上下天光，一碧万顷；沙鸥翔集，锦鳞游泳，岸芷汀兰，郁郁青青⑪。而或长烟一空，皓月千里，浮光跃金⑫，静影沉璧⑬，渔歌互答，此

---

⑦ 若夫：句首语气词，表示顺承上文，或另起一义。 曜（yào）：太阳和星辰的光耀。
⑧ 樯倾楫摧：船上的桅杆倾倒，船桨折断。 樯（qiáng）：桅杆。 楫（jí）：船桨。
⑨ [则有去国怀乡]四句：则有远离京城，怀念故乡，忧惧别人的谗言、嘲讽的想法，满目凄凉，感慨到了极致，不禁心中悲伤起来。 谗：即谗言，无端的恶语。
⑩ 至若：同"若夫"。 景：日光。 波澜不惊：这里形容湖水平静，波澜不起。
⑪ 岸芷汀兰：岸上生长香草，小洲上开满兰花。 芷（zhǐ）：水边生长的一种香草。 汀：水中的小洲。 青青：草木茂盛的样子。
⑫ 浮光跃金：此句描写水波起伏荡漾，水面上的金色月光也随着浮动跳跃，流金溢彩。
⑬ 静影沉璧：月亮的投影映照在平静的湖面上，仿佛是一块沉入水中的玉璧。

乐何极！登斯楼也，则有心旷神怡，宠辱偕忘，把酒临风，其喜洋洋者矣。

嗟夫！予尝求古仁人之心，或异二者之为⑭，何哉？不以物喜，不以己悲。居庙堂之高则忧其民，处江湖之远则忧其君⑮。是进亦忧，退亦忧。然则何时而乐耶？其必曰：先天下之忧而忧，后天下之乐而乐乎⑯？噫！微斯人，吾谁与归⑰？时六年九月十五日。

---

⑭ ［予尝求古仁人之心］二句：我曾探求过古时仁人之心，或许与这两种情况还有所不同。

⑮ 庙堂：朝廷。　处江湖之远：指远离朝廷，在野为民，也包括流放在外的官员。

⑯ 先：先于。　后：后于。

⑰ ［微斯人］二句：如果没有这种人，我和谁同道而归呢？　微：没有。　归：归依。

欧阳修

五代史伶官传序[1]

欧阳修(1007—1072),字永叔,号醉翁、六一居士。欧阳修是宋代文坛的领袖,诗文革新运动的主将。在史学方面,他也有很高的成就,曾与人合修《新唐书》,并独撰《新五代史》。他的古文简洁流畅,对后世古文有很大的影响。

《新五代史·伶官传》记叙后唐庄宗宠幸伶官败政乱国的史实,本篇是它的序,旨在提纲挈领,总结后唐盛衰的经验教训,表明一个王朝的兴亡,完全事在人为。这是一篇议论性文字,但又没有抽象地讨论历史问题,而是把重点放在了后唐兴衰成败的两个历史时刻上,并加以前后对比。作者描述庄宗打天下时,如何卧薪尝胆,意气风发。而天下平定之后,却骄奢淫逸,宠信伶官,终于身死国灭。这两个场景写得十分生动,前后的对照也异常鲜明。从中得出了上面的结论,因此就具有很强的说服力。

此外,这篇短序文字精当洗练,读起来铿锵有力,是一篇朗朗上口的好文章。

---

1 伶(líng)官:指在宫廷中服务的乐官和艺人。

呜呼！盛衰之理，虽曰天命，岂非人事哉！原庄宗之所以得天下，与其所以失之者，可以知之矣①。世言晋王之将终也，以三矢赐庄宗而告之曰："梁，吾仇也；燕王，吾所立②；契丹，与吾约为兄弟，而皆背晋以归梁。此三者，吾遗恨也。与尔三矢，尔其无忘乃父之志③！"庄宗受而藏之于庙。其后用兵，则遣从事以一少牢告庙，

---

① [原庄宗] 三句：探究庄宗得天下和失天下的原因，就可以知道了。原：推本求源、推究。 庄宗：指五代后唐庄宗李存勖（xù）。他早年奋发有为，实现了父亲晋王李克用的遗志，于923年灭梁称帝，史称后唐，但后来却贪图享乐，宠信伶官，终致覆灭，死于乱兵之手。他在位的时间前后不过三年。
② 燕王，吾所立：燕王是我扶持起来的。燕王指卢龙节度使刘仁恭，其子后来被朱温封为燕王。后人因此称他为燕王。
③ [与尔三矢] 二句：给你三支箭，你千万不要忘记了你父亲的心愿。 三矢：三支箭。 其：务必，有强调之意。

请其矢，盛以锦囊，负而前驱，及凯旋而纳之④。

方其系燕父子以组，函梁君臣之首⑤，入于太庙，还矢先王，而告以成功，其意气之盛，可谓壮哉⑥！及仇雠已灭，天下已定，一夫夜呼，乱者四应，仓皇东出，未及见贼而士卒离散，君臣相顾，不知所归⑦。至于誓天断发，泣下沾襟，何其衰也！岂得之难而失之易欤？抑本

---

④［其后用兵］六句：此后每一次打仗，就派官员以少牢之礼祭祀于宗庙之上，恭敬地取出箭来，放入锦缎织的袋子里，然后背着它向前冲锋。打了胜仗归来，仍旧把箭收回宗庙。　从事：这里指负责具体事务的官员。　少牢：古代祭祀单用羊、猪称少牢。

⑤［方其］二句：当庄宗用绳子捆着燕王父子，拿木匣装着梁国君臣的头颅。　组：丝带，这里指绳索。　函：用木匣装。

⑥［入于太庙］五句：进入宗庙，把箭还于先王的灵前，向先王报告成功的消息时，那种意气风发的样子可真是豪壮啊。

⑦［及仇雠（chóuchóu）已灭］八句：等到仇敌已经消灭，天下平定，一人在夜间振臂一呼，叛乱者从四面八方群起响应，于是庄宗张皇失措地向东逃窜，还没看见叛贼，士兵就四散而去了，君臣面面相觑，不知该去向何处。　仇雠：即仇敌。

其成败之迹，而皆自于人欤⑧？

《书》曰："满招损，谦得益。"忧劳可以兴国，逸豫可以亡身，自然之理也⑨。故方其盛也，举天下之豪杰，莫能与之争；及其衰也，数十伶人困之，而身死国灭，为天下笑。夫祸患常积于忽微，而智勇多困于所溺⑩，岂独伶人也哉！作《伶官传》。

⑧ [岂得之难]三句：难道是得天下难而失天下易吗？或者追究他成败的轨迹，还都是出自人为的缘故呢？　抑：或。　本：追本寻源。
⑨ [忧劳]三句：忧患与勤劳可以兴国，贪图安逸享乐则可能亡身，这是十分自然的道理。　逸：安闲，无所用心。　豫：安乐。
⑩ [夫祸患]二句：祸患常常是由微小的事情积累而成的，而大智大勇者也往往会被他们溺爱的人或事所困，从而招致失败。　忽：寸的十万分之一。　微：寸的百万分之一。　困：被困，使处于困境险地。　溺：过分喜爱。

欧阳修

秋声赋

写秋而偏偏从声音写起，真是谈何容易？刚开始不过是淅淅沥沥的疏雨落叶，忽然间风声大作，如波涛澎湃，呼啸而至；又如夜半行军，不闻人语，但闻金戈铁马碰撞的铿锵之声。作者听罢，暗自心惊，而童子却浑然不觉，出门张望，唯见皓月当空，倾耳听之，"四无人声，声在树间"。这一片秋声来得何等神秘，又何等奇异！

自"悲哉！此秋声也"以下，欧阳修才将悲秋之说和盘托出。他从秋声生发开去，写到了秋的气、色、容貌、意态，更重要的是，写到了与之有关的情感与观念的根源。原来，秋声既来自外界，也深蕴在作者的内心，既与他对季节的感受有关，又植根于深厚悠久的文化传统和博大精深的自然观和宇宙观。读罢全文，关于秋的敏感和联想，便都了然于心了。而末句"童子莫对，垂头而睡"，又反过来加深了寂寞怅惘的深秋之意。

在中国文学史上，"悲秋"是一个不断重奏的旋律。最初的吟唱出自楚辞，先有《湘夫人》中的"袅袅兮秋风，洞庭波兮木叶下"，后有宋玉《九辩》中的"悲哉秋之为气也"的感叹，它们早已为后世诗文中的秋天定下了基调。此后又有了诗坛上的建安"风力",出现了"高树多悲风,大海扬其波"那样的名句。经过了多少代文人词客的创造与积累,悲秋的情怀久已积淀为中华文化的遗传基因。无论我们是否相识,身在何处,都会因为《秋声赋》这样的作品而产生内心的感动和共鸣。

作为一类文体,赋有着久远的历史。作者在这里以散文的笔调作赋,打破了骈赋、律赋的固定格式,而又富于鲜明的形象性和韵律美。因此,这一篇《秋声赋》读起来既有韵文的朗朗上口,也不失散文的参差变化之妙。它是赋体古文的一篇不可多得的杰作。

欧阳子方夜读书，闻有声自西南来者，悚然而听之①，曰：异哉！初淅沥以萧飒，忽奔腾而砰湃②，如波涛夜惊，风雨骤至。其触于物也，鏦鏦铮铮③，金铁皆鸣。又如赴敌之兵，衔枚疾走，不闻号令，但闻人马之行声④。余谓童子："此何声也？汝出视之。"童子曰："星月皎洁，明河在天⑤，四无人声，声在树间。"

① [欧阳子]三句：我夜里正在读书，忽然听到有声音从西南方向传来，心中一惊。 欧阳子：作者自称。 悚（sǒng）然：惊惧的样子。
② 淅沥：象声词，形容风雨和落叶的声音。 砰湃：同"澎湃"，如波涛那样汹涌而至。
③ 鏦（cōng）鏦铮铮：金属相撞发出的声音。
④ [又如]四句：又像衔枚去袭击敌人的军队，听不到号令声，只听见人马行进的声音。 衔枚：古代行军时，让士兵口中衔枚，以防出声。 枚：形状类似筷子，士兵衔于口中，可以避免喧哗。
⑤ 明河：天上的银河。

余曰："噫嘻，悲哉！此秋声也，胡为而来哉？盖夫秋之为状也，其色惨淡，烟霏云敛；其容清明，天高日晶；其气栗冽，砭人肌骨；其意萧条，山川寂寥。故其为声也，凄凄切切，呼号愤发⑥。丰草绿缛而争茂⑦，佳木葱茏而可悦，草拂之而色变，木遭之而叶脱⑧。其所以摧败零落者，乃其一气之余烈⑨。夫秋，刑官也，于时为阴；

---

⑥ [其色惨淡] 数句：分别从色、容、气、意、声等各个方面来写秋。秋的色调暗淡，烟散云收；秋的容貌清癯明净，天空高远而日光明亮；秋天的气候凛冽寒冷，刺人肌骨；秋的意境萧瑟冷落，山川寂静空旷。所以它一旦发而为声，时而凄凄切切，时而又如愤怒呼号。霏：飞散。 敛：收起、收聚。 砭（biān）：古人用来治病刺穴的石针，这里借指寒风刺骨。
⑦ 绿缛（rù）：绿草繁茂。
⑧ [草拂之] 二句：绿草因秋风拂过而变色，树木遇到了秋风便落叶飘零。
⑨ [其所以] 二句：它用来摧残草木，并使之凋零的，正是这肃杀之气的余威。 余烈：余威、余势。

又兵象也,于行用金⑩。是谓天地之义气,常以肃杀而为心⑪。天之于物,春生秋实,故其在乐也,商声主西方之音,夷则为七月之律⑫。商,伤也,物既老而悲伤;夷,戮也,物过盛而当杀⑬。嗟乎!草木无情,有时飘零⑭。人为动物,惟物之灵。百忧感其心,万事劳其形;有动于中,必摇其精,而况思其力之所不及,忧其智之所不

⑩ [夫秋]五句:秋天是刑官执法的季节,从季节上说属阴;秋天又有战争之象,在五行中属金。 刑官:执掌刑狱的官员。《周礼》将官职与天、地、春、夏、秋、冬一一相配,称六官。由于秋天是肃杀的季节,主管刑狱的刑官即为秋官。
⑪ [是谓]二句:这就是人们所说的,天地的义气,往往以肃杀为本。
⑫ [故其在乐也]三句:所以体现在音乐上,商声属于西方之音,夷则与七月相配。 古人以宫、商、角、徵、羽五音与方位、四时配合,秋为商声,主西方。 夷则:古时以十二律对应十二月,其中"夷则"与七月相应。
⑬ [夷,戮也]三句:夷就是杀戮的意思,凡物过于繁茂,就应该衰减。 杀:衰减、衰亡。
⑭ 有时:有固定的时节。

能⑮；宜其渥然丹者为槁木，黟然黑者为星星⑯。奈何以非金石之质，欲与草木而争荣⑰？念谁为之戕贼，亦何恨乎秋声⑱！"

童子莫对，垂头而睡。但闻四壁虫声唧唧，如助予之叹息。

⑮ [有动于中] 四句：一旦内心为外物所触动，就势必摇动人的精气，更何况思考力所不及之事，忧虑智力所无法解决的问题呢？
⑯ [宜其] 二句：红润的面色变得苍老枯槁，乌黑的鬓发变得花白，也正是理所当然的了。 宜：应该、必然的。 渥：色泽红润。 黟（yī）然：形容黑的颜色。 星星：鬓发花白。
⑰ [奈何] 二句：人非金石，为什么要以血肉之躯去与草木争荣呢？ 金石之质：如同金石那样可以长久不衰的形体。
⑱ [念谁为之戕贼] 二句：想一想究竟是谁带来了这些破坏与摧残，又何必去怨恨这秋声呢！ 戕（qiāng）贼：摧残。

王安石

游褒禅山记

王安石(1021—1086),字介甫,晚号半山。宋神宗时期,王安石竭力推行新法,史称"王安石变法",后因保守派的反对而失败。他的古文长于议论,论点鲜明,逻辑严密,有很强的说服力。

此篇是王安石的游记名篇,不过与一般写景的游记不同,这是记叙与议论相结合的一篇散文,通篇夹叙夹议,因事见理。严格说来,它的重点并不在记游,也不在景物描写,而在于表达从游览中收获的心得体会。作者以此来组织全文,层层递进,脉络清晰。结尾回到开篇提到的那座倒在路旁的石碑,不仅加强了文章的完整性,也深化了它的主旨。

有人曾批评古文不长于说理,读了这篇文章,或许就不这么想了。

褒禅山亦谓之华山，唐浮图慧褒始舍于其址，而卒葬之①。以故，其后名之曰褒禅。今所谓慧空禅院者，褒之庐冢也②。距其院东五里，所谓华山洞者，以其乃华山之阳名之也③。距洞百余步，有碑仆道，其文漫灭，独其为文犹可识，曰"花山"④。今言"华"如"华实"之"华"者，盖音谬也⑤。

① [褒禅山] 三句：褒禅山又称华山，浮图慧褒曾在山脚下建舍居住，死后葬于此地。　褒禅山：位于今安徽省马鞍山市含山县境内。　浮图：梵语的音译，也译作"浮屠"，这里指佛教徒。　舍：这里用作动词，修建屋舍。　址：指基址，这里指山脚下。
② 禅院：指佛家的寺院。　庐冢：古时为守护坟墓而建的屋舍，又称"庐墓"。　冢：即墓。
③ [所谓] 二句：人们所说的华山洞，是因为它在华山的南面而这样称呼它。　华山洞：南宋王象生《舆地纪胜》写作"华阳洞"，看正文下句，应作"华阳洞"。　阳：山南水北曰阳。　名：命名。
④ [有碑仆道] 四句：有一座石碑倒在路旁，上面的碑文磨损不清，只有残留的字迹还可以辨认出"花山"二字。　仆道：即"仆于道"。　漫灭：模糊不清。
⑤ [今言"华"如"华实"之"华"者] 二句：如今把"华（huā）"读成"华实"的"华（huá）"，是发音上的错误。汉字最初有"华（huā）"而无"花"字，所以，王安石认为"华山"的原意和发音均作"花山"。

游褒禅山记

其下平旷，有泉侧出，而记游者甚众[6]，所谓前洞也。由山以上五六里，有穴窈然，入之甚寒，问其深，则其好游者不能穷也[7]，谓之后洞。余与四人拥火以入[8]，入之愈深，其进愈难，而其见愈奇[9]。有怠而欲出者[10]，曰："不出，火且尽[11]。"遂与之俱出。盖余所至，比好游者尚不能十一[12]，然视其左右，来而记之者已少。盖其又

[6] 记游：指在洞壁上题词签名。
[7] 窈（yǎo）然：幽深。 问：探究。 穷：穷尽、走到尽头。
[8] 拥火：手执火把。
[9] 而其见愈奇：而所见的景观也就愈加神奇。
[10] 怠：怠惰。
[11] 且：将要。
[12] ［盖余所至］二句：大概我所到的地方，还不及好游者的十分之一。

深,则其至又加少矣⑬。方是时,予之力尚足以入,火尚足以明也。既其出,则或咎其欲出者,而予亦悔其随之,而不得极夫游之乐也⑭。

于是予有叹焉。古人之观于天地、山川、草木、虫鱼、鸟兽,往往有得,以其求思之深而无不在也⑮。夫夷以近⑯,则游者众;险以远,则至者少。而世之奇伟、瑰

---

⑬ 加:更。
⑭ [既其出]四句:从洞里出来,便有人责备提议退出的那位,我也后悔随他一同出来了,没能尽享游历的乐趣。 或:有人。 咎(jiù):埋怨、责怪。 极:极尽。
⑮ [古人]三句:古人观察天地、山川、草木、虫鱼、鸟兽,往往有所收获,那是因为他们求索的念头深切,从而无所不及。
⑯ 夫夷以近:平坦而又近的地方。

怪,非常之观,常在于险远,而人之所罕至焉,故非有志者不能至也⑰。有志矣,不随以止也,然力不足者,亦不能至也⑱。有志与力,而又不随以怠,至于幽暗昏惑而无物以相之,亦不能至也⑲。然力足以至焉,于人为可讥,而在己为有悔;尽吾志也而不能至者,可以无悔矣,其孰能讥之乎?此予之所得也⑳!

⑰ [而世之奇伟] 五句:但是世上奇伟、瑰丽、怪异,而且非同寻常的景观,常常在奇险偏远、人迹罕至的地方,所以,没有意志力的人是不能抵达的。
⑱ [有志矣] 四句:有志者,不会因为放任和懈怠而止步不前,但是如果体力不足,也仍旧不能到达。 随:放任、松懈。 以:相当于"而"。
⑲ [有志与力] 四句:有意志和体力,又不松懈和轻易放弃,但是到了幽深黑暗、令人迷惑的地方,却没有恰当的工具来辅佐,也同样无法抵达。 相:辅助、支持。
⑳ [然力足以至焉] 七句:体力足以达到目的地却没能达到,在别人看来是可笑的,对自己来说也有所悔恨;可是自己尽了心力却仍然没能达到,那就可以无悔了。难道谁还能因此而讥笑他吗?这就是我这次游历的收获。 其:难道,反问句的语气词。

余于仆碑，又以悲夫古书之不存，后世之谬其传而莫能名者，何可胜道也哉㉑！此所以学者不可以不深思而慎取之也。

四人者：庐陵萧君圭君玉㉒，长乐王回深父㉓，余弟安国平父、安上纯父。

至和元年七月某日，临川王某记㉔。

㉑ [后世之谬其传而莫能名者] 二句：由于后世误传，而说不准名称。这样的事情又哪里能说得完呢？
㉒ 庐陵萧君圭君玉：庐陵人萧君圭，字君玉。庐陵为籍贯，其后为名字。
㉓ 王回深父：王回，字深父，宋朝理学家。
㉔ 王某：作者自指。古人作文起稿时，往往以"某"自称，或在"某"前冠姓。

苏轼

留侯论

苏轼（1037—1101），字子瞻，号东坡居士，出身于书香世家，与父亲苏洵、弟弟苏辙并称"三苏"。苏轼学识渊博，思想通达，执着于人生而又超然物外，即使身处逆境，也依旧保持了浓厚的生活情趣和旺盛的创作活力。苏轼是北宋时期的大文学家，在诗、词、文和书法等不同领域中都成就卓著。他的散文挥洒自如，如入化境。

我们在前面读了司马迁《史记·留侯世家》中张良圯上受书的故事，不知道大家有什么感想？苏轼读过之后，写了这篇《留侯论》。他没有全面评价张良的生平和功过是非，而是以这一情节为中心，强调了张良"能忍"的过人气度。整篇文章由此展开论述，结构严谨，步步为营，而又纵横捭阖，旁征博引，是"论"类古文的一篇杰作。

张良貌若妇人女子，然而刚毅坚忍，志向高远，又绝非常人可比。连司马迁也不免要感叹说，他原以为张良"魁梧奇伟"，没想到一个人的外貌与内心会有这么大的反差！但在苏轼看来，这正是为什么张良最终成就了一番功业，而远胜于逞强好斗的一介匹夫。苏轼在开篇就说到了"大勇者"如何临之不惊,加之不怒,与匹夫之勇判然不同。不过,张良并非天生能忍。苏轼特意指出,他早年也曾"拔剑而起,挺身而斗",甚至还密谋暗杀秦始皇而未成。因此,他与黄石公的相遇就变得十分重要了。正是黄石公教会了他如何隐忍克制,甘居人下。他因此最终成为伊尹、太公这样长于谋略、功勋卓著的人物,而没有厕身于荆轲、聂政等刺客之列。

在文章的结尾处,苏轼借着谈论张良的相貌,回到了"勇"这一主题上,但又不落于重复拖沓。这正是全文的画龙点睛之笔。

古之所谓豪杰之士者,必有过人之节①。人情有所不能忍者,匹夫见辱②,拔剑而起,挺身而斗,此不足为勇也。天下有大勇者,卒然临之而不惊,无故加之而不怒。此其所挟持者甚大,而其志甚远也③。

夫子房受书于圯上之老人也④,其事甚怪,然亦安知其非秦之世有隐君子者出而试之⑤。观其所以微见其意

① 过人之节:不同常人的节操和品格。
② 匹夫见辱:普通人受到侮辱。 见:被动句的标志。
③ [天下有大勇者]五句:天下真正有豪杰气概的人,猝不及防地面对权势而不惊,无缘无故地受人凌犯而不怒。这正是因为他们抱负博大,志向高远。 卒然:同"猝然",突然。 临:居上视下。 加:侵凌。 所挟持者:指一个人的胸怀抱负。
④ 子房:张良,字子房。
⑤ 隐君子:隐居的高士,指圯上老人。 试:考验。

者,皆圣贤相与警戒之义,而世不察,以为鬼物,亦已过矣⑥。且其意不在书⑦。

当韩之亡,秦之方盛也,以刀锯鼎镬待天下之士,其平居无罪夷灭者,不可胜数,虽有贲育,无所复施⑧。夫持法太急者,其锋不可犯,而其势未可乘⑨。子房不忍忿忿之心,以匹夫之力,而逞于一击之间。当此之时,

⑥ [观其所以]五句:看那老人含蓄微妙地透露出自己的用心,都是圣贤对他提醒告诫之意。一般人不明就里,把那老人当成了鬼神,的确太荒谬了。 见:现。 过:谬误。
⑦ 且其意不在书:而且圯上老人的真正用意,并不在于授给张良那部兵书。
⑧ [以刀锯鼎镬]五句:秦王嬴政用刀锯、油锅对付天下的志士,平白无故被他捉去杀头灭族的人,数都数不清。即便有孟贲、夏育那样的勇士,也不再有施展本领的机会了。 刀锯鼎镬:泛指刑具。 贲育:指孟贲、夏育,相传为战国时的勇士。
⑨ [夫持法太急者]三句:至于持法严酷的君王,他的锋芒不可触犯,他的势头强盛,无可乘之机。 而其势未可乘:指秦王来势汹汹,与他为敌者无可乘之机。

留侯论 211

子房之不死者，其间不能容发，盖亦已危矣⑩。千金之子，不死于盗贼。何者⑪？其身之可爱，而盗贼之不足以死也⑫。子房以盖世之才，不为伊尹、太公之谋，而特出于荆轲、聂政之计，以侥幸于不死，此圯上老人所为深惜者也⑬。是故倨傲鲜腆而深折之，彼其能有所忍也，然后可以就大事⑭，故曰：孺子可教也。

⑩ [子房不忍忿忿之心] 七句：张良（子房）无法克制愤怒之心，以他个人之力，在对秦王的一次狙击中，逞一时之快。当时，张良虽然逃脱了捕杀而侥幸不死，但其间的距离已经容不下一根头发了，真是太危险了。　逞：逞强、冒险。
⑪ [千金之子] 三句：像张良这样的富贵人家的子弟，即便身为盗贼，也能幸免于一死，这是为什么呢？　不死于盗贼：意思是"身为盗贼而免于一死"，不能理解为"死于盗贼之手"。
⑫ 而盗贼之不足以死也：成为盗贼也不足以置之于死地。
⑬ [子房以盖世之才] 五句：圯上老人认为张良有举世无双的才能，但没有像伊尹和太公望那样为一朝天子出谋划策，而只能像荆轲、聂政那样以行刺为业，不过因为侥幸而免于一死，这是让他为之深感惋惜的地方。　伊尹、太公：伊尹辅佐汤建立商朝。太公即太公望吕尚，是周武王的太师。两人都以谋略韬晦著称。　荆轲、聂政：皆为战国时期的刺客，事见《史记·刺客列传》。
⑭ [是故倨傲鲜腆] 三句：所以老人故意粗鲁傲慢、厚颜无礼，以此来羞辱、挫败他，他如果能有所隐忍，将来就能够成就一番大功业。　鲜腆：厚颜冒昧。　就：成就。

楚庄王伐郑,郑伯肉袒牵羊以逆。庄王曰:"其君能下人,必能信用其民矣。"遂舍之⑮。勾践之困于会稽而归,臣妾于吴者,三年而不倦⑯。且夫有报人之志,而不能下人者,是匹夫之刚也⑰。夫老人者,以为子房才有余,而忧其度量之不足,故深折其少年刚锐之气,使之忍小忿而就大谋。何则?非有平生之素,卒然相遇于草野之

⑮ [楚庄王伐郑] 数句:楚庄王攻伐郑国,郑襄公脱去上衣,牵着羊出来迎接。楚庄王说:"郑国的君主能够屈居人下,必定能取信于民,并让百姓为其效力。"于是放弃了对郑国的进攻。 肉袒:脱去上衣,表示谢罪或虔敬。 逆:迎接。
⑯ [勾践之困于会稽而归] 三句:越王勾践被吴王夫差的军队围困在会稽,归降之后,在吴国做奴仆,好多年都不怠懈。 臣妾于吴者:指勾践及其下属都屈从于吴王,甘为他的奴婢。
⑰ [且夫有报人之志] 三句:而且有对人复仇的意向,却不能隐忍和屈居人下,这只是普通人的刚强而已。

间,而命以仆妾之役,油然而不怪者⑱,此固秦皇之所不能惊,而项籍之所不能怒也⑲。

观夫高祖之所以胜,而项籍之所以败者,在能忍与不能忍之间而已矣⑳。项籍唯不能忍,是以百战百胜而轻用其锋㉑。高祖忍之,养其全锋而待其弊㉒。此子房教之

---

⑱ [非有平生之素]四句:老人与张良素不相识,突然在野外相遇,却命令他为自己做奴仆应做的下贱差事,而张良竟安之若素,不以为怪。 素:此指交往。 油然:安然、自在,或指自然而然。 怪:奇怪,也可以解作"责怪"。

⑲ [此固]二句:这正是为什么秦始皇不能令他心惊,项籍不足以使他发怒的原因了。

⑳ [观夫高祖之所以胜]三句:汉高祖之所以胜,楚霸王之所以败,就在于能忍与不能忍之间的差别了。 高祖:即汉高祖刘邦。 项籍:即西楚霸王项羽。

㉑ 轻:轻易,轻率。

㉒ [高祖忍之]二句:高祖能够隐忍,保全自己的锋芒而等待对方消耗殆尽。 弊:疲惫。

也。当淮阴破齐而欲自王,高祖发怒,见于词色。由此观之,犹有刚强不忍之气,非子房其谁全之㉓?

太史公疑子房以为魁梧奇伟,而其状貌乃如妇人女子,不称其志气㉔。呜呼,此其所以为子房欤㉕!

㉓ [当淮阴破齐] 六句:当韩信大败齐王,想自立为王时,汉高祖发怒,在言语和脸色上都显露出来了。由此看来,高祖也有刚强而不能忍的脾气,要不是张良,还有谁能成全他的大业呢? 淮阴:即淮阴侯韩信。他战功显著,先封齐王,改封楚王,后降为淮阴侯。
㉔ [太史公] 三句:太史公曾猜想张良形貌魁梧奇伟,没想到他的长相竟像妇人女子一般,与他的志气和度量不相称。 太史公:西汉武帝时设立的官职,负责处理朝廷的史料。司马迁和他的父亲司马谈都曾任太史公,此指司马迁。 称:符合。
㉕ [此其] 句:这就是张良之所以成其为张良的原因吧!

苏轼

石钟山记

山水游记有不同的写法，本书中前有唐代柳宗元、宋代王安石的作品，后边还收了好几篇明、清时期的游记，大家可以一边读一边比较。

苏轼在这一篇《石钟山记》中，详细叙述了自己如何实地考察，弄清了石钟山之名的真实由来，同时也纠正并补充了前人的记述和有关说法。夜访石钟山因此变成了一次历险考察，而苏轼的叙述也不乏悬念、紧张、惊奇和发现的快乐。从景物描写来看，苏轼没有采用像《记承天寺夜游》那样极简的写意笔法，而是充分渲染了一路上的所见所闻。因为石钟山独以钟名，他自然把注意力集中在了听觉上。他写水声，也写水声在山谷、洞穴中产生的回声，听上去真幻难辨，惊心动魄，令人有亲临其境之感。

苏轼在篇末感叹说，凡事不曾目见耳闻，而轻下断言，就难免流于臆断。士大夫过于迷信书本知识，而"不肯以小舟夜泊绝壁之下"，所以他们对石钟山的了解，反倒比不上不识字的打鱼人和普通船民。寻访山水而别有领悟，并由此而生发议论，这是游记的一种常见的写法。

《水经》云：彭蠡之口，有石钟山焉。郦元以为下临深潭，微风鼓浪，水石相搏，声如洪钟①。是说也，人常疑之②。今以钟磬置水中③，虽大风浪，不能鸣也，而况石乎！至唐李渤始访其遗踪④，得双石于潭上，扣而聆之⑤，南声函胡，北音清越⑥，桴止响腾，余韵徐歇，自以为得之矣⑦。然是说也，余尤疑之。石之铿然有声者，所在皆是也⑧，而此独以钟名，何哉？

① [《水经》云] 数句：《水经》是古代一部记载水流河源的地理著作，作者不可考。彭蠡，即鄱阳湖。石钟山在鄱阳湖东岸，关于石钟山的得名，历来有不同的说法。郦道元在他的《水经注》中指出，此地下临深渊，水石相击，因此声如洪钟，故名。苏轼经过实地考察，对此做出了新的解释。后来，清代的学者又提出了不同的看法，他们认为石钟山之所以得名，是因为全山皆空，如钟覆地。也有人结合形声二说，指出石钟山在形状和声音两个方面，都让人联想到钟，故此得名。　郦元：郦道元，字善长，南北朝时北魏人，撰《水经注》，为《水经》作注解。
② [是说也] 二句：对这一说法，人们常常表示怀疑。
③ 磬（qìng）：一种打击乐器，通常用玉或石制成。
④ 李渤：唐代人，曾作《辨石钟山记》。
⑤ 扣：叩击。　聆：聆听
⑥ [南声函胡] 二句：南边山石的声音重浊而模糊，北边山石的声音清脆而激越。　函胡：即含糊。　越：响亮、高扬。
⑦ [桴止响腾] 三句：鼓槌停止了敲击，但鼓声激扬，余音过了很久才止歇。于是，他（李渤）自以为找到了石钟山命名的原因了。　桴：鼓槌。　徐：慢。
⑧ [石之铿然] 二句：叩击时发出铿锵之声的石头，到处都是。

石钟山记

元丰七年六月丁丑，余自齐安舟行适临汝，而长子迈将赴饶之德兴尉⁹，送之至湖口，因得观所谓石钟者。寺僧使小童持斧，于乱石间择其一二扣之，硿硿焉⑩。余固笑而不信也。

至暮夜月明，独与迈乘小舟至绝壁下。大石侧立千仞，如猛兽奇鬼，森然欲搏人。而山上栖鹘，闻人声亦惊起，磔磔云霄间⑪。又有若老人咳且笑于山谷中者，或

⑨ 元丰：宋神宗的年号。　齐安：今湖北黄冈。　临汝：即今河南汝州。　赴：此指赴任，苏轼的长子苏迈当时正前往饶州的德兴就任县尉一职。
⑩ 硿（kōng）硿：象声词。　焉：此处与"然"同义。
⑪ [大石侧立]六句：巨大的山石耸立水旁，有千尺之高，仿佛凶猛的野兽和奇异的鬼怪，阴森森地想要对人发起攻击；在山间栖息的猛禽，受到人声的惊吓，也飞了起来，在云霄间磔磔鸣叫。　鹘（hú）：鸷鸟，一说为隼，属鹞类，又有人称之为雀鹰。　磔（zhé）磔：鸟鸣声。

曰，此鹳鹤也⑫。余方心动欲还，而大声发于水上，噌吰如钟鼓不绝⑬。舟人大恐。徐而察之，则山下皆石穴罅⑭，不知其浅深，微波入焉，涵淡澎湃而为此也⑮。舟回至两山间，将入港口，有大石当中流，可坐百人，空中而多窍，与风水相吞吐，有窾坎镗鞳之声，与向之噌吰者相应，如乐作焉⑯。

因笑谓迈曰："汝识之乎⑰？噌吰者，周景王之无

---

⑫ 鹳（guàn）鹤：一种水鸟，似鹤而无红顶，嘴长而直，通常活动于水边，夜宿高树。
⑬ [余方心动欲还]三句：我正心惊想要回去，忽然间，水上发出了巨响，声音洪亮，如同有人在不停地敲钟击鼓。 噌吰（chēng hóng）：钟声洪亮。
⑭ 罅（xià）：缝隙、裂缝。
⑮ [微波入焉]二句：微波涌入石穴和石头之间的缝隙，水波激荡，从而发出这种声响。 涵淡：水波摇荡的样子。
⑯ [空中而多窍]五句：（巨石）的中心是空的，而且有许多洞穴，吞吐清风和水波，发出窾坎镗鞳的声音，同先前噌吰之声相互应和，好像是在演奏音乐。 窾（kuǎn）坎：击物声。 镗鞳（tángtà）：钟鼓声。
⑰ 识：知道。

射也。窾坎镗鞳者,魏庄子之歌钟也⑱。古之人不余欺也⑲!事不目见耳闻,而臆断其有无,可乎?"郦元之所见闻,殆与余同,而言之不详。士大夫终不肯以小舟夜泊绝壁之下,故莫能知。而渔工水师,虽知而不能言。此世所以不传也。而陋者乃以斧斤考击而求之⑳,自以为得其实。余是以记之,盖叹郦元之简,而笑李渤之陋也㉑。

⑱〔噌吰者〕四句:那噌吰的响声,是周景王无射钟的声音,窾坎镗鞳的响声,是魏庄子歌钟的声音。 无射(yì):指周景王所铸的无射钟。 魏庄子:春秋时晋国大夫魏绛,谥号庄。 歌钟:古乐器。
⑲ 不余欺:即"不欺余"。
⑳ 陋者:浅陋之人。 考击:击打、敲击。
㉑〔余是以记之〕三句:于是,我记下这次游历,正是有感于郦道元的简略而语焉不详,嘲笑李渤的浅陋却自以为是。

苏轼

答谢民师书（节选）

苏轼晚年给友人谢民师回过一封信，这里节选的是其中探讨写作经验的部分。苏轼认为文章本无一成不变的法则，而应当根据内容，随物赋形，写起来"如行云流水"才好。我们前面读过了老子和庄子的文章，他们写水写风，都不仅限于内容而已。正像苏轼在这里写到的那样，水和风同时也是关于写作的譬喻，所谓"常行于所当行，常止于所不可不止，文理自然，姿态横生"。

前人如唐代的韩愈，早已在他的《答李翊书》中表达过类似的看法，但苏轼在这里把重点放在了"文"的概念上。什么是"文"呢？"文"的原意指纹理图案，从自然之文，如鸟兽身上的对称斑纹，到人工的锦缎织品上的各色纹饰花样，都可以称作"文"。只不过前者为"天文"，后者为"人文"罢了，而"人文"还包括各种书写的文体，可以统称为"文章"。李白在《春夜宴从弟桃花园序》中曾这样说过："大块假我以文章。"可知锦绣大地，未经人工雕饰，也自成文章。因此，我们不难理解，为什么苏轼在这里把文字书写比作了自然现象，像行云流水那样，舒卷自如，文理天成。文之为体，如果刻意求之，就变成了雕琢篆刻。像扬雄那样,以"艰深之辞"文饰"浅易之说",又有什么可取之处呢?

所示书教及诗赋杂文，观之熟矣。大略如行云流水，初无定质，但常行于所当行①，常止于所不可不止，文理自然，姿态横生。孔子曰："言之不文，行而不远②。"又曰："辞达而已矣③。"夫言止于达意，即疑若不文，是大不然④。求物之妙，如系风捕影⑤，能使是物了然于心者，盖千万人而不一遇也，而况能使了然于口与手者乎？是之谓辞达⑥。辞至于能达，则文不可胜用矣⑦。

① 初无定质：一开始并没有固定的实体。　但：只、不过。
② [言之不文] 二句：如果语言不讲究文采，即便流传也不能流传很远。
③ [辞达而已矣] 句：文辞足以达意即可。
④ [夫言止于达意] 三句：如果语言仅止于达意，便不免有缺乏文采之嫌，但这一看法根本就是错的。
⑤ [求物之妙] 二句：寻求事物的微妙之处，就像拴住风、捉住影那样困难。
⑥ [能使是物了然于心者] 四句：对于所写的事物，如能做到了然于心，大概千万人当中也遇不上一位，更何况通过口说和手写把它明了地表达出来呢？做到了这一点才能称之为"辞达"。
⑦ [辞至于能达] 二句：文辞能做到达意的程度，文采也就绰绰有余了。　不可胜用：用也用不完。

扬雄好为艰深之辞，以文浅易之说，若正言之，则人人知之矣⁸。此正所谓雕虫篆刻者，其《太玄》《法言》，皆是类也。而独悔于赋，何哉⁹？终身雕虫，而独变其音节，便谓之经，可乎⑩？屈原作《离骚经》，盖风雅之再变者，虽与日月争光可也。可以其似赋而谓之雕虫乎⑪？使贾谊见孔子，升堂有余矣，而乃以赋鄙之，至与

⑧ [扬雄好为艰深之辞]四句：扬雄为文喜欢作艰深之语，以粉饰浅易的道理。如果直截了当地说出来，人人都能懂，并无高深之处。　扬雄：西汉著名的学者和辞赋家。　文：此处指文饰、掩盖。
⑨ [此正所谓雕虫篆刻者]五句：这就正是他所说的雕虫篆刻了，他的《太玄》《法言》也都属于这一类。扬雄后来唯独后悔作赋，这是为什么呢？　雕虫篆刻：雕章琢句。扬雄早年好辞赋，晚年悔过，视赋体为"雕虫篆刻"，"壮夫不为"。于是，他模仿《易经》作《太玄》，模仿《论语》作《法言》。　雕：一作"琱"，与"雕"同义。　类：又作"物"。
⑩ [终身雕虫]四句：扬雄终生致力于他所谓的雕虫之事，而晚年所作的《太玄》和《法言》，不过在音节上做了改变，便自称为经，这样做行吗？
⑪ [屈原作《离骚经》]四句：屈原作《离骚》，属于"变风""变雅"，即便说它与日月争光，也不为过。难道因为它看上去与赋相似，就称之为雕虫小技吗？　汉代尊《离骚》为经，而"风"与"雅"又正是《诗经》的两个重要部分。汉代的经学家称其中衰世所作的篇目为"变风""变雅"。此处因此视《离骚》为"风雅之再变者"。　虽与日月争光可也：出自司马迁对《离骚》的赞美"推此志也，虽与日月争光可也"。

司马相如同科⑫。雄之陋,如此比者甚众⑬。可与知者道,难与俗人言也。因论文偶及之耳⑭。

欧阳文忠公言:"文章如精金美玉,市有定价,非人所能以口舌定贵贱也⑮。"纷纷多言,岂能有益于左右⑯,愧悚不已⑰。

---

⑫ [使贾谊见孔子] 四句:如果贾谊能见到孔子,他的学问足以达到"升堂"的境地了,扬雄却因贾谊作过赋便鄙视他,甚至把他与司马相如视为同类。 贾谊:西汉著名的政论家和辞赋家。 升堂:比喻学问已经相当高深了。 司马相如:西汉的辞赋家,作品为汉武帝所赏识。
⑬ 如此比者:诸如此类。
⑭ [可与知者道] 三句:可与智者谈论,不足为俗人道,这里因论及文章而偶然说到这个问题。 知者:智者。
⑮ [欧阳文忠公言] 数句:欧阳修说:"好的文章如精金美玉,市场上自有定价,不是几个人空口无凭就能确定它的贵贱的。"
⑯ 左右:字面意思是指对方左右的侍者,实为第二人称的礼貌称呼,即"您",此指谢民师。
⑰ 愧悚(sǒng):惭愧和惶恐。

苏轼

记承天寺夜游

宋元丰六年十月十二日,也就是1083年的11月24日,在中国历史上是无足轻重的一天。那是苏轼谪居黄州的第四个年头了。在他放逐的漫长岁月中,这一天似乎过得十分平静,没有发生什么要紧的事件。如果不是苏轼在这篇短文中随手记下了这个日子,恐怕没有谁会想得起来。那天晚上,苏轼照常准备入寝,忽见月光洒入户内,顿时睡意全无。多好的月色,在睡梦中虚度了,岂不可惜?而如此良辰美景,没有朋友一同分享,也终究不够圆满。苏轼想到了他的朋友张怀民,他当时就住在附近的承天寺,于是便乘兴去敲他的门。两人相见,大喜过望,同游于月下的承天寺。

这就是《记承天寺夜游》的来历,而这篇文章也让我们从此记住了曾经有过这样一个美好的夜晚。

如果没有了月光,黯然失色的是夜晚,也是文学。这篇短文不过寥寥数语,信笔写来,但见流光似水,月色中的世界一片空明澄澈。"庭下如积水空明,水中藻荇交横,盖竹柏影也"这几句,如同是月光施展的魔术,白天熟悉的庭院,刹那间化作了一个透明的梦境。

久违了,古典诗文中的月夜。当下都市的灯光太过喧闹了,闲人更少。还有谁记得上一回月下漫步,那是哪一年了?

元丰六年十月十二日,夜,解衣欲睡,月色入户,欣然起行。念无与为乐者,遂至承天寺寻张怀民①。怀民亦未寝,相与步于中庭。

庭下如积水空明,水中藻荇交横,盖竹柏影也②。何夜无月?何处无竹柏?但少闲人如吾两人者耳③。

---

① [元丰] 七句:元丰六年十月十二日夜晚,正准备脱衣睡觉,忽见月光从窗户照了进来,便乘兴起身出门。想到无人分享月下漫步的乐趣,于是又前往承天寺去找张怀民。 张怀民:名梦得,苏轼的朋友,于1083年贬黄州,暂居承天寺。 承天寺:在今湖北黄冈市南。
② [庭下] 三句:庭院中的月光宛如一泓积水般清澈透明。水藻、水草纵横交错,原来那是庭院里的竹子和松柏树枝投下的影子。 藻(zǎo):泛指生长在水中的植物。 荇(xìng):即荇菜,是一种多年生草本植物,叶略呈圆形,浮于水面,根生水底,夏、秋之季开黄花。 交横:交错纵横。 盖:承接上文,解释原因或表示肯定,相当于"大概""原来是"。
③ 闲人:闲散无事之人。此处略有自嘲之意:二人当时处于贬谪期间,因此看上去闲来无事。

孟元老

《东京梦华录》序

孟元老,生平不详,曾长期居住东京(北宋都城汴梁,今河南开封)。金灭北宋,孟元老南渡,常忆故都繁华,写成《东京梦华录》。

如果有人问起,从前的都市大概是一个什么样子?我首先想到的就是北宋的都城汴梁了。它的出现标志着商业城市的开始,它所展现的面貌,在中国的都市中一直保留到了二十世纪的上半叶。那么如何去了解北宋时的开封呢?大家自然都会想到著名的《清明上河图》。可是千万别忘了,《东京梦华录》的文字记载一点儿也不逊色,甚至比那幅画还要丰富。

这部书追述了北宋都城东京开封的方方面面,从都城的整体布局到皇宫的建筑,从官署的处所到城内的街坊集市,从饮食起居到岁时节令,几乎无所不包。尽管书中也写到了皇宫的典礼,但通篇的叙述散发着浓郁的市井气息。它描绘杂耍说唱、杂货店铺和茶肆酒楼,以及每日破晓时分,各类商贩涌入市场摆摊的熙熙攘攘的场面,读之历历如在目前。此外,书中还记载了一些当地的方言和行话,包括铺子里伙计的吆喝、饭馆的菜单和点菜用餐的规矩。这一切都生动地显示了古文表达的灵活性与风格上的多样性。《东京梦华录》开创了一个新的文类，此后《都城纪胜》等多种关于南宋都城杭州的记载相继问世，基本上都沿袭了它的体例和风格。

本篇是《东京梦华录》的作者自序，先是追忆汴京的繁华热闹，然后笔锋一转，以靖康之难为界，划出了前后两个截然不同的时空和心境。前半丰赡富丽，声色俱全，后半如大梦初醒，惘然若失。对北宋开封的回忆，滋生了作者无尽的乡愁。说起乡愁，我们不免要联想到士大夫回归田园山庄的向往，可城里人就没有乡愁吗？当然不是。城里人的乡愁，与一个时代的繁盛、节庆的花灯和喧天的箫鼓连在一起。还有走到哪儿都忘不掉的那一处街角的茶坊、夜市中的人群和各色各样的小吃风味。

身在南方的孟元老，对眼前的美景完全提不起兴趣来。在他的心目中，汴梁成了他回不去的故园。

仆从先人宦游南北,崇宁癸未到京师,卜居于州西金梁桥西夹道之南①。渐次长立,正当辇毂之下②。太平日久,人物繁阜③。垂髫之童,但习鼓舞,班白之老,不识干戈④。时节相次,各有观赏⑤。灯宵月夕,雪际花时,乞巧登高⑥,教池游苑⑦。举目则青楼画阁,绣户珠帘,雕车竞驻于天街,宝马争驰于御路,金翠耀目,罗绮飘香⑧。

① 仆:我,谦词。　先人:亡父。　宦游:外出做官。　崇宁:宋徽宗赵佶的年号,崇宁癸未即崇宁二年(1103年)。　京师:首都,此指北宋京城汴梁,即今河南开封。　卜居:古人通过占卜选择居所,这里泛指择地而居。
② 渐次长立:逐渐长大成人。　辇毂(niǎngǔ):天子出行的车舆,代指天子和皇都。
③ 繁阜(fù):繁华富庶。
④ [垂髫(tiáo)之童]四句:年幼的孩子只知道操习音乐歌舞,连头发斑白的老人也不晓得战争是怎么一回事儿了。　垂髫:代指儿童。古时儿童不束发,头发自然下垂。　班白:即斑白。　干戈:兵器。干指盾,戈指戟。
⑤ [时节]二句:四季时令和节日依次而至,各有不同的观赏游戏。
⑥ 乞巧:农历七月七日夜,传说天上牛郎织女相会,此时女子会于月下穿针引线,俗称乞巧。　登高:指重阳节(农历九月九日)登高的习俗。
⑦ 教池游苑:分别指金明池禁军操练和琼林苑天子游幸。
⑧ 天街:即御路,京城中皇帝通行的道路。　罗绮:质地轻软的各类丝织品。

《东京梦华录》序

新声巧笑于柳陌花衢，按管调弦于茶坊酒肆。八荒争凑，万国咚通⑨。集四海之珍奇，皆归市易；会寰区之异味，悉在庖厨⑩。花光满路，何限春游，箫鼓喧空，几家夜宴。伎巧则惊人耳目，侈奢则长人精神⑪。瞻天表则元夕教池，拜郊孟享。频观公主下降，皇子纳妃⑫。修造则创建明堂，冶铸则立成鼎鼐⑬。观妓籍则府曹衙罢，内

⑨ [新声巧笑] 四句：青楼里到处都是时兴曲调的歌唱与美妙迷人的笑语，茶楼酒肆间充满了管弦演奏的乐声。四面八方的人们都争相在此汇集，各国的使者也都由此往来交通。　柳陌花衢（qú）：指歌妓聚集的街巷。　按管：吹奏管乐。　调弦：弹奏弦乐。　凑：亦作"辏"，辐辏、从四周向中心汇聚。　咸：都。
⑩ [会寰区之异味] 二句：汇聚天下各地的美味，尽现于京城的餐馆厨房。　寰区：寰宇之内，泛指宋朝的境内。　庖厨：厨房。
⑪ [伎巧] 二句：技艺的奇巧惊人耳目，场景的奢华令人精神亢奋。
⑫ [瞻天表] 四句：瞻仰天子的仪容，可在上元节之夜皇帝登楼观灯或亲临金明池检阅水军操练之际，或在郊外祭祀天地、每年四孟（孟春、孟夏、孟秋、孟冬）的宗庙祭礼上。也不时可以看到公主下嫁、皇子纳妃的热闹场面。
⑬ [修造则创建明堂] 二句：说到京城的宫室建筑之妙，有天子创建的明堂；说到冶炼铸造之巧，鼎鼐这样的器物当即就可以铸就。　明堂：古代帝王宣明政教的殿堂，通常用以举行朝会、祭祀、庆典、教学和颁布政令等。　鼎鼐：古代烹调用器，古人也往往以鼎鼐烹调食物来比喻处置国家大事。

省宴回；看变化则举子唱名，武人换绶⑭。仆数十年烂赏叠游，莫知厌足。

一旦兵火，靖康丙午之明年，出京南来，避地江左⑮，情绪牢落，渐入桑榆⑯。暗想当年，节物风流，人情和美，但成怅恨。近与亲戚会面，谈及曩昔，后生往往妄生不然⑰。仆恐浸久⑱，论其风俗者，失于事实，诚为

⑭ [观妓籍] 四句：欲观官妓，要等到衙门公务了结之后，内宫宴会归来之际；看身份的升迁改变的场面，则文官有科举唱榜、武人有授衔换绶之时。 内省：内宫。 举子唱名：宣读科举考试中榜者的名单。 绶：丝带，古人用不同颜色的丝带来标识官员的身份和等级。

⑮ [一旦兵火] 四句：一旦京城陷于兵火，我于第二年（即1127年）离开东京开封南下，来到江左之地避难。 头两句指历史上著名的"靖康之难"。靖康丙午年农历十一月二十五日（1127年1月9日），金军在围城一个月后，终于攻陷了东京开封，俘获了宋徽宗、宋钦宗父子，以及大批皇族成员、公卿贵胄和后宫妃嫔，并于次年四月间将他们押解北上。东京城被洗劫一空，北宋王朝也由此告终。 江左：即江东，古人以东为左，以西为右。这里指长江下游以东地区，即今江苏一带。

⑯ [情绪牢落] 二句：情绪郁闷低落，年岁又渐入垂老之年。 牢落：孤寂、荒凉。 桑榆：比喻晚年。

⑰ [近与亲戚会面] 三句：近来与亲戚会面，谈及过去，晚辈往往不以为然。 后生：晚辈、年轻人。 妄：轻率、没有根据。

⑱ 浸久：渐久。

《东京梦华录》序

可惜。谨省记编次成集,庶几开卷得睹当时之盛[19]。古人有梦游华胥之国,其乐无涯者[20]。仆今追念,回首怅然,岂非华胥之梦觉哉[21]?目之曰《梦华录》[22]。

然以京师之浩穰,及有未尝经从处,得之于人,不无遗阙[23]。倘遇乡党宿德[24],补缀周备,不胜幸甚。此录语言鄙俚,不以文饰者,盖欲上下通晓尔,观者幸详焉[25]。

绍兴丁卯岁除日[26],幽兰居士孟元老序。

[19] 庶几:但愿。
[20] 华胥之国:想象中的理想国度,据《列子》记载,黄帝梦游至华胥国,看到华胥国的富庶丰饶,悟及治理天下的道理,由此天下大治。这里是说古人有梦游华胥者,觉得那里无限快乐。
[21] 觉:醒。
[22] 目:标题,此处用作动词,指为书命名。
[23] [然以京师之浩穰]四句:然而由于京城阔大,人口众多,凡是我未经历过的事情或没有到过的地方,都是从别人那里听来的,所以这本书难免有所遗漏和阙失。 浩穰(rǎng):繁多、密集。
[24] 乡党宿德:指乡里中年长而有德望的人。
[25] 观者幸详焉:希望读者能够了解这一点。 详:知悉。
[26] 绍兴:南宋高宗的年号。绍兴丁卯岁除日,即西历1148年1月22日除夕。 除日:除夕之日。

宋濂

送东阳马生序

宋濂(1310—1381),字景濂,元末隐居著述,明朝开国后入朝做官。宋濂主张"以道为文",强调文章的道德内容,也写过一些具有文学色彩的出色文章。

这篇文章是宋濂为马生(君则)送行而写的。既然如此,开头总得交代几句马生辞行的情况吧。我们在前面读过了韩愈的《送董邵南序》,它开篇就说谁是董邵南,打算去哪儿,为什么。但宋濂没有这样做。他在最后一段才介绍马生,而开篇却从自己写起,讲述了自己年轻时的求学经历。这是一篇自述体的"劝学篇",以自己为例子来劝勉马生。

宋濂出身贫寒,年少时好读书却买不起书,只能借来抄写。求师就更不容易了,经常不得不穿山越岭,长途跋涉,大雪天也不例外。正因为如此,他比谁都更懂得珍惜每一次机会。更重要的是,他对读书有一种发自内心的需求和渴望,任何外在的困难都难不倒他。

宋濂接下来感慨说,当今的太学,物质条件如此优厚,又由于印刷技术日渐发达,必备的书籍应有尽有,学生根本不必像当年的自己那样,为了读书而四处去借书抄书。在这种条件下,如果仍然学无所成,就不能说是别人的过错了。

宋濂六百多年前写下的这些话,今天听上去可一点儿都没有过时。

余幼时即嗜学①。家贫,无从致书以观,每假借于藏书之家,手自笔录,计日以还②。天大寒,砚冰坚,手指不可屈伸,弗之怠③。录毕,走送之④,不敢稍逾约。以是人多以书假余,余因得遍观群书。既加冠,益慕圣贤之道,又患无硕师、名人与游,尝趋百里外,从乡之先达执经叩问⑤。先达德隆望尊,门人弟子填其室,未

---

① 嗜学:好学。
② 致:得到。 假借:即借。 计日以还:算好了日子还书。
③ 弗之怠:不怠懈。 弗:不。
④ 走:跑。
⑤ [既加冠]数句:成年之后,更加仰慕圣贤的学说,又苦于不能与学识渊博的老师和名人交往,曾走到百里之外,手拿着经书向同乡的长辈学者叩首求教。 加冠:古代男子二十岁举行加冠礼,表示已经成人。 硕师:学问渊博的老师。 先达:有成就的长辈学者。 叩:叩首。

尝稍降辞色⑥。余立侍左右,援疑质理,俯身倾耳以请;或遇其叱咄,色愈恭,礼愈至,不敢出一言以复;俟其欣悦,则又请焉⑦。故余虽愚,卒获有所闻。

当余之从师也,负箧曳屣,行深山巨谷中,穷冬烈风,大雪深数尺,足肤皲裂而不知⑧。至舍,四支僵劲不能动,媵人持汤沃灌⑨,以衾拥覆,久而乃和⑩。寓逆旅,

---

⑥ 未尝稍降辞色:从来没有稍微缓和一下言辞与态度。
⑦ [余立侍左右]九句:我站着陪侍在他左右,提出疑难,询问道理,俯身侧耳向他请教;有时遭到他的训斥,但表情更恭敬,礼数更周到,不敢答复一句话;等他高兴时,就又向他请教。 侍:指陪在尊长身边,兼有服侍、侍奉的意思。 援:执、引。 质:质询、就正。 叱咄(chì duō):呵喝、大声斥责。 俟(sì):等待。
⑧ [当余之从师也]六句:当年我寻师请教时,背着书箱拖着鞋子,行走在深山大谷之中,严冬寒风凛冽,大雪深达几尺,脚上的皮肤被冻裂了都不知道。 箧(qiè):箱子。 曳屣(yèxǐ):拖着鞋子。 穷冬:深冬。 皲(jūn)裂:皮肤因寒冷干燥而开裂。
⑨ 媵人:侍婢。 沃灌:洗浴,"灌"通"盥"(guàn)。
⑩ 衾:棉被。 和:暖和。

主人日再食⑪,无鲜肥滋味之享。同舍生皆被绮绣⑫,戴朱缨宝饰之帽⑬,腰白玉之环,左佩刀,右备容臭,烨然若神人;余则缊袍敝衣处其间,略无慕艳意,以中有足乐者,不知口体之奉不若人也⑭。盖余之勤且艰若此。今虽耄老,未有所成,犹幸预君子之列⑮,而承天子之宠光,缀公卿之后⑯,日侍坐备顾问,四海亦谬称其氏名,况才

⑪ 寓:寄居。 主人日再食:主人一天只提供两顿饭。
⑫ 被:通"披",指穿着。 绮(qǐ)绣:有纹饰的丝织衣服。
⑬ 朱缨:装饰在帽顶上的红色缀结。
⑭ [左佩刀]七句:(他们)左边佩着刀,右边带着香囊,光彩鲜亮,望若神人。而我穿着麻袍破衣,置身于他们当中,而毫无羡慕的意思,因为心中有足以让自己快乐的事情,并不觉得自己的衣食享用不如别人。 容臭(xiù):香囊。 烨(yè)然:明亮的样子。 缊(yùn)袍:以乱麻衬底的袍子。 奉:供给、奉养。
⑮ 耄(mào)老:年老。 预:参与、成为其中一员。
⑯ 缀:跟随。

之过于余者乎⑰?

今诸生学于太学⑱,县官日有廪稍之供,父母岁有裘葛之遗,无冻馁之患矣;坐大厦之下而诵诗书,无奔走之劳矣⑲;有司业、博士为之师⑳,未有问而不告、求而不得者也;凡所宜有之书,皆集于此,不必若余之手录、假诸人而后见也㉑。其业有不精,德有不成者,非天质之

---

⑰ [日侍坐] 三句:作者的自谦之辞,大意是说,以自己平平的资质,贫寒的出身,竟然能每天侍奉在皇帝身边,随时接受咨询,并且在海内享有盛誉,更何况才智在我之上的人呢? 日:每日。 备:预备。 谬:不恰当。

⑱ 诸生:指太学生。 太学:即国子监,是政府设置的最高学府。

⑲ [县官] 五句:朝廷每天按时供给膳食,父母每年都送来冬夏的衣服,没有冻饿的忧虑了;坐在宽敞的室内诵读经书,也没有奔走的劳苦了。 廪(lǐn)稍:官府定时供给的俸粮。 廪:粮仓。 裘葛(qiú gé):皮衣和葛布制成的衣服。 遗:赠,这里指接济。

⑳ 司业:官职之一,通常配置在国子监等机构。 博士:指专攻一经或精通一艺,并且从事教授生徒的官职。

㉑ 假诸人:从别人那里借书。

卑，则心不若余之专耳，岂他人之过哉！

　　东阳马生君则，在太学已二年，流辈甚称其贤㉒。余朝京师，生以乡人子谒余，撰长书以为贽，辞甚畅达，与之论辩，言和而色夷㉓。自谓少时用心于学甚劳，是可谓善学者矣㉔！其将归见其亲也㉕，余故道为学之难以告之。谓余勉乡人以学者，余之志也；诋我夸际遇之盛而骄乡人者，岂知余者哉㉖！

㉒ 流辈：同辈。
㉓ 乡人子：同乡的儿子。　谒：拜访。　长书：长信。　贽（zhì）：初次见拜时所赠的礼物。　夷：平易、平和。
㉔ [自谓]二句：我自以为从小专心于学，十分用功，可以算是善于学习的人。
㉕ 其将归见其亲也：他将要回乡拜见父母。　亲：指父母。
㉖ [谓余勉乡人以学者]四句：如果说此文是我拿学习的道理来勉励同乡，那正是我的愿望；如果有人因为此文而诋毁我，说我炫耀自己如今的际遇之好，以此傲视同乡，那他们哪里是了解我的人！

归有光

项脊轩志[1]

归有光(1507—1571),字熙甫,号震川。归有光早年即以诗文见长,后因科举考试屡次失利,于1542年迁居嘉定(今属上海),讲学授徒,直到1565年才进士及第,授浙江长兴县令。当时的文坛上崇尚拟古雕饰之风,归有光倡导素朴的文风与之对抗。他博采唐宋诸家之长,形成了独具特色的风格,并且对清代的散文产生了很大的影响。

项脊轩是归有光青少年时代的书斋。在这篇文章及其补记中,归有光从项脊轩写起,先是描写了它的格局、周围的环境,以及前后的修补增益,然后记叙了发生在这里的家庭琐事,分别写了与祖母、母亲和妻子魏氏有关的一两个细节。归有光关注细节,这一点我们都有目共睹,但他更善于利用细节来营造氛围,这才是他的过人之处。他写自己久居此屋,无须开窗,单凭脚步声就知道是谁从窗前走过。这一句看似随意,却是点睛之笔:我们仿佛感受到了她们的声

---

1 项脊轩:为归有光的书斋名。归有光远祖曾居昆山项脊泾,因此他自称项脊生,并以此命名自己的书斋。 轩:此处指小室。

音和气息,在静美的时光中缓缓扩散,弥漫了记忆的每一个角落。

《项脊轩志》是一篇忆旧的佳作,朴素平淡,而又深情隽永。忆旧的伤感像溪水般在字句间汩汩流淌,波澜不惊,却沁人心脾。

这篇志文,到"项脊生曰"那一段就结束了。自"余既为此志"以下,是后来的补记,而写补记的时候,作者的妻子已过世多年了。归有光连续使用了"后五年""其后六年"和"其后二年"等字眼,为时光的消逝留下标记,也为全文创造了一个不断回溯的视野,从过去回到更远的过去。写下最后一段时,连作者本人也已常年在外,远走他乡了。

于是,便有了结尾的那一句:在他最后的回望中,庭院里的那棵枇杷树已经长大,挺拔直立,如同车盖一般——那是亡妻在去世的那一年亲手种下的。这是写树,更是忆人,是在睹物思人的当下,怀恋那随之而去的岁月。

项脊轩,旧南阁子也①。室仅方丈②,可容一人居。百年老屋,尘泥渗漉③,雨泽下注④。每移案,顾视无可置者⑤。又北向,不能得日,日过午已昏。余稍为修葺,使不上漏⑥。前辟四窗,垣墙周庭,以当南日,日影反照,室始洞然⑦。又杂植兰桂竹木于庭,旧时栏楯,亦遂增胜⑧。借书满架,偃仰啸歌,冥然兀坐,万籁有声⑨。而

① 阁子:指小屋子。
② 方丈:一丈见方。
③ 渗漉(lù):渗雨、下漏。
④ 雨泽:雨水。 下注:往下流注。
⑤ [每移案]二句:每一次要移动书桌,环顾四周,却找不到可以挪放的地方。
⑥ [余稍为修葺(qì)]二句:我稍微修补了一下,使上面不再漏雨。 修葺:修补。
⑦ [前辟四窗]五句:前面开设四扇窗子,又绕着庭院砌起矮墙,南边的太阳照在矮墙上,日光反照屋内,朝北的屋子一下子变得豁亮起来。 垣墙:矮墙,这里用作动词,指砌上围墙。 当:面对。 洞然:通透豁亮。
⑧ [旧时栏楯(shǔn)]二句:过去的旧栏杆,也因为兰桂竹木而增添了胜景。栏楯:泛指栏杆,竖者为栏,横者为楯。
⑨ [借书满架]四句:屋子里,书籍摆满了书架,我或者吟啸歌咏,随着节奏俯仰起伏,或者寂然独自端坐。当此之时,自然界的万物都仿佛有声。 借:同"藉",一作"积",又作"措",皆指书籍随手堆放在书架上。 偃仰:俯仰。 冥然:描写独坐冥想的状态。 兀坐:独自端坐不动。 籁:从空穴中发出的声响,也泛指声音。

庭阶寂寂，小鸟时来啄食，人至不去。三五之夜，明月半墙，桂影斑驳，风移影动，珊珊可爱⑩。

然余居于此，多可喜，亦多可悲。

先是，庭中通南北为一⑪。迨诸父异爨，内外多置小门墙，往往而是。东犬西吠，客逾庖而宴，鸡栖于厅⑫。庭中始为篱，已为墙，凡再变矣⑬。家有老妪，尝居于此。

---

⑩ 三五之夜：指农历每月十五的月圆之夜。　珊珊：行走时衣裾玉佩发出的声音，此处通"姗"，形容微风中树影摇曳多姿的样子。
⑪ [先是] 二句：从前，庭院南北相通，是一个整体。
⑫ [迨诸父异爨（cuàn）] 六句：等到父亲的弟兄们分了家，在院内外设置了许多小门墙，随处都是。分家后，连狗都认生了，吠声此起彼伏。客人不得不穿过厨房去赴宴，而鸡则到厅堂上去栖息了。　迨：等到。异爨：指分家后各自起火烧饭。　逾：穿过。　庖（páo）：厨房。
⑬ [庭中] 三句：庭院中开始用篱笆来分隔，不久又改用围墙，总共变了两次。　已：即"已而"，指过后不久。　凡：总共。　再：两次。

妪，先大母婢也，乳二世，先妣抚之甚厚⑭。室西连于中闺⑮，先妣尝一至，妪每谓予曰："某所，而母立于兹⑯。"妪又曰："汝姊在吾怀，呱呱而泣。娘以指扣门扉曰：'儿寒乎？欲食乎？'吾从板外相为应答。"语未毕，余泣，妪亦泣。

余自束发⑰，读书轩中，一日，大母过余曰："吾儿，

⑭ [妪，先大母婢也]四句：老婆婆是我已过世的祖母的婢女，给两代人喂过奶，已逝的母亲对她很好。　先大母：去世的祖母。　先妣（bǐ）：去世的母亲。
⑮ 中闺：闺房、内室。
⑯ 而：通"尔"，第二人称代词。　兹：这里。
⑰ 束发：古时男孩十五岁成童，束发成髻。

久不见若影,何竟日默默在此⑱,大类女郎也⑲?"比去,以手阖门,自语曰:"吾家读书久不效,儿之成,则可待乎⑳?"顷之,持一象笏至,曰:"此吾祖太常公宣德间执此以朝;他日,汝当用之㉑。"瞻顾遗迹,如在昨日,令人长号不自禁㉒。

轩东故尝为厨㉓,人往,从轩前过。余扃牖而居㉔,久

⑱ 过余:此指祖母来看我。 过:即过访。 若:你。 竟日:从早到晚。
⑲ 类:类似。
⑳ [比去]数句:临走时,用手边关门边自言自语:"我们家的读书人很久都没有成效了。这孩子的功成名就,应该为期不远了吧?"
阖(hé):合上。 不效:没有取得预期的效果。
㉑ [顷之]数句:过了一会儿,她拿着一个象牙笏(hù)板进来,说:"这是我的祖父太常公在宣德年间拿着上朝用的,将来你会用到它的。" 顷之:过了一会儿。 象笏:大臣上朝时所执的象牙手板,以便于记事备忘之用。 太常公:指夏昶,字仲昭,曾任太常寺卿。
㉒ 长号:痛哭失声。
㉓ 故:过去、从前。 尝:曾经。
㉔ 扃牖(jiōngyǒu):关着窗子。 扃:关闭、锁上。

之,能以足音辨人。轩凡四遭火,得不焚,殆有神护者㉕。

　　项脊生曰:"蜀清守丹穴,利甲天下,其后秦皇帝筑女怀清台。刘玄德与曹操争天下,诸葛孔明起陇中㉖。方二人之昧昧于一隅也,世何足以知之?余区区处败屋中,方扬眉瞬目,谓有奇景㉗。人知之者,其谓与坎井之蛙何异㉘!"

㉕ 殆:大概。
㉖ [蜀清守丹穴]五句:巴蜀有一位名叫清的寡妇,坐守丹砂矿井,获利天下第一,后来秦始皇为了表彰她而建女怀清台。刘备与曹操争天下,诸葛亮起于隆中的陇亩之间,协助刘备建功立业。　女怀清台:台名,故址在今四川省。关于蜀清的史实,见《史记·货殖列传》。　诸葛孔明起陇中:指诸葛亮当初躬耕于陇亩之间,过着自食其力的隐士生活。
㉗ [方二人]五句:当蜀清和诸葛亮两人还远在偏僻的角落,默默无闻时,世人又怎么能知道他们呢?我身处破屋陋室之中,却自得其乐,以为有奇景异致。　昧昧:昏暗模糊,指不为人知。　一隅:一角。　区区:自谦之辞。　方:正、正当。　扬眉瞬目:扬起眉毛,转动眼珠,沾沾自喜的样子。
㉘ [人知之者]二句:如果有人知道这一情形,大概会认为我跟井底之蛙没什么两样吧!　其:大概。

余既为此志㉙，后五年，吾妻来归，时至轩中，从余问古事，或凭几学书㉚。吾妻归宁，述诸小妹语曰㉛："闻姊家有阁子，且何谓阁子也㉜？"其后六年，吾妻死，室坏不修。其后二年，余久卧病无聊，乃使人复葺南阁子，其制稍异于前㉝。然自后余多在外，不常居。

庭有枇杷树，吾妻死之年所手植也，今已亭亭如盖矣㉞。

㉙ 余既为此志：我已经写好了这篇《项脊轩志》。
㉚ 来归：指嫁到我家来。　几：几案、书桌。　学书：学写字。
㉛ 归宁：回娘家看望父母。　述：转述。
㉜ 且：那么，此为连词。
㉝ 制：格式。
㉞ 亭亭：挺拔直立的样子。作者此处写树，但"亭亭"一词也往往用来形容女子亭亭玉立的姿态，令人联想到其妻消逝的身影。　盖：车的顶篷，其状如伞。

李贽

童心说

李贽（1527—1602），晚明思想家。他出生于福建的口岸城市泉州，自幼倔强独立，勤奋好学。1551年中举人后，曾任地方官和北京国子监博士。1580年弃官讲学，八年后在湖北麻城剃发为僧，专心著述。1602年因受官府迫害，在狱中割喉自尽。李贽的思想极具叛逆色彩和反抗精神，尤其强调个人自身的价值，对正统的程朱理学形成了挑战。

《童心说》是李贽《焚书》中的名篇。写了一本书却题作"焚书"，可知作者的决绝与勇气，即使书被禁毁也在所不惜。他在文中提出了一个重要的看法，那就是"童心说"。"童心"指赤子之心，也就是"最初一念之本心"。什么是本心呢？这让我们想到《孟子·公孙丑上》。孟子举例说，我们看到一个孩子差一点儿落入井中，第一个念头就是伸手去援救。这是人的本能，说明人性是善良的。可是第二念可能就不那么纯粹了，比如说我们或许会问为什么要救这个孩子，是为了和他的父母交朋友吗？是为了得到乡邻的赞誉吗？诸如此类，就变成了李贽所说的"闻见之知"和"道理之知"。在李贽看来，这些后天学来的知识和道理，往往与利益和声誉有关，而偏离了"最初一念之本心"。

李贽的思想有很多离经叛道之处，但也有出自传统的深厚渊源。他的文章带有思想者的犀利和斗士的锋芒，文风痛快淋漓，旨在揭穿一切虚伪与文饰。他属于晚明那个充满了争议和痛苦，却又空前解放的时代。

龙洞山农叙《西厢》末语云①："知者勿谓我尚有童心可也②。"夫童心者，真心也。若以童心为不可，是以真心为不可也。夫童心者，绝假纯真③，最初一念之本心也。若失却童心，便失却真心；失却真心，便失却真人。人而非真，全不复有初矣。

　　童子者，人之初也；童心者，心之初也。夫心之初曷可失也？然童心胡然而遽失也④？盖方其始也，有闻见

---

① 龙洞山农：即颜钧，字子和，号山农。颜钧从学于王阳明弟子、泰州学派的创始人王艮。一说为李贽本人的别号。《西厢》：即《西厢记》，作者王实甫，是以张生和崔莺莺的爱情故事为主题的一部杂剧。
② [知者]句：知我者不要说我还有童心就可以了。这是一句反话，用意在于肯定自己尚有童心。
③ 绝假纯真：没有一丝假，纯粹的真。
④ [夫心之初]二句：最初的本心怎么可能失去呢？可是，童心为什么竟然很快就失去了呢？　曷：通"何"。　胡然：为什么。　遽（jù）：迅速。

从耳目而入，而以为主于其内而童心失。其长也，有道理从闻见而入，而以为主于其内而童心失⑤。其久也，道理闻见日以益多，则所知所觉日以益广。于是焉又知美名之可好也，而务欲以扬之而童心失⑥；知不美之名之可丑也，而务欲以掩之而童心失。夫道理闻见，皆自多读书识义理而来也⑦。古之圣人，曷尝不读书哉！然纵不读书，童心固自在也；纵多读书，亦以护此童心而使之勿

⑤ [盖方其始也] 六句：人生初始，通过耳闻目睹而获得了一些知识，而这些闻见之知一旦进入并且主导了内心，童心便失落了；长大之后，又通过耳闻目睹而学到了一些道理，这些闻见之理一旦进入并且主导了内心，童心便失落了。
⑥ [于是焉又知美名之可好也] 二句：于是，又知道美名是值得赞誉的，因此必欲张扬美名，而童心也就不复存在了。
⑦ 义理：原指研究经义和辨名析理的学问，宋以后指道学，即程朱理学。

失焉耳，非若学者反以多读书识义理而反障之也⑧。夫学者既以多读书识义理障其童心矣，圣人又何用多著书立言以障学人为耶⑨？童心既障，于是发而为言语，则言语不由衷；见而为政事，则政事无根柢；著而为文辞，则文辞不能达。非内含于章美也，非笃实生辉光也⑩，欲求一句有德之言，卒不可得，所以者何？以童心既障，而以从外入者闻见道理为之心也。

⑧ 非若：不像。　障：遮蔽。
⑨ [夫学者]二句：既然书生因为多读书、识义理而雍蔽童心，那么圣人又何必要热衷于著书立说以蒙蔽书生呢？
⑩ [非内含于章美也]二句：不是由于内含美质而文采斐然，也不是由于真诚笃实而焕发光辉。

夫既以闻见道理为心矣，则所言者皆闻见道理之言，非童心自出之言也，言虽工，于我何与⑪？岂非以假人言假言，而事假事、文假文乎⑫！盖其人既假，则无所不假矣。由是而以假言与假人言，则假人喜；以假事与假人道，则假人喜；以假文与假人谈，则假人喜。无所不假则无所不喜。满场是假，矮人何辩也⑬？然则虽有天下之至文，其湮灭于假人而不尽见于后世者⑭，又岂少哉！

⑪ [非童心自出之言也] 三句：如果不是出自童心之言，无论如何工巧，又于我何干呢？　工：精巧。
⑫ [岂非] 二句：岂不都是假人说假话、做假事、写假文吗？
⑬ [满场是假] 二句：整个戏场上的演员和观众都在逢场作戏，见识不广的人又怎么能辨出真伪呢？　矮人：指缺乏见识而一味盲从的人，出自"矮人看场"的成语，意思是说个子矮的观众看不见戏台上的表演，只知道随声附和别的观众而已。
⑭ 至文：最好的文章和著作。　湮（yān）灭：埋没、消失。

何也？天下之至文，未有不出于童心焉者也。苟童心常存，则道理不行，闻见不立，无时不文，无人不文，无一样创制体格文字而非文者⑮。诗何必古《选》，文何必先秦，降而为六朝，变而为近体，又变而为传奇，变而为院本，为杂剧，为《西厢曲》，为《水浒传》，为今之举子业，皆古今至文，不可得而时势先后论也⑯。故吾因是而有感于童心者之自文也，更说什么六经，更说什么

⑮ [苟童心常存]六句：如果童心常在，那些所谓的道理就不会通行，闻见之知就会失去立脚点，那么，无论什么时代、什么人、什么体裁格式，都可以写出好文来。
⑯ [诗何必古《选》]数句：这里作者列举了古今文体之变。《选》指梁代萧统编纂的《文选》，"近体"指唐代的近体诗，"传奇"指唐人的文言小说，"院本"即金代行院演出的戏曲脚本，"杂剧"为宋、元时期的北方戏曲，"举子业"就是明代以后的科举考试使用的八股文。在李贽看来，这些文体、作品和作品集都可以成为天下之至文，而不能根据它们的时间先后和影响大小来做出评判。

《语》《孟》乎⑰?

夫六经、《语》、《孟》,非其史官过为褒崇之词,则其臣子极为赞美之语⑱,又不然,则其迂阔门徒、懵懂弟子,记忆师说,有头无尾,得后遗前,随其所见,笔之于书⑲。后学不察,便谓出自圣人之口也,决定目之为经矣⑳,孰知其大半非圣人之言乎?纵出自圣人,要亦有为

⑰ [故吾因是而有感于童心者之自文也] 三句:我因此有感于童心自然成文,又何必说什么六经,说什么《论语》和《孟子》呢?
⑱ [夫六经] 三句:所谓六经、《论语》和《孟子》,如果不是史官褒扬、崇敬的夸大之词,就是臣下赞誉、溢美的失度之言。
⑲ [又不然] 七句:不然的话,便是那些迂腐的门徒和糊涂的弟子们,在追忆老师的言说时,或有头无尾,或得后忘前,根据自己的一知半解,写下来汇编成书的。 随其所见:依据他们所见的有限知识。 笔:书写。
⑳ [决定] 句:执意将这些书籍当作经典来看。

而发,不过因病发药,随时处方,以救此一等懵懂弟子、迂阔门徒云耳㉑。药医假病,方难定执,是岂可遽以为万世之至论乎㉒?然则六经、《语》、《孟》,乃道学之口实,假人之渊薮也㉓,断断乎其不可以语于童心之言明矣㉔。呜呼!吾又安得真正大圣人童心未曾失者而与之一言文哉㉕?

㉑ [纵出自圣人] 五句:即使真出自圣人之口,其要义也是有感而发,不过是对症下药,随机应对,以此来拯救那些不开窍的弟子和迂腐而不切实际的门徒罢了。 要:精髓、要义。 处方:开药方。

㉒ [药医假病] 三句:医治"假"这一病症,药方难以固定不变。六经、孔孟之类的著作又岂能匆忙断定是万世不变的至高无上的真理呢? 药:此指医治。 定执:一成不变。

㉓ 口实:借口。 渊薮(sǒu):鱼和兽类聚居的地方,这里指儒家经典变成了培养假人的大本营。

㉔ [断断乎] 句:这句话的大意是,儒家的六经绝对不可能跟童心之言同日而语。

㉕ [吾又安得] 句:我又哪里能找到一位不失童心的真正的圣人,与他谈一谈文章的道理呢?

文震亨

长物志·位置（节选）

文震亨（1585—1645），字启美，家富藏书，擅长诗文书画和园林设计。

《长物志》以"长物"为题，长物指多余的东西，也指生活必需品之外的奢侈品。《长物志》是文震亨撰写的一部关于生活趣味的笔记体著作，集中体现了当时士大夫的审美理念。全书分室庐、花木、水石、禽鱼、书画、几榻、器具、衣饰、舟车、位置、蔬果、香茗十二类，为我们展示了晚明文人休闲生活的方方面面。

这两节文字选自《长物志》卷十"位置"。第一节讲解书斋中家具摆放的标准和方式，第二节教导读者如何在室内挂画。晚明是一个日益奢侈的时代，文人在消费文化的领域里，面临来自商人的巨大挑战。如果一味攀比财富，他们哪里是商人的对手？但就趣味和风格而言，他们却占了上风，因为只有他们才是真正的鉴定者和评赏家。仅就挂画来说吧，文震亨一口气罗列了那么多的规矩，而且说起来头头是道。其中有一条，就是一间书房只可置一画轴，还需要根据季节来替换调整。若是把所有的藏画全都挂在墙上，那就是炫富，把书房客厅变成了市面上的画铺，堕入恶趣而不自知。

椅榻屏架

斋中仅可置四椅一榻,他如古须弥座、短榻、矮几、壁几之类,不妨多设①。忌靠壁平设数椅②。屏风仅可置一面,书架及橱俱列以置图史③,然亦不宜太杂,如书肆中④。

① 斋:书斋、书房。 须弥座:安置佛像的台座。 几:低矮的桌案。
② 忌靠壁平设数椅:不应该靠着墙壁并排放好几张椅子。
③ 图史:即图书,图指图卷、图册,史即史籍,泛指书籍。
④ [然亦不宜太杂]二句:(书架上和书橱里的书画)也不宜于杂多,杂多就看上去像是卖书的书铺了。 书肆:书店。

悬画

悬画宜高，斋中仅可置一轴于上，若悬两壁及左右对列，最俗。长画可挂高壁，不可用挨画竹曲挂[1]。画桌可置奇石，或时花盆景之属，忌置朱红漆等架。堂中宜挂大幅横披[2]，斋中宜小景花鸟；若单条、扇面、斗方、挂屏之类[3]，俱不雅观。画不对景，其言亦谬[4]。

---

[1] [长画] 二句：长画可以挂在高墙上，但不可用"挨画竹"曲挂起来。 挨画竹：长幅的画在悬挂时，用细竹横挡。
[2] 横披：长条形的横幅书画。
[3] 单条：单幅的条幅。 扇面：存字画的扇子，保持原样的叫扇，为便于收藏而去掉扇骨、装裱成册页的，习称扇面。 斗方：一二尺见方的正方形的画幅和字幅。 挂屏：镶贴在有框的木板上或镶嵌在镜框里的条屏，悬挂在墙上供人观赏。
[4] [画不对景] 二句：画中的季节不应时景，其上的题跋也就悖谬而不合情理了。

袁宏道

满井游记

袁宏道(1568—1610),字中郎,号石公,是"公安派"的代表人物之一。公安派是晚明文坛上影响巨大的文学派别,主张"性灵说",即"独抒性灵,不拘格套"。也就是强调诗文表达作者个性化的情绪与感受,反对仿古,也不受任何条条框框的约束。他们的文章往往篇幅短小,率性而做,不拘格式,成为后人所称誉的晚明小品的佳作。

满井,在北京的东北郊,因一口古井而得名。全文写初春时节作者与友人同游东郊的情景。尽管入春后的北京,余寒犹在,偶尔还飞沙走石,令人扫兴,但郊野已经从严冬中渐渐苏醒过来了。万物萌动,春天的气息扑面而来。就连游鱼和飞禽走兽的毛羽鳞鬣之间,也都透着喜气。谁说北京没有春天?那只是城里人的说法,他们应该走出东直门外,来满井看看。

这篇游记文辞清丽可喜,生机盎然,令人感受到了春风拂面的喜悦,又如同见证了生命复苏的奇迹。读到"冰皮始解,波色乍明"这两句,谁能不心生欢喜:寒冰初化,犹如蜕去了严冬的一层冰皮;春光乍现,就在水波闪烁的那一刹那。这两句暗喻着生命从冬眠中醒来，目光流盼，又仿佛刚刚蜕掉一层皮茧，迎来了新生。接下来的那几句也同样精彩："鳞浪层层，清澈见底，晶晶然如镜之新开而冷光之乍出于匣也。"开始化冻的春水，清澈见底，波光粼粼，就好像刚刚打开镜匣的瞬间，瞥见匣中的明镜发出一道犀利、晶莹的冷光。新春仍带着严冬的最后一丝料峭寒意，但也正是冰雪的洗礼，才让春光变得那么纯净而明快。我们终于明白了，为什么冬春交替的北京郊野会如此迷人。

俄国作曲家斯特拉文斯基，在一次访谈中提起他儿时的初春记忆。最令他难忘的，是站在圣彼得堡的涅瓦河畔，听河上冰裂时发出巨大的轰鸣声。在北京的近郊，冬天的退场可没有那么壮观，但微妙之处过之，因为北京的春天正是在乍暖还寒之中，不知不觉地悄然诞生了。这让我想起唐代诗人韩愈的两句诗，写的是都城长安（今天的西安）的初春，却有一些相似：一场春雨之后，绿草萌发，而又朦朦胧胧，在若有若无之间，"草色遥看近却无"。在韩愈看来，这恰恰是一年中最好的时节：春天还没到来，春晖已依稀在目，远远胜过了绿柳含烟的饱满春色。所以他说："最是一年春好处，绝胜烟柳满皇都。"北京的初春也是这样，它的脚步轻盈而急促，仿佛专为有心人而来，稍不留意，就消逝得无影无踪了。而以散文的形式来捕捉北京初春的第一个消息，当首推袁宏道的这篇游记了。毕竟，又有谁能比他做得更好、更出色呢？

在中国的风景名胜的版图上,北京是一个迟到者。但作为元、明、清三朝的都城,它又有着无可替代的优势。袁氏兄弟与其他宦游京城的晚明文人一起,以外来者的目光观察北京的山光水色,留下了令人难忘的诗文佳作。他们是北京风光的发现者,也正是在他们的笔下,北京被写成了一道亮丽的风景线。

燕地寒，花朝节后①，余寒犹厉。冻风时作，作则飞沙走砾②，局促一室之内，欲出不得。每冒风驰行，未百步，辄返。

廿二日，天稍和，偕数友出东直③，至满井。高柳夹堤，土膏微润，一望空阔，若脱笼之鹄。于时冰皮始解④，波色乍明，鳞浪层层⑤，清澈见底，晶晶然如镜之

---

① 花朝（zhāo）节：旧时以阴历二月十二日为花朝节，据说这一天是百花的生日。
② 冻风：冷风。　砾（lì）：碎石。
③ 偕：陪伴。　东直：北京的东直门。
④ 冰皮始解：水面的薄冰开始融化。
⑤ 鳞浪层层：鱼鳞状的波纹层层泛起。

新开而冷光之乍出于匣也⑥。山峦为晴雪所洗,娟然如拭,鲜妍明媚,如倩女之靧面而髻鬟之始掠也⑦。柳条将舒未舒,柔梢披风,麦田浅鬣寸许⑧。游人虽未盛,泉而茗者,罍而歌者,红装而蹇者,亦时时有⑨。风力虽尚劲,然徒步则汗出浃背。凡曝沙之鸟,呷浪之鳞,悠然自得,毛羽鳞鬣之间,皆有喜气⑩。始知郊田之外,未始

⑥ 匣:此处指镜匣。
⑦ [山峦]四句:山峦被晴天的融雪洗过,美好的样子就好像被拂拭过一样,鲜艳美好而又明亮妩媚,又如同是美丽的少女洗过面颊,刚刚掠起环形的发髻。 靧(huì):洗脸。
⑧ 鬣(liè):兽颈上的长毛,这里形容不到一寸高的新生的麦苗。
⑨ [游人]五句:游赏的人虽然不多,但在泉边汲水煮茶而饮者,一边喝酒一边歌唱者,以及身着盛装、骑着毛驴出来游玩的妇女,已时常可见了。 茗(míng):此处指煮茶。 罍(léi):盛酒的器皿,外形像壶,此处用作动词,指端着酒壶饮酒。 蹇(jiǎn):骑驴。
⑩ [凡曝沙之鸟]五句:沙洲上晒太阳的鸟,水中呷水的游鱼,都悠然自得,所有鸟兽鱼虫的毛羽、鳞甲和鬃毛之间都透出喜悦的气息。 曝(pù):晒太阳。 呷(xiā):小口地喝。

满井游记

无春，而城居者未之知也。

夫能不以游堕事，而潇然于山石草木之间者，惟此官也。而此地适与余近，余之游将自此始，恶能无纪⑪？己亥之二月也。

---

⑪ ［夫能不］六句：能够自由自在地遨游于山石草木之间，却又不会因为游乐而荒废公事，大概只有我这样一位为官之人了。而此地恰好离我的住处不远，我的郊游将从此开始，又怎么能不把这一次满井之游记载成文字呢？作者在写到春游之乐时，不无自嘲之意。言下之意，他这样一位无足轻重的闲官，其实并没有什么了不得的公务在身，所以春游也不至于耽误正事。　堕（huī）：荒废、耽误。恶（wū）：怎么，反问的意思。

袁中道

《西山十记》(记一)

袁中道(1570—1626),字小修。与其兄袁宗道、袁宏道并有文名,时称"三袁",是公安派的代表人物。

《西山十记》记叙作者在北京西山一带游玩时的所见所闻。此篇写了从西直门往西,直到功德寺,以及西湖(即后来颐和园的昆明湖)的沿途景色。从文中可见,那时的北京,可不缺水。海淀更是名副其实,沟渠交错,湖泊纵横,一片汪洋,而不像今天这样,变成了高楼林立。与通常的游记不同,作者并没有把文章锁定在一个预设的目的地上,而是写他如何一路上走走停停,看水、看桥、看田园风光。因此,从寂静的高梁桥,到喧闹的湖区和群蛙偕鸣的田野,无不尽收笔下,而作者怡然自得的心境也跃然纸上了。文字风格以四字句为基本节奏,略有增损变异。最后一节穿插了几个长句,读起来疾徐参差,错落有致。

出西直门,过高梁桥,杨柳夹道。带以清溪①,流水澄澈,洞见沙石②。蕰藻萦蔓,鬣走带牵③,小鱼尾游,翕忽跳达④。亘流背林,禅刹相接⑤。绿叶秾郁,下覆朱户。寂静无人,鸟鸣花落。

过响水闸,听水声汨汨。至龙潭堤,树益茂,水益阔,是为西湖也⑥。每至盛夏之月,芙蓉十里如锦,香风

---

① 带以清溪:以清溪为佩带。
② 洞见沙石:沙石洞然可见。
③ [蕰藻萦蔓]二句:水草积聚,缠绕蔓延,仿佛马在奔跑,而缰辔萦牵。或认为"鬣(liè)走带牵"是形容马奔跑时鬣毛飘动的样子。 鬣:即鬣毛、马颈上的长毛。
④ [小鱼尾游]二句:描写小鱼游动时相互尾随、敏捷活泼的样子。这两句与柳宗元《小石潭记》中写游鱼的名句"往来翕忽,似与游者相乐",形成了前呼后应的写水写鱼的文字系列。 跳达:轻快跳跃。
⑤ 亘(gèn)流背林:河水绵延,背依树林。 亘:通贯、绵延。 禅刹:佛寺。
⑥ [树益茂]三句:树木越发茂密,水面越发宽阔,这就是西湖。而这里所写的西湖后来经过改造,变成了颐和园中的昆明湖。

芬馥，士女骈阗⑦，临流泛觞，最为胜处矣。

憩青龙桥，桥侧数武有寺⑧，依山傍岩，古柏阴森，石路千级。山腰有阁，翼以千峰⑨，萦抱屏立⑩，积岚沉雾。前开一镜，堤柳溪流，杂以畦畛，丛翠之中，隐见村落⑪。

降临水行，至功德寺，宽博有野致⑫，前绕清流，有

⑦ [香风]二句：风中满是浓郁芬芳，士人、女子在此聚集。　骈阗（piántián）：聚在一起。
⑧ 数武：数步。
⑨ 翼：翅膀，引申为"辅翼""凭借""蔽护"之意。此句描写山腰的阁楼仿佛以其后的山峰为辅翼。
⑩ 萦抱：曲回萦绕，如同环抱。　屏立：如屏风那样矗立。
⑪ [前开一镜]五句：前方平坦开阔如镜，溪流堤柳，有稻田小路间杂其中，一丛丛的翠绿之中村落隐隐可见。　畦畛（qízhěn）：田间的道路。
⑫ [降临水行]三句：从高处下到水边，临水而行，到功德寺，寺院空阔博大，而有野外的情致。

危桥可坐⑬。寺僧多业农事⑭。日已西,见道人执畚者、锸者⑮,带笠者,野歌而归。有老僧持杖散步塍间⑯,水田浩白,群蛙偕鸣。噫!此田家之乐也,予不见此者三年矣!

⑬ 危桥:高桥。
⑭ 业:从事。
⑮ 畚(běn)、锸(chā):装土和掘土用的农具。
⑯ 塍(chéng):田间的土埂、小堤。

袁中道

寄四五弟

　　这是作者从山中写给弟弟的信。信中写到北京西山的景色，目之所见，耳之所闻，已美不胜收。而末尾更进一层，做遐想语：初春三月，"花鸟更新奇"，来山中小住数月，那该多好！下一篇《寄八舅》更以山色泉声相邀："二三月内，此中山色泉声，更当十倍。老舅如有山行之兴，当扫乳窟以待。"北京近郊的西南一带多石钟乳洞穴，风景奇瑰，引人入胜。作者允诺说：老舅如有游山的兴致，我当清扫石窟，翘首以待，仿佛是回应了杜甫的那两句诗："花径不曾缘客扫，蓬门今始为君开。"

　　接到了这样的邀请，我想每个人都会心驰神往，谁还能说不呢？

山中已有一亭，次第作屋①。晨起阅藏经数卷，倦即坐亭上，看西山一带，堆蓝设色，天然一幅米家墨气②。午后闲走乳窟听泉③，精神日以爽健，百病不生。吾弟若有来游意，极好。三月初间，花鸟更新奇，来住数月，烟云供养，受用不尽也④。

---

① 次第：依次的意思。
② ［看西山］三句：看西山一带景致，山青天蓝，天然一幅米家山水画。 设色：着色。 米家墨气：指宋代米芾及其长子米友仁开创的一种水墨山水画的风格，世称"米家山水"。
③ 乳窟：石钟乳洞穴。北京远郊的西山一带多有此类洞穴，例如石佛洞，又称十佛洞，坐落在今房山境内的西山中。
④ ［来住数月］三句：在山水间小住数月，有云烟供养，令人神清气爽，受用不尽。

袁中道

寄八舅

这是作者写给八舅的信，与上一封信同时或先后写成。作者以山中美景相招，邀八舅前来一同游赏。山无泉则不灵，"山行之兴"因此既离不开山色，更少不了泉声。曾经的西山，以多泉著称。写西山的散文小品，也因此沾上了山泉的灵气。

在晚明文人的小品文中，我尤其喜欢袁中道的《寄四五弟》和《寄八舅》。这首先是因为他写得放松，仿佛脱口而出，不假思索。又如同文人的写意画，率意几笔，画完了又像是未完成。

在上一封信中，他这样描写西山的风光："堆蓝设色，天然一幅米家墨气。""堆蓝"二字真好，仿佛画家在着色时刚刚把蓝色的颜料堆在纸绢上，还没有化开。这是颜料的本色，才脱笔砚，纯而又纯。不过，作者又把眼前的山色比作天然图画。西山郁郁葱葱，堆蓝叠翠，不需要画家着色加工，俨然已是一幅大自然的杰作，是天地间的"米家山水"。

散文贵在一个散字，太紧张了不行，不随意怎么能写随笔呢？但意在笔先，形散而神不散，这才是最高的境界。

自别老舅入山，无日不快，仰看堆蓝之山色，俯听跳珠之水声，神骨俱清，百病消除。寺内有旧庵基①，正据山水之胜，已倾囊鬻得，旦晚市木修造，有次第矣②。

此去十五六里，即为青溪，峰峦洞壑，殆非人境③。到此饭伊蒲，绝嗜欲，觉得容易遣日④。自信于山水有缘，联榻不寐，遂有此一番佳境界，非愚甥不能造此思路，非老舅不能赏鉴也。

已矣，已矣，胸次舒泰，耳目清净，岂非福耶？

二三月内，此中山色泉声，更当十倍。老舅如有山行之兴，当扫乳窟以待。

---

① 庵基：祠庙的旧址地基。
② [已倾囊鬻（yù）得]三句：早就倾尽积蓄买了下来，又很快购得木材，修建屋宇，已初见规模了。　囊：钱袋。　鬻：购买，与"市"同义。　旦晚：早晚，指短时间内。　次第：与上封信中的用法不同，指规模和样子。
③ 殆：几乎。
④ [到此]三句：在这里吃素食，弃绝世间的嗜好与贪欲，不知不觉中，日子过得飞快。　饭：当动词用，指食用。　伊蒲：素食、斋供。　遣：消遣、打发。

刘侗　于奕正

宜园

本文选自《帝京景物略》。

《帝京景物略》由刘侗（字同人，号格庵，约1594—约1637）、于奕正（字司直）两人合著，于奕正摭求事迹，刘侗纂写成文。

这是一部记录北京名胜景观的书，书中详细介绍了当时北京各处的寺庙祠堂、山川风物、名胜古迹、园林景观等，也往往写到作者走访这些胜地的亲身经历和所见所闻。自此之后，但凡记述北京的历史风土景物，无不征引此书。作者以明代竟陵派俊雅隽洁的笔法来写地理游记，即便是在晚明的小品文中，也显得出类拔萃，自成一格。

宜园，即冉驸马宜园，位于东城石大人胡同。冉驸马名兴让，娶明神宗女儿寿宁公主为妻。园中有堂、有台、有池，老树森立，环境清幽，而最引人注目的是一座名为"万年聚"的假山。

这篇短文体现了作者一向洗练警策的风格。他以写诗的态度来作文，反复推敲斟酌，每一个字都不肯轻易放过。比如，写那块"万年聚"是"风所结，霣为石"。用今天的话说，就是数百万碎石被风给凝结起来，化作陨石，自天而降。这样一说，意思倒是差不多明白了，可原先的精神气儿就全都不见了。读古文因此不能靠白话翻译，古文是用来读的，不是用来翻译的。

后文我们会读到《水尽头》一篇，其中描写秋天柿子林的那两句，也是神来之笔："晓树满星，夕野皆火。"着一"火"字，整个画面顿时就燃烧起来了。"火"就是"火"，当动词用，根本不需要"像""仿佛""如同"这一类字眼来修饰。

要想把文字写得有精神，就应该多读这样的文章。

堂室则异宜已，幽曲不宜宴张，宏敞不宜著书①。垣径也亦异宜，蔽翳不宜信步，晶旷不宜坐愁②。

　　冉驸马宜园③，在石大人胡同。其堂三楹④，阶墀朗朗⑤，老树森立。堂后有台，而堂与树，交蔽其望⑥。台前有池，仰泉于树杪堂溜也，积潦则水津津，晴定则土⑦。客来，高会张乐，竟日卜夜去⑧。视右一扉而扃，或启焉，

---

① [堂室] 三句：厅堂屋室各自适宜于不同的目的。幽深曲折则不适宜设宴聚会，高大宽敞则不适宜著书作文。　堂室：古人的房屋内部，前为堂，其后以墙壁隔开，后部中央为室，堂的东西两侧为房。　宜：适宜。　张：陈设、举办。
② [垣径] 三句：垣径也是如此。过于深幽隐蔽，则不宜于随意漫步；过于宽敞明亮，则不宜于慵倦闲坐。　垣：小墙。　信步：随意行走。晶（xiǎo）：明亮。
③ 驸马：皇帝的女婿。这位驸马姓冉，是宜园现在的主人。
④ 三楹（yíng）：即三个开间或三列房间。　楹：厅堂的前柱。
⑤ 阶墀（chí）：台阶。
⑥ 而堂与树，交蔽其望：厅堂与树木相互交会，遮挡了视线。
⑦ [台前有池] 四句：台前的水池，仰承从树枝和雨漏流下来的雨水而成。雨后积水而一池漫溢，连续晴天就池干见土了。　树杪（miǎo）：树梢。　堂溜：雨漏，也就是屋檐上承接雨水的管道。作者在这里把顺着树枝和雨漏流下来的雨水比作了泉水。
⑧ [客来] 三句：客人来了，在堂上举办宴宴，盛奏音乐，直到夜里才离去。　张乐：奏乐。　卜夜：常与"卜昼"连用，指聚饮无度，昼夜不休。

宜园　279

则垣故故复,迳故故迂回⑨。

入垣一方,假山一座满之⑩,如器承餐⑪,如巾纱中所影顶髻⑫。山前一石,数百万碎石结成也。风所结,霣为石;卤所结,硇为石;波所结,浮为石;火所结,灰为石⑬;石复凝石,其劫代先后,思之杳杳⑭。

园创自正德中咸宁侯仇鸾,后归成国公朱,今庚归冉⑮。石有名曰"万年聚",不知何主人时所命名也。

⑨ [视右一扉而扃]四句:朝右看,一扇墙门紧闭,偶然有人打开,但见矮墙与小径曲折迂回,幽深难测。 或:有人,或有时。 启:开启。 故故:屡屡、常常。
⑩ [入垣一方]二句:转入门墙,别有一方天地,这里被一座假山占满了。
⑪ 如器承餐:像器皿盛满了食物。
⑫ [如巾纱中]句:又像纱巾中隐约可见的女人头顶上的发髻。 髻:发髻。
⑬ [风所结]八句:"结"指凝结,"为"指形成,写这座巨石的来历,其中的数百万碎石包括被风凝聚起来的陨石,由盐卤凝固而成的石块,被波浪塑造成形的、浮出水面的石头,还有由烈火的余烬凝结而成的石状物。 霣:通"陨",降、落下。 卤(lǔ):一种有咸味的无色或白色的结晶体,或称盐卤。 硇(náo):一种矿物质。
⑭ 劫代:年代。 杳(yǎo)杳:久远貌。
⑮ [园创自正德中]三句:冉园是正德年间咸宁侯仇鸾所创建的,后来归成国公,今年归冉驸马了。 成国公朱:指明代世袭公爵,自名将朱能始,先后世袭九世,共十二位。

刘侗　于奕正

钓鱼台

本篇介绍了钓鱼台的景观和历史。钓鱼台在北京玉渊潭东侧,据说金代曾在此筑台,迄今已有八百多年的历史了。在作者的笔下,钓鱼台兴废交替,无数次换主易名,唯有泉流不变,亘古如常。

作者喜欢写短句,行文省净。他还有一个不小的本事,就是善于使用动词,甚至常常把名词和形容词当作动词来用,例如头一句"古今园亭之矣"就是:从古到今,人们都在这里修园建亭;又如写当时的钓鱼台废弃已久,不再有人在那里建造亭台了:"今不台,亦不亭矣。"这样做有什么效果呢?第一是省去臃肿的字词,造成了明快醒目的风格;第二是把重心放在了动词化的名词上,用它来支撑整个句子,同时也可以变静态为动态,让句子更有生气;第三是为原本稀松平常的一个句子带来了新奇感和陌生感,从而化腐朽为神奇。

这一切既是作者字斟句酌的结果,也显示了汉字书写的一些内在特征,例如词性之间可以灵活转换等。有的语言学家甚至认为,在古汉语中,并无词性之间的固定区分。一个词到底是名词还是动词或形容词,主要取决于它在句子中的位置。把它放在谓语动词的位置上，它自然就起到了动词的作用。此为一说，可供参考。无论如何，这在日益标准化的现代汉语中，已经不易做到了，欧洲文字做起来就更不容易。而在古文中却不难，偶一为之，令人耳目一新。

近都邑而一流泉①，古今园亭之矣。

一园亭主，易一园亭名，泉流不易也②。园亭有名，里井人俗传之，传其初者。主人有名，荐绅先生雅传之，传其著者③。泉流则自传④。偶一日园亭主，慎善主之，名听土人，游听游者⑤。

出阜成门南十里，花园村，古花园。其后村，今平畴也⑥。金王郁钓鱼台⑦，台其处，郁前玉渊潭，今池也⑧。有泉

① 都邑：城市。
② ［一园亭主］三句：园亭换了一个主人，就改一次名字，但那里的泉流却依然如故，没有因此而发生变化。
③ ［园亭有名］六句：此处的园亭各有其名，当地百姓口耳相传，却只有最初的名字流传了下来；园子的主人也各有其名，士大夫极口传诵，但也只有最著名的那几位把名字流传了下来。　荐绅：士大夫有官位者。　雅传：极口传诵。
④ 泉流则自传：大意是说泉流与园亭不同，没有主人，因此，名称径自流传。
⑤ ［偶一日］四句：偶尔有那么一位主人，慎重地做上了称职的园主。至于园子的名称，完全听从当地人的叫法，游园也完全听任游客的兴致。　听：听从、听任。
⑥ 平畴：平野。
⑦ ［金王郁］句：金代诗人王郁（约1204—1236）曾在此处钓鱼建台，曰钓鱼台。
⑧ ［郁前玉渊潭］二句：王郁从前垂钓的玉渊潭，就是今天的水池。

涌地出，古今人因之⑨。郁台焉，钓焉，钓鱼台以名⑩。元丁氏亭焉⑪，因玉渊以名其亭。马文友亭焉，酌焉，醉斯舞焉。饮山亭，婆娑亭，以自名⑫。今不台，亦不亭矣。

堤柳四垂，水四面，一渚中央，渚置一榭⑬，水置一舟，沙汀鸟闲，曲房人邃⑭，藤花一架，水紫一方⑮。自万历初，为李皇亲墅⑯。

⑨ 因：因袭、沿用。
⑩ [郁台焉] 三句：王郁在此建台，隐居垂钓，钓鱼台因此得名。
⑪ [元丁氏] 句：元代一位姓丁的人在此建亭。
⑫ [马文友亭焉] 数句：主人马文友在此处建亭，又在亭子里饮酒，醉而起舞，因此也就把它们称作饮山亭和婆娑亭了。　婆娑：起舞的样子。
⑬ 渚置一榭：小岛上有一座水榭。　渚：水中小岛。　榭：这里指建在水边的楼台，供人观赏水景。
⑭ 曲房人邃：描写室内格局曲折幽邃，主人深居简出，难得一见。
⑮ 水紫一方：水紫占据了这一带的空间。　水紫：一种水生植物，又称水紫萼。
⑯ 万历：明神宗朱翊钧的年号（1573—1620）。　李皇亲：万历皇帝外祖武清侯李家。　墅：别墅、别馆，是供休闲使用的园林住宅。

刘侗　于奕正

水尽头

作者长于写景，而写景又往往以细节取胜。这一篇中写鱼的那一句可真好："小鱼折折石缝间，闻跫音则伏，于苴于沙。"作者选择了"折折"一词，而且把它当动词来用，写小鱼沿石缝曲折而行的样子，既简洁又传神。又写游鱼一听见人的脚步声，就立刻隐伏起来，有的藏到浮草的下面，有的钻进了泥沙，真是惟妙惟肖，恰到好处。写出好的细节，需要有细致而敏锐的观察，也离不开文字表达的功夫，三言两语，神态毕现，而不流于冗长啰嗦。《海淀》篇写道："桥下金鲫，长者五尺，锦片片花影中，惊则火流，饵则霞起。"金鲫游在水面的花影中，如片片锦缎，受到惊吓则飞窜如流火（大火星）划过天际，聚在一起吞食鱼饵，又像一团彩霞从水中涌起。前面说过，这样的文字一经翻译，就不得不加上"如"和"像"这些字眼，把暗喻变成了明喻。而原文呢？"火流""霞起"，名词加动词，来得直截了当，就看你怎么读了。从来写鱼者多矣，但除了唐人柳宗元的《小石潭记》，如此鲜活灵动的文字还很少见到。而暗喻的妙用，就更胜一筹了。

《帝京景物略》中又有《汤泉》一篇，先写温泉蒸汽弥漫，汹然有声，如不可即，但"即之，静若鉴，投钱池中，翻翻若黄蝶，百折而下，至底，宛然钱也"。这也是细节描写外加妙喻的绝好例子。温泉从远观到近察，呈现出了完全不同的面貌。而接下来寥寥数语，又把铜钱在水中恍然化蝶，翩翩而下的过程，写得窈窕多姿，栩栩如生。铜钱一直落到水底才恢复了原形，而池水的清澈透明，也就不言而喻了。这样的文字，谁不喜欢？

文章的结尾甚佳：别的游客到了卧佛寺，以为无泉，扫兴而归。他们哪里知道，只要再走上一段山路，峰回路转，就另有一番胜境呢？这篇题作《水尽头》的游记，让我们想起王维《终南别业》的中间两联："兴来每独往，胜事空自知。行到水穷处，坐看云起时。"

值得一提的是，倒数第二段所写的那两块巨石至今仍在，只不过那一带不再叫"水尽头"了，而改称"水源头"，泉水也不如从前丰沛了。感兴趣的读者得空可以到那里走一走，看一看。当年的作者早已离我们远去，但他们留下的文字却依然新鲜如初。你与我周围这个熟悉的世界，也因为他们的文字而获得了新的生命，变得不同寻常起来。为此，我们该如何庆幸和感激呢！

观音石阁而西，皆溪，溪皆泉之委①；皆石，石皆壁之余②。其南岸皆竹，竹皆溪周而石倚之③。燕故难竹，至此林林亩亩④，竹丈始枝，笋丈犹箨，竹粉生于节，笋梢出于林，根鞭出于篱，孙大于母⑤。

　　过隆教寺而又西，闻泉声，泉流长而声短焉，下流平也。花者，渠泉而役乎花，竹者，渠泉而役乎竹，不

① 溪皆泉之委：大意是说，山泉往下流淌就变成了溪水，溪水是承续山泉而来的。　委：下游。
② 石皆壁之余：峭壁延伸到地面就成为溪边的石岸。　余：延续和剩余的部分。
③ 竹皆溪周而石倚之：竹子都是绕着溪水，倚石而生的。
④ [燕故难竹]二句：燕地从前不易生长竹子，但到此地却成林成亩。
⑤ [竹丈]六句：竹子长到一丈高才分枝，而新竹长到一丈高，笋壳还没有脱落。竹粉生于竹节，笋尖高出竹林，竹鞭长到篱笆外面去了，竹鞭末梢所生的小竹比生它的母根都粗壮。　笋：竹笋。　箨(tuò)：竹笋上一片一片的皮。　竹粉：指笋壳脱落时附着在竹节旁的白色粉末。

暇声也⑥。花竹未役，泉犹石泉矣。石罅乱流⑦，众声渐渐，人踏石过，水珠渐衣⑧。小鱼折折石缝间，闻跫音则伏，于苴于沙⑨。杂花水藻，山僧园叟，不能名之。草至不可族⑩。客乃斗以花，采采百步耳，互出，半不同者⑪。然春之花，尚不敌其秋之柿叶，叶紫紫，实丹丹，风日流美，晓树满星，夕野皆火⑫。香山曰杏，仰山曰梨，寿

⑥ [花者]五句：花要渠引泉水来浇灌，竹也要渠引泉水来浇灌，泉水于是忙于灌溉花竹的劳作，都无暇出声了。 役：劳役、劳作。
⑦ 石罅：石头之间的空隙。
⑧ 渐：沾湿。
⑨ 跫（qióng）：脚步声。 苴（chá）：浮草。
⑩ 不可族：这里指杂草丛生，以至于难以分类。
⑪ [客乃斗以花]四句：因为杂草不易分类，没法儿玩斗草的游戏，客人于是斗花以为乐。可是，一边走，一边采花，不出百步，出示所采之花互斗为戏，已半数相异，可见花的种类变得驳杂起来了。
⑫ 晓树满星，夕野皆火：描写树上的柿子如同晨星闪烁，傍晚的原野上柿子林又像火在燃烧。

安山曰柿也⑬。

　　西上圆通寺，望太和庵前，山中人指指水尽头儿，泉所源也。至则磊磊中，两石角如坎，泉盖从中出⑭。鸟树声壮，泉喈喈⑮，不可骤闻。坐久，始别⑯，曰：彼鸟声，彼树声，此泉声也。

　　又西上，广泉废寺，北半里，五华寺。然而游者瞻卧佛辄返，曰卧佛无泉。

---

⑬ [香山曰杏] 三句：说的是这几座山分别以盛产杏、梨和柿子而闻名。
⑭ [至则磊磊中] 三句：到了那里，只见众多石头堆积在一起，其中两石角力，形成坑穴，泉水大概就是从那里涌出来的。　盖：大概，表示推测。
⑮ 喈（jiē）：象声词，此处写泉水的声音听上去如同鸟鸣，难以分辨。
⑯ 别：辨别。

魏学洢

核舟记

魏学洢（约1596—约1625），字子敬，明末散文家。他终生不仕，甘于贫寒，然好学不倦，以辞赋文章著称，有《茅檐集》八卷传世。

核舟是在桃核上镂刻而成的一件微雕工艺品，作者在这篇《核舟记》中描写了它精美绝伦的工艺，并赞叹手工艺人王叔远的高超技巧。在方寸大小的桃核上雕刻苏轼赤壁泛舟的场景，这面临着两大挑战：一是小中见大，二是化静为动。而这两点，王叔远都做到了。不仅如此，他还通过人物的动作、姿态和表情来造成声音的联想。例如坐在船尾的那一位，那么平静专注，正凝视着炉上的茶壶，似乎在听壶水是不是煮沸了。而在微型的桃核上刻写文字，也堪称一绝。要是不用放大镜，恐怕连读都读不下来，哪里还谈得上刻字呢？

民间的极致工艺，往往被文人视为"淫工巧技"，坏人心术，而文人深于此道者，也不免有"玩物丧志"之讥。可是到了晚明时期，他们对民间的工艺和技术变得越来越有兴趣，而且也用不着任何掩饰或借口了。不见经传的民间工艺由此升堂入室，并通过他们的记载和描述而为我们今天的读者所了解。

有趣的是，这篇文章自身也如同它所描写的工艺品那样，精思巧构，刻划入微，令人叹为观止。

明有奇巧人曰王叔远,能以径寸之木为宫室、器皿、人物,以至鸟兽、木石,罔不因势象形,各具情态①。尝贻余核舟一,盖大苏泛赤壁云②。

舟首尾长约八分有奇,高可二黍许③。中轩敞者为舱,箬篷覆之④。旁开小窗,左右各四,共八扇。启窗而观,雕栏相望焉。闭之,则右刻"山高月小,水落石出",左刻"清风徐来,水波不兴"。石青糁之⑤。

---

① [罔(wǎng)不]二句:无不就着木头本身的形状,雕刻出不同的形象,并且各有各的神态。 罔不:无不。 因:顺着。
② 大苏:即苏轼。
③ [舟首尾]二句:核舟从头到尾大约八分多长,约有两个黄米粒那么高。 有奇(yòujī):多一点儿。 黍(shǔ):即黄米。这里表示长度,古人将百粒黍排列起来为一尺,一黍就是一分。 许:左右。
④ 中轩敞者为舱:中间敞开而高起的部分是船舱。 箬篷:竹制的顶篷。
⑤ 石青:石青色的矿物质颜料。 糁(sǎn):粘、涂抹。

船头坐三人，中峨冠而多髯者为东坡，佛印居右，鲁直居左⑥。苏、黄共阅一手卷。东坡右手执卷端，左手抚鲁直背。鲁直左手执卷末，右手指卷，如有所语。东坡现右足，鲁直现左足，各微侧，其两膝相比者，各隐卷底衣褶中⑦。佛印绝类弥勒，袒胸露乳，矫首昂视，神情与苏、黄不属⑧。卧右膝，诎右臂支船⑨，而竖其左膝，左臂挂念珠倚之，珠可历历数也⑩。

⑥ 峨冠：高冠。　髯：胡须。　东坡：即苏轼。　佛印：即佛印禅师。鲁直：是黄庭坚的字。
⑦ [其两膝相比者] 二句：他们两人膝盖相接之处，都各自隐藏于手卷下面的衣褶中。　比：靠近。
⑧ 不属：不像、不同。
⑨ 诎（qū）右臂支船：佛印禅师右臂弯曲，支在船上。　诎：通"屈"，即弯曲。
⑩ [而竖其左膝] 三句：佛印竖起左膝，挂着念珠的左臂倚在左膝上，念珠清晰可数。　念珠：佛教徒用以念诵计数的随身法具，分持珠、佩珠和挂珠三种类型。

舟尾横卧一楫。楫左右舟子各一人⑪：居右者椎髻仰面⑫，左手倚一衡木，右手攀右趾，若啸呼状；居左者右手执蒲葵扇，左手抚炉，炉上有壶，其人视端容寂，若听茶声然⑬。

其船背稍夷⑭，则题名其上，文曰"天启壬戌秋日⑮，虞山王毅叔远甫刻"，细若蚊足，钩画了了⑯，其色墨。又用篆章一，文曰"初平山人"，其色丹。

通计一舟，为人五；为窗八；为箬篷、为楫、为炉、为

---

⑪ 舟子：船夫、划船的人。
⑫ 椎髻：将头发结成椎形的髻。
⑬ ［其人］二句：那人凝视着茶炉上的水壶，神色宁静，好像在听壶水烧开了没有。　视端：凝神注视。　容寂：容貌安静。
⑭ 夷：平。
⑮ 天启：明熹宗朱由校的年号（1621—1627）。
⑯ 了了：清晰可辨的样子。

壶、为手卷、为念珠,各一;对联题名并篆文,为字共三十有四;而计其长,曾不盈寸⑰。盖简桃核修狭者为之⑱。

魏子详瞩既毕⑲,诧曰:"嘻!技亦灵怪矣哉!《庄》《列》所载,称惊犹鬼神者良多,然谁有游削于不寸之质,而须麋瞭然者⑳?假有人焉,举我言以复于我,亦必疑其诞,乃今亲睹之㉑。繇斯以观,棘刺之端,未必不可为母猴也㉒。嘻!技亦灵怪矣哉!"

---

⑰ 曾(zēng)不盈寸:几乎不满一寸。 曾:尚、还。
⑱ 简:选择。 修狭:细长。
⑲ [魏子]句:我仔细观察之后。 魏子:作者自指。
⑳ [《庄》《列》]四句:根据《庄子》《列子》的记载,令人惊称为鬼斧神工者也颇有不少,然而又有谁能在不到一寸的材料上游刃有余,连极小的细节也刻得一目了然呢? 须麋(mí):同"须眉"。
㉑ [假有人焉]四句:假如有人在这里,用我刚才说过的话来回复我,我必定怀疑他在骗我,可是我今天竟然亲眼看到了!
㉒ [繇斯以观]三句:由此看来,在荆棘的末端尖刺上,未必不可以刻一个母猴啊。 繇:同"由",明代避皇帝讳"由"字,故以"繇"代之。 棘刺之端,未必不可为母猴也:出自传说,称宋人有一种技能,能在棘刺尖上刻出一只母猴的形象。

钟惺

与陈眉公

钟惺（1574—1625），字伯敬，号退谷，是竟陵派的代表人物。以钟惺、谭元春为代表的竟陵派继公安派之后而崛起于明代诗坛，他们重"真诗"，重"性灵"，倡导学习古人的精神，反对模仿古人的词句，在风格上追求新变，卓尔不群。

此篇是钟惺写给友人陈眉公的信。陈眉公即陈继儒（1558—1639），字仲醇，号眉公。他工诗善文，长于书画，是晚明文坛上的名人。钟惺在给他的信中，谈论人之相与的缘分与默契，只"朋友相见，极是难事"一句，便胜似千言万语。大千世界，人海茫茫，我们因此常常说：不期而遇。而谈到生活中值得回味的美好经历，我们又会说：可遇而不可求。这也正是为什么作者一上来就感慨"相见甚有奇缘"了。

在钟惺看来，朋友相见的最佳境界是"有益"。只要有益，就不必有"相见恨晚"的遗憾了。当然，这里的"有益"是有助于个人的修养，包括启迪心智和增长见识。因此，与"开卷有益"同义，而与利益无关。

这封信从一句老生常谈说起,却出人预料地翻出了新意,短短的几句话,道出了友情的难得与可贵。这正是作者的经验之谈,是他人生阅历的结晶。

相见甚有奇缘,似恨其晚。然使前十年相见,恐识力各有未坚透处,心目不能如是之相发也①。朋友相见,极是难事。鄙意又以为不患不相见,患相见之无益耳②。有益矣,岂犹恨其晚哉!

---

① [然使] 三句:然而假设十年前相识,恐怕双方的识别事物的见解都不够成熟通透,不能像现在这样启发彼此的心智和见识。 坚透:见识坚定、透彻。
② [鄙意] 二句:我个人认为,不要担心不能相见,而是要担心彼此相见却无所裨益。 鄙:自谦之词。

董其昌

跋米芾《蜀素帖》[1]（之二）

董其昌（1555—1636），字玄宰，号思白，明代著名的画家和书法家。

《蜀素帖》是北宋书法家米芾（1051—1107）的一件行书作品，也是他的代表作之一，所书内容为自作各体诗共八首。该卷现藏于台北故宫博物院。

题跋指写在书籍、碑帖、字画上的题识之语，也指单独撰写的关于书画文物的品题和识语。通常写在前面的为题，写在后面的为跋，或统称题跋。题跋的内容多为品评、鉴赏、考订、记事之类，往往涉及题跋者观赏与收藏书籍器物、书画作品的缘起和经过。题跋的体裁多样，包括散文、诗、词等。我们欣赏古人的书法、绘画和其他艺术收藏品，很重要的一条就是要学会读题跋。

董其昌从吴廷手中换得《蜀素帖》之后，写下了这篇跋语以记其事。关于米芾的《蜀素帖》，他之前写

---

[1]《蜀素帖》：这件作品是写在蜀素上的，故此得名。蜀素是北宋时期四川出产的一种丝绸织品，质地滞涩，书写不易，因此须全力以赴，才能做到笔力遒劲。

过跋语,这是第二则。在此跋语中,董其昌盛赞《蜀素帖》的成就,还引用了另一位收藏家的话来证明它的价值。作为一位大书法家,董其昌向来喜爱并珍惜《蜀素帖》。他从前只得到过一个摹本,便刻拓成帖,收在了他编辑的《鸿堂帖》中。这一次获得真迹,终于如愿以偿了。写到这里,他又一次借他人之口来说话:米芾的杰作落到董其昌的手里,可以算是得其所归了。

《跋米芾〈蜀素帖〉》不过百余字,却把《蜀素帖》的来历和转手的情况交代得一清二楚,而董其昌的喜悦、欣慰之情,也溢于言表。

米元章此卷如狮子捉象，以全力赴之，当为生平合作①。余先得摹本，刻之《鸿堂帖》②。甲辰五月③，新都吴太学携真迹至西湖，遂以诸名迹易之④。时徐茂吴方诣吴观

① [米元章此卷如狮子捉象] 三句：观米芾此卷，如同是狮子搏取大象，全力以赴，应该说是他一生的杰作。　米元章：即米芾，元章是他的字。　狮子捉象：通常作"狮子搏象"。　合作：指合于法度的书画和诗文作品。
② [余先得摹本] 二句：我从前得到了一件摹本，刻拓成帖，收入《鸿堂帖》。　《鸿堂帖》：又称《戏鸿堂帖》或《戏鸿堂法帖》，是董其昌编辑的一部晋、唐、宋、元名家书法的丛帖。书名出自南朝梁袁昂对钟繇书法的评论："若飞鸿戏海，舞鹤游天"。
③ 甲辰：此指万历三十二年，即1604年。
④ [新都吴太学] 二句：新都人吴廷携带米芾《蜀素帖》的真迹来到西湖，我于是拿了几位名家的手迹来换取它。　吴太学，即吴廷，著名的书画鉴赏家，也是董其昌的好友。　太学：指他曾为太学生。　易：交换。

书画,知余得此卷,叹曰:"已探骊龙珠,余皆长物矣。吴太学书画船为之减色⑤。"然复自宽曰:"米家书得所归⑥。"太学名廷,尚有右军《官奴帖》真本⑦。董其昌题。

⑤ [时徐茂吴]数句:当时徐茂吴正在拜访吴廷并观赏他的藏品,听说我得到了《蜀素帖》,感叹道:"他已经探得骊龙珠了,其他都是多余之物。吴廷的书画船为之减色。" 徐茂吴:名桂,1577年进士,罢官后隐居杭州,以著述和收藏为乐。 骊龙珠:指宝珠,后来也用来比喻珍贵的人或物。典出《庄子·列御寇》:"夫千金之珠,必在九重之渊而骊龙颔下。" 长(cháng)物:剩余之物。 书画船:宋、明时期的文人喜欢自置舟船,在旅行和闲游中作书绘画和鉴赏藏品。
⑥ [然复自宽曰]句:然而又自我宽慰说:"米芾的书法终于有了恰当的归宿。" 宽:宽慰。 得所归:即"得其所归"或"适得其所",意思是回到了它所属的和应该去的地方。
⑦ [太学名廷]二句:吴太学名廷,他还收藏了王羲之《官奴帖》的真正传本。 右军:即王右军,东晋著名书法家王羲之。

张岱

金山夜戏

张岱（1597—1689），字宗子，后改字为石公，号陶庵。张岱出身仕宦之家，早年生活奢华。明亡后，他隐居四明山，坚守不出，潜心著书。

金山，在今江苏镇江，有金山寺、慈寿塔等古迹。1629年的中秋刚过，张岱一行来到镇江，见月色中江景绝美，便起兴在金山寺唱了一场夜戏。这种即兴的举动，颇有一些魏晋遗风，也不乏恶作剧的成分。而最令张岱莞尔的是，熟睡中的僧人忽然听到锣鼓喧嚣，又见灯火盛张，一时目瞪口呆，从梦中醒来却又如坠梦幻，还不敢细问。直到表演结束，目送张岱一行走远了，也没闹清他们到底是人、是怪、是鬼。

在这里读到的几篇文章中，张岱追忆了他早年在杭州一带的惬意生活和当地的风景名胜。因写于明亡之后，往事已不堪回首，就连西湖他也不忍旧地重游了。他所熟知、所心爱的西湖早就不复存在，或名存而实亡，只能从梦中去寻找一些零碎的片段，勉强连缀成篇。张岱把这些忆旧的文字汇集成书，书名就叫作《西湖梦寻》和《陶庵梦忆》。

崇祯二年中秋后一日，余道镇江往兖①。日晡，至北固，舣舟江口②。月光倒囊入水，江涛吞吐，露气吸之，噀天为白③。余大惊喜。移舟过金山寺，已二鼓矣④。经龙王堂，入大殿，皆漆静。林下漏月光，疏疏如残雪。余呼小傒携戏具，盛张灯火大殿中，唱韩蕲王金山及长江大战诸剧⑤。锣鼓喧阗⑥，一寺人皆起看。有老僧以手背搽

① 余道镇江往兖（Yǎn）：我取道镇江，前往兖州。兖州治所在今山东兖州市。
② [日晡（bū）]三句：接近日落时分，到达北固山，把船停在了江口。 晡：下午三点到五点。 北固：北固山，地处镇江东北，三面临江，形势险要。 舣舟：停船靠岸。
③ [月光]四句：月光如从囊中倾泻到江水中，为江面的波涛所吞吐，又被露气所吸收，然后喷射出来，把天空染成了白色。 噀（xùn）：喷。
④ 二鼓：夜里九点至十一点，古寺夜间击鼓报更，二鼓就是二更。
⑤ 小傒（xī）：年幼的仆人。 韩蕲王金山及长江大战诸剧：南宋著名将领韩世忠曾于建炎四年（1130年）在镇江金山附近的长江江面上击溃了金兀术率领的金兵，后世因此以金山寺为背景创作了以抗金为题材的戏曲作品。 韩蕲王：即韩世忠，死后追封蕲王。
⑥ 喧阗（tián）：喧哗、嘈杂。

眼翳,翕然张口⑦,呵欠与笑嚏俱至。徐定睛⑧,视为何许人,以何事何时至,皆不敢问。剧完将曙,解缆过江。山僧至山脚,目送久之,不知是人、是怪、是鬼。

---

⑦ 搋(sà):揉。 眼翳(yì):这里形容睡眼蒙眬。 翕(xī)然:突然。
⑧ 徐:慢慢地。

张岱

湖心亭看雪

湖心亭,又名湖心寺、清喜阁,建在杭州西湖的一个湖心岛上。西湖大雪,洁白空阔,人迹稀少。作者寥寥几笔,就把西湖雪景给勾勒出来了。赏雪景已是一大乐事,巧遇同赏的"知己",更是大惊喜。

张岱写湖上雪景数句:"雾凇沆砀,天与云、与山、与水,上下皆白。湖上影子,惟长堤一痕,湖心亭一点,与余舟一芥,舟中人两三粒而已。"可以说深得水墨画构图用笔的韵致,就如同是面对一幅绝妙的雪景图:空白的画面上,一痕一点,外加一叶小舟和两三粒舟中之人,点线分明,清空灵动,而又意趣全出。

光是画面还不够,篇末又通过舟子——为张岱划船的仆人——之口,写出了旁人的不解:天寒地冻,不在家里好好取暖,却偏要去湖上赏雪!所以,他抱怨主人和湖心亭上的游客太"痴"。在他这个普通人的眼里,这些人都多少有些疯疯癫癫的不着调儿。不过,这只说明他是局外人罢了。当时的风雅之士,往往因为痴迷一件事情或一样东西,而显得有些不近情理。他们或像张岱这样痴情于山水,有林泉之癖;或因酷爱品茶和收藏奇石，而有茶癖、石癖之称。用张岱自己的话说："人无癖不可与交，以其无深情也。"高人雅士，怎能不痴，又岂可无癖？没有癖好的人是不值得交往的，因为这意味着他们缺少深情，对人对事都做不到全身心的投入。此中的奥妙，不足为外人道，那位舟子又怎么能懂呢？而既然都同样痴迷于山水，湖心亭上的游客也就是作者心目中的"吾辈"了。在下一篇《西湖七月半》中，我们还会碰上他惺惺相惜并引以为傲的"吾辈"。在"吾辈"与他人之间，张岱划了一条不可逾越的界限。

有趣的是，这篇文章的开头并没有提到这位舟子。张岱只是说自己如何驾一叶扁舟，"独往湖心亭看雪"。这是何等漂亮的姿态，更何况他还身着细毛皮衣，怀拥小火炉呢？直到从湖心亭返回下船，张岱才忽然想起了舟子。其实他一直都在，前面写"舟中人两三粒"，已经有所暗示了，只不过没有点明是谁而已。实际上，没有他这样的下人撑船打杂，张岱及其"吾辈"恐怕哪儿也去不成，更谈不上大夜里冒雪去湖上游玩了。张岱在结尾处引用舟子的话，是为了显示"吾辈"与众不同，而前面写自己亲自划船，"独往湖心亭看雪"，就不方便提他了。这样的雅事他不感兴趣，也与他无关。我们读到这些地方，不可轻易就被作者的文字给瞒过了，还要学会读出被他掩去的某些真相。一位训练有素的读者，应该有这样一种批评的眼光，哪怕读的是我们熟悉或喜爱的作品。

崇祯五年十二月，余住西湖。大雪三日，湖中人鸟声俱绝。

是日更定矣，余拏一小舟，拥毳衣炉火，独往湖心亭看雪①。雾凇沆砀②，天与云、与山、与水，上下一白。湖上影子，惟长堤一痕，湖心亭一点，与余舟一芥③，舟中人两三粒而已。

---

① [是日] 四句：这一日初更的更声刚过（晚上八点左右），我撑上一只小船，穿着毛皮衣，携带小火炉，独自前往湖心亭看雪。 古时一夜分为五更，一更约两个小时。初更的更声刚定，即晚上八时许。 拏（ráo）：通"桡"，即船桨，此处用作动词，指用桨划船。毳（cuì）衣：用鸟兽的细毛制成的皮衣。
② 雾凇（sōng）：水气凝成的冰花。 沆砀（hàngdàng）：白雾迷蒙的样子。
③ 芥（jiè）：草芥，喻轻微纤细之物。此处用作量词，暗示小船如草叶漂浮水面。

到亭上，有两人铺毡对坐，一童子烧酒，炉正沸。见余大喜，曰："湖中焉得更有此人④！"拉余同饮，余强饮三大白而别⑤。问其姓氏，是金陵人，客此⑥。

及下船，舟子喃喃曰："莫说相公痴，更有痴似相公者⑦。"

④ 湖中焉得更有此人：想不到湖中竟然还有这样的人！
⑤ [拉余同饮]二句：他们拉着我一同饮酒。我尽力喝了三大杯酒，然后与他们辞别。 大白：大酒杯。
⑥ 客此：在此地客居。
⑦ 相公：对年轻士人的尊称，此指作者。

张岱

西湖七月半

一篇写西湖七月半看月的文章，头一句却说："西湖七月半，一无可看。"一下子就把我们的好奇心给勾起来了。接着说"止可看看七月半之人"，我们才恍然大悟，原来西湖的七月十五之夜人挤人，根本就看不到什么月亮。这固然不错，可张岱后来又冷冷地补了一句：杭人游湖，早上九至十一点就迫不及待地从城里出发了，一到晚上，还等不到月好人静，也就不过五至七点钟的样子吧，又急着赶回家睡觉去了——他们总是这样一副来去匆匆的样子，唯恐迟到，却也绝不久留。他们早出早归，用张岱的话说，就仿佛是"避月如仇"了。作者真是妙语连珠啊，不服不行。这些人与其说是为了看月，不如说是好名。说起赏月，那是何等高雅之事，岂有错过之理？当然，他们更多的是为了凑热闹，看看月之人，或者为了让大家看自己，不想失去一次展示和炫耀的机会。

张岱不是小说家，可他写西湖游览人看人的本领，后来被吴敬梓学了去，写进了《儒林外史》的马二游西湖那一段，不信可以拿来比比看。不同之处只是吴敬梓没写七月半,也没写月夜。可是以西湖平日之热闹,"士女游人,络绎不绝",又何必非要等到七月十五之夜呢?

到了篇末,张岱才写到了西湖之月。那时夜深月朗,万籁俱寂。在"吾辈"出现之前,西湖先自"清场"——那些无心在西湖赏月,也不配在西湖赏月的人,都早已自行归家,销声匿迹了。偌大的一片西湖,最终就属于"吾辈"所有了!于是,"吾辈"泛舟于西湖之上,酣睡于十里荷花之中,在惬意的清梦里度过了七月十五之夜。

西湖七月半，一无可看，止可看看七月半之人。

看七月半之人，以五类看之。其一，楼船箫鼓，峨冠盛筵，灯火优傒，声光相乱①，名为看月而实不见月者，看之；其一，亦船亦楼，名娃闺秀，携及童娈，笑啼杂之，环坐露台，左右盼望，身在月下而实不看月者，看之；其一，亦船亦声歌，名妓闲僧，浅斟低唱，弱管轻丝，竹肉相发②，亦在月下，亦看月，而欲人看其看月者，看之；其

① [楼船] 四句：坐在豪华的楼船上，吹箫击鼓，戴着高冠，摆开盛筵，灯火明亮，优伶、仆从相随，乐声与灯光错杂。 优：歌姬。
② [弱管] 二句：箫笛、琴瑟之乐轻柔细缓，箫笛声伴着歌唱声。 竹：竹管。 肉：人声、歌声。

一,不舟不车,不衫不帻③,酒醉饭饱,呼群三五,跻入人丛,昭庆、断桥,嚣呼嘈杂④,装假醉,唱无腔曲,月亦看,看月者亦看,不看月者亦看,而实无一看者⑤,看之;其一,小船轻幌,净几暖炉,茶铛旋煮,素瓷静递,好友佳人,邀月同坐,或匿影树下,或逃嚣里湖⑥,看月而人不见其看月之态,亦不作意看月者⑦,看之。

杭人游湖,巳出酉归⑧,避月如仇,是夕好名,逐队

---

③ 帻(zé):古人使用的一种束发头巾。
④ 跻(jī):挤入、置身于。 嚣(jiào)呼嘈杂:大呼小叫声音杂乱。嚣:同"叫"。
⑤ [月亦看]四句:他们是月也看,看月的人也看,不看月的人也看,而实际上什么也没有看见的人。
⑥ [小船轻幌]八句:乘着小船,船上挂着轻薄的窗幔,茶几洁净,茶炉温热,茶铛(chēng)很快就把水烧开了,素色瓷碗在人们手里轻轻传递,约了好友美女,邀请月亮与他们同坐,有的隐藏在树荫之下,有的去里湖逃避喧闹。 铛:温茶、酒的器具。 旋:很快、当即。
⑦ 作意:刻意、有意。
⑧ [巳出酉归]句:早上九点到十一点出发,晚上五点到七点回家。

争出，多犒门军酒钱，轿夫擎燎，列俟岸上^⑨。一入舟，速舟子急放断桥，赶入胜会^⑩。以故二鼓以前，人声鼓吹，如沸如撼，如魇如呓，如聋如哑，大船小船，一齐凑岸，一无所见，止见篙击篙，舟触舟，肩摩肩，面看面而已。少刻兴尽，官府席散，皂隶喝道去^⑪。轿夫叫船上人，怖以关门^⑫。灯笼火把如列星，一一簇拥而去。岸上人亦逐队赶门，渐稀渐薄，顷刻散尽矣。

⑨ [逐队争出] 四句：他们成群结队，争先恐后地出城，为此不惜赏赐看守城门的卫兵很多酒钱。轿夫手里举着火把，排列在岸上等候。犒：即犒劳，意即酬赏、慰劳。 擎燎：手举火把照明。

⑩ [一入舟] 三句：一上船，他们就催促船家急往断桥驶去，好赶上那里举行的盛会。 速：此处作动词用，指催促。 放：即"放舟"，行船、开船。 胜会：指盛大的集会活动，这里特指每年七月十五举行的盂兰盆节的民间信仰活动。盂兰盆节又称鬼节，缘起于佛教超度亡灵的仪式。七月十五也是道教的中元节，相传为地官赦罪之日，用以祭祀所有亡灵。

⑪ 喝道：官员出行时，衙役在前面喝令行人让道。

⑫ 怖以关门：警告他们城门就要关上了。古时的城市，夜里关闭城门。此处写轿夫急着回家，催船上的游人及早上岸，恐吓说城门快要关了。

吾辈始舣舟近岸。断桥石磴始凉,席其上[13],呼客纵饮。此时,月如镜新磨,山复整妆,湖复靧面[14]。向之浅斟低唱者出,匿影树下者亦出,吾辈往通声气,拉与同坐。韵友来,名妓至,杯箸安,竹肉发[15]。月色苍凉,东方将白,客方散去。吾辈纵舟,酣睡于十里荷花之中,香气拘人,清梦甚惬[16]。

---

[13] 席其上:把席子铺在石磴上。
[14] 湖复靧面:湖面就像是重新拂洗过的面庞那样,清新可喜。
[15] [吾辈]六句:我们过去和他们打招呼,拉来同坐。风雅的朋友来了,名妓也来了,杯筷安置,歌乐齐发。
[16] 香气拘人:写花香无所不在,让人难以逃脱。 拘人:一作"拍人",形容荷花的阵阵香气像湖水一样拍人入眠。 惬:惬意、适意。

夏完淳

狱中上母书

夏完淳（1631—1647），字存古，能文善诗，自幼才智过人，有神童之誉。明亡时，他随父夏允彝参加抗清活动，兵败被捕后，不屈而死，年仅十七岁。

此篇是夏完淳被捕后，在狱中写给嫡母和生母的信，也是他的绝笔书。作者在信中回述了清兵入关所造成的国破家亡的惨痛经历，表达了自己壮志未酬身先死的遗憾，同时也写出了作为儿子却不能尽孝于母亲的负疚感。从大的方面来看，《狱中上母书》可以和文天祥的《正气歌》放在一起来读。不过，由于是散文书信体，又是写给母亲读的，它的内容和语气与《正气歌》都有所不同。作为独子，夏完淳的身上承负了整个家族的期待，可一旦面临大节的抉择，他还是义无反顾，视死如归。然而内心的冲突、抉择的艰难，也已历历在目，而又令人目不忍睹。死生大矣，岂不痛哉！读这样的文字，让我们经历了一次灵魂的震撼。

不孝完淳①，今日死矣。以身殉父，不得以身报母矣。痛自严君见背，两易春秋，冤酷日深，艰辛历尽②。本图复见天日，以报大仇，恤死荣生，告成黄土③。奈天不佑我，钟虐先朝，一旅才兴，便成齑粉④。去年之举，淳已自分必死⑤。谁知不死，死于今日也！斤斤延此二年之命，菽水之养，无一日焉。致慈君托迹于空门，生母寄生于别姓⑥。一门漂泊，生不得相依，死不得相问。淳今日又

---

① 不孝：儿女在父母面前的自称。
② [痛自严君见背]四句：令我悲痛的是，自从父亲过世，已经两个年头了，蒙受的冤屈和惨痛，日益严酷，艰辛备尝。　严君：对父亲的尊称。旧时的说法是父严母慈，故称父为"严父"。　见背：指父母和长辈过世。　易：变更、替代。
③ [本图]四句：本来希望重见天日，以报大仇，使死者得到抚恤，生者获得荣光，在祖先的坟墓前祭祀时，可以报告成功的消息。　图：图谋、希望。　复见天日：指光复明朝。　黄土：代指坟墓。
④ 钟：聚集。　虐：灾祸。　旅：古时的兵制，五百人为一旅。　齑（jī）粉：粉末，这里比喻被击溃。
⑤ 去年之举：指1646年举兵抗清失败之事。　自分：自己估摸、料想。
⑥ [斤斤延此二年之命]五句：不过延续了两年的生命罢了，却没有一天能够服侍母亲，以致嫡母托身于佛门，生母则寄生于别家。　斤斤：此处形容不值得计较的、微不足道的数量。　菽水之养：指贫寒之家儿女对父母的供养。语出《礼记·檀弓下》"啜菽饮水尽其欢，斯之谓孝"。菽，豆。　慈君：指作者的嫡母盛氏。　空门：佛门，此处指佛寺。　生母：即陆氏，夏允彝的妾。

溘然先从九京,不孝之罪,上通于天[7]!

　　呜呼!双慈在堂,下有妹女,门祚衰薄,终鲜兄弟[8]。淳一死不足惜,哀哀八口,何以为生?虽然,已矣!淳之身,父之所遗[9];淳之身,君之所用。为父为君,死亦何负于双慈!但慈君推干就湿,教礼习诗,十五年如一日[10]。嫡母慈惠,千古所难,大恩未酬,令人痛绝。慈君托之义融女兄,生母托之昭南女弟[11]。

---

[7] [淳今日]三句:我今日又骤然先赴地府,不孝之罪,连上天都已知晓了。 溘(kè)然:突然、急促。 九京:或称"九原",原指古代晋国贵族的墓地,后泛指墓地。

[8] [双慈在堂]四句:自己的嫡母和生母都还健在,下有妹妹和女儿,然而家运不济,无兄无弟。 门祚:家运、家道。 终鲜(xiǎn)兄弟:出自《诗经·扬之水》"终鲜兄弟,维予二人"。 鲜:指少、无。

[9] 遗(wèi):给予。

[10] [但慈君]三句:只是嫡母对我爱护备至,教导我学礼习诗,十五年来从未改变。 推干就湿:把床上的干处让给孩子,自己睡在湿处,写母亲养育儿女的无私之爱。

[11] [慈君]二句:我把嫡母托付给义融姊,把生母托付给昭南妹。义融是作者的姐姐夏淑吉的号,昭南是妹妹夏惠吉的号。

淳死之后，新妇遗腹得雄⑫，便以为家门之幸；如其不然，万勿置后⑬。会稽大望，至今而零极矣⑭！节义文章，如我父子者几人哉⑮？立一不肖后，如西铭先生，为人所诟笑，何如不立之为愈耶⑯！呜呼！大造茫茫，总归无后⑰。有一日中兴再造，则庙食千秋，岂止麦饭豚蹄不为馁鬼而已哉！若有妄言立后者，淳且与先文忠在冥冥

⑫ 新妇：此处指作者的妻子。　遗腹得雄：指作者死后得子。　雄：男孩。
⑬ 置后：指立嗣，抱养别人家的男孩儿为后嗣。
⑭ 会稽大望：浙江会稽的名门望族，即会稽夏氏。据说夏禹曾会诸侯于会稽，会稽夏氏因此得名。　零极：零落到了极致。
⑮〔节义文章〕二句：名节大义和文章著述俱佳如我们父子二人者，能有几人呢？
⑯〔立一不肖后〕四句：像西铭先生那样立了一个不肖的后嗣，为别人所诟骂讥笑，还不如不立为好！　西铭先生：张溥，别号西铭，明末文学家，死于崇祯十四年（1641年），无后，次年由钱谦益等代为立嗣，名永锡。明亡之后，钱谦益降清，时论认为由他主持立嗣一事有损于张溥的名节。　愈：更好。
⑰〔大造〕二句：此处可以有两种不同的解释。一说是天地茫茫，永无尽期，但家族却不可能绵延不绝。另一说是，天意遥远不明，晦昧难测。如果明亡是天意，那么，即便我有了子嗣，也终归难以幸存。大造：造化。

狱中上母书　319

诛殛顽嚚，决不肯舍⑱！

兵戈天地，淳死后，乱且未有定期。双慈善保玉体，无以淳为念。二十年后，淳且与先文忠为北塞之举矣⑲。勿悲，勿悲。相托之言，慎勿相负！

武功甥将来大器，家事尽以委之⑳。寒食盂兰，一杯清酒，一盏寒灯，不至作若敖之鬼，则吾愿毕矣㉑！新妇

---

⑱ [有一日中兴再造]数句：如果有那么一天，明朝光复了，那么，我纵然无后，也将在祠庙中千秋万世地受人祭祀，何止像普通人那样享用平常的祭品，幸免于做饿鬼而已呢？如果有人妄言另立后嗣，我将与父亲在阴间诛杀这愚蠢妄言之人，而绝不会饶恕他的。　文忠：夏允彝在兵败之后，投水自尽，南明鲁王诏赐文忠公的谥号。诛殛(jí)：诛杀。　顽嚚(yín)：愚顽妄言之人。

⑲ [二十年后]二句：二十年后转世为人，我仍要与父亲在北边关塞起兵反清。　二十年后：指死后转世为人。

⑳ [武功甥]二句：外甥武功将来可以成大器，家事可以全部交给他来处置。武功甥：指夏完淳的姐姐夏淑吉的儿子侯檠（qíng），字武功。　委：委托、交付。

㉑ [寒食]五句：清明节和盂兰盆会时，给我祭上一杯酒、一盏灯，那我就不至于做一个没有后嗣祭祀的饿鬼了。我的愿望不过如此。　寒食：这里指清明节。盂兰：指农历七月十五日的盂兰盆会。若敖：春秋时期楚国的公族。这里的"若敖之鬼"指没有子嗣祭祀的饿鬼。　毕：完毕。

结缡二年,贤孝素著㉒。武功甥好为我善待之,亦武功渭阳情也㉓。语无伦次,将死言善㉔,痛哉,痛哉!

人生孰无死?贵得死所耳㉕。父得为忠臣,子得为孝子,含笑归太虚,了我分内事。大道本无生,视身若敝屣㉖,但为气所激,缘悟天人理。恶梦十七年,报仇在来世。神游天地间,可以无愧矣!

㉒ 结缡(lí):成婚。 缡:指古时女子出嫁时所系的佩巾。 贤孝素著:妻子的贤惠和孝顺向来闻名。
㉓ 渭阳情:指甥舅之情。《诗经》的《渭阳》篇曰:"我送舅氏,曰至渭阳。"
㉔ 将死言善:出自《论语·泰伯》:"人之将死,其言也善。"
㉕ 贵得死所耳:重要的是死得其所,即死得有价值、有意义。 所:此指合适的地方和场合。
㉖ [大道本无生]二句:依照佛教的"无生"观,宇宙万物的实体无生无灭,因此,生死无二。死时脱身而去,如同脱掉穿破的鞋子。

金圣叹

释孟子四章（第一章）

金圣叹（1608—1661），名采，字若采；又名人瑞，字圣叹。金圣叹愤世嫉俗，一生坎坷，但他生有异禀，才华横溢，又性喜批书，著述甚丰。他批点的《水浒传》《西厢记》及其他著述，三百多年来风行不衰。在读者眼里，他的评点文字是"灵心妙舌，开后人无限眼界、无限文心"。

古人读书，好为评注，所读文本也多为评注本。这一点，我们今天的读者务必记在心上，因为评注对当时读者的影响，实在是太大了。评注的形式繁多，称谓不一：有的偏重在注释字义，有的着意于串讲章句，而讲评文章的内容结构与艺术风格，自然也是评注的一部分，在历史上源远流长。这里只举金圣叹的《释孟子四章》的第一章为例，来看一看前人的评本是什么样子，也借此了解他们是怎样读书、读文章的。这里的大字部分是《孟子》的正文，而正文的前后，以及正文的字句之间的小字部分，都是金圣叹所作的评释。

孟子说："我善养吾浩然之气。"他的文章因此也以气势取胜,在语气修辞上,颇能见出起承转合、抑扬顿挫之妙。金圣叹设身处地,细心揣摩《孟子》的立意行文,往往能知微见著,在作者似不经意处,别有一番体会。我们只要看他如何讲解开头的那两个"亦"字,就可知一二了。可见读古文光是讲词义字义是远远不够的,还得懂修辞,而金圣叹就最讲修辞。

  值得一提的是,金圣叹的评释不仅提示了阅读的门径,还让我们感受到了阅读所带来的智性的快乐。这是一个难得的收获。细心的读者或许已经注意到了,他的文字还融入了口语的成分,读起来有如对面交谈,也拉近了我们与文本的距离。同样都是讲解儒家经典,他的《释孟子四章》跟那些一本正经、老生常谈的高头讲章相比,可真是太不一样了。读过之后,我们才知道,经典原来还可以这样读!

大凡一部书初开卷，必有压面第一章，如织锦人，先呈花样；如拳棒人，先吐门户。今此则正《孟子》一部七篇二百六十一章之压面第一章也。一部七篇，纯说仁义。纯说仁义可以致于王道。故此章见梁王，劈面大声，便叫"仁义"，便见生平一肚皮真才实学，更无第二人可以搏行夺市①，便见以下作书七篇，只是这个花样，只是这个门户。

孟子见梁惠王。不是梁王要见孟子，是孟子自见梁王，正是一肚皮仁义可以致于王道，连夜要发挥出来，全不顾他抱玉自荐之嫌。**王曰："叟！**不是尊敬孟子之词，亦不是奚落孟子之词，乃是反借梁王口中，写出一肚皮仁义之人此时已是晚年。**不远千里而来，亦将有以利吾国乎②？"孟子对曰："王！**王开口先呼"叟"，孟子便开口亦先呼"王"，应对之礼也。**何必曰利？亦有仁义而已矣③。**接口便截住他"利"字，然后轻轻换出自己胸中"仁义"字，下另开作两节详辨之。

看梁王口中有一个"亦"字，孟子口中连忙也下一个"亦"字，真是眼明手疾。盖梁王"利吾国"三字，全是连日耳中无数游谈人说得火热语。今日忽地多承这叟下顾，少不得也是这副说话，故不知不觉，口里便溜出这一字来。孟子闻之，却是吃惊：奈何把我放到这一队里去，我得得千里远来，若认我如此，我又那好说话？遂疾忙于"仁义"字上也下他一个"亦"字。只此一个字，早把自己直接在尧、舜、禹、汤、文、武、周公、孔子之后也。看他耳朵里，箭锋直射进去，舌尖上，箭锋直射出来，是何等精灵，何等气魄！后来经生，只解于"利"字、"仁义"字，赤颈力争，却全不觑见此二个字④。○⑤梁王口中一个"亦"字，便把孟子看得等闲；孟子口中一个"亦"字，便把自己抬得郑重。梁王"亦"字，便谓孟子胸中抱负，立谈可了；孟子"亦"字，便见自己一生所学，迂迟难尽。只这两个"亦"字，锋针不对，便已透露王道不行，发愤著书消息。

① 搀行夺市：跨行当抢了别人的生意。
② [不远千里而来] 二句：你不远千里来到这里，也有什么有利于我梁国的高见吗？　亦：也。言下之意，孟子之前的说客都是如此。前一句的"叟"是对年长者的称谓。金圣叹在"叟"字后断句，其他的版本通常作"叟不远千里而来"。别的版本也没有在下一句"王何必曰利"的"王"字后断句。
③ [何必曰利] 二句：何必谈利呢？我只有仁义二字，除此别无可谈了。　亦：有强调的意思，可以解释为的确、只有。孟子在回答梁惠王的问题"亦将有以利吾国乎"时，毫不退让妥协，而是开门见山，提出了自己完全不同的看法。他也用了"亦"这个字，仿佛接着梁惠王的话往下说，但"亦"的用法和语气全变了。金圣叹评论这一句时，特别赞赏孟子在对话中表现出来的敏捷、机智和勇气。
④ [后来经生] 数句是金圣叹的评论：后来读儒家经典的学生，只知道在"利"和"仁义"这几个字上争得面红耳赤，却全然看不见这两个"亦"字的奥妙。
⑤ ○表示区隔，前后为两条评语。

王曰：'何以利吾国？'牒上王口中语也⑥。大夫曰：'何以利吾家？'看他全不顾王。士庶人曰：'何以利吾身？'也不顾王与大夫。上下交征利而国危矣⑦！"利"字当面变作"危"字。万乘之国，弑其君者必千乘之家；千乘之国，弑其君者必百乘之家⑧。看他"危"字还不尽兴，偏要说出"弑君"二字来，又偏要的的确确说出来，恰似亲眼见过几遍。万取千焉，千取百焉，不为不多矣⑨。百忙中，又忽作游戏语，笔法飞舞。苟为后义而先利，不夺不厌⑩。两"不"字好，算入他心窝里。

一国中，如王、如大夫、如士庶人，交口说利，而未几被弑，恰是为头曰"何以利吾国"之王。看他文字，便如千把刀一齐戳。〇明明是"利"字，不消一二语，倏忽变作"危"字，一变又竟作"弑其君"字，已又变作"不夺不厌"字。越变越怕，越变越确。

未有仁而遗其亲者也，未有义而后其君者也⑪。看他上节作风毛雨血之笔，此节另作祥云瑞露之笔。

不正说仁义必有如何好处，却只云"未有""未有"，盖是要王深信其理之必然，而不可骤图其事之果然也。何则？仁义则王道也，王道无一二年不功。故一入门，口未及开，便先争"亦"字者，正以此仁义者全是气候中事。使如梁王口中"亦"字，则必须旦夕之间，立有报效，方始快心。夫孟子生平所学，则岂有如是之事哉？亲亦君也，自仁视之则为亲，自义视之则为君；入骨入髓之谓不遗，趋事赴功之谓不后⑫。言利者，其祸疾，故写之亦用疾笔。看他将两字又分作两句，用两"未有"，两"者也"，纡迟对立，只此便是化工文字⑬。

王亦曰仁义而已矣，何必曰利？"一节辞气太利害，一节辞气太纡迟，于王为难堪矣，故又呼王一声。

前一振，后一激，只用二语，颠倒而成。文字又整齐，又变动，此人所同知也。岂知前先接"何必曰利"，是劈面便抢，此倒

---

⑥ 牒：指政府公文。
⑦ 上下交征利而国危矣：上下互相争夺利益，国家就危险了！
⑧ [万乘之国] 四句：在一个拥有一万辆兵车的国家里，杀害国君的人，一定是拥有一千辆兵车的大夫；在一个拥有一千辆兵车的国家里，杀害国君的人，一定是拥有一百辆兵车的大夫。
⑨ [万取千焉] 三句：从一万辆兵车中夺取一千辆，从一千辆兵车中夺取一百辆，不能算是不多了。
⑩ [苟为] 二句：如果把利益放在仁义之前，那么，他们最后不夺得国君的位子，就不会满足的。
⑪ [未有仁而遗其亲者] 二句：从来没有仁者而遗弃父母的，没有义者而不顾国君的。
⑫ [入骨入髓] 二句：此处解释"未有仁而遗其亲者也，未有义而后其君者也"，大意是说，出自天性的骨肉之情，就不会遗弃父母；趋事赴功，一马当先，就不会置国君于不顾。 趋事赴功：指尽心尽力地为国君服务。
⑬ 纡迟：延缓、舒缓。 化工：出神入化之工，非人工所能及。

找"何必曰利",是带口轻拂⑭;前徐称"亦有仁义",是特换新题;此紧承"亦有仁义",是趁热便赶。前不得不前彼,后不得不后此,总是化工文字也⑮。非锦心绣口人不知,非冰寒水冷人不知。有意无意,又写一"亦"字,分明引王作一路。

⑭ 拂:逆、违背。
⑮ [此紧承"亦有仁义"]五句:大意是说,孟子说的"何必曰利"一句,紧接着"王亦曰仁义而已矣"一句而来,就好像是趁热打铁,来得恰到好处。前面说:"何必曰利?亦有仁义而已矣",这里说"王亦曰仁义而已矣,何必曰利?"前者把"何必曰利"放在前面,是不得不如此;后者把"何必曰利"放在后面,也是不得不如此。金圣叹在此强调孟子如何根据上下文的情势来调整句子的顺序和语气,由此造成了不同的修辞效果。

金圣叹

《景阳冈武松打虎》评点（节选）

《水浒传》是明代的一部章回小说，这里节选了其中的"武松打虎"一节，你一定十分熟悉。可是当时的读者是怎样读小说的呢？他们又如何读这个家喻户晓的故事？好的，就让我们一起来看一看金圣叹的小说评点吧。

金圣叹是一位著名的评点家，一生评点过各式各样的文体和作品名篇，尤其以他的《水浒传》和《西厢记》评点而名满天下。他在《水浒传》中读出了古文的章法和笔法，并且上溯《史记》和《左传》等早期的历史叙述，前后贯通，左右逢源，发表了不少新鲜别致的见解。而小说评点的格式，也与前一篇的《释孟子四章》大同小异：每一回的标题下有回前"总批"，或概述这一回的特点，或抓住一两个观点，做一些发挥；另外一种评点的形式叫"夹批"，在小说的正文中穿插评语，也就是在正文的某些字词和句子的后面，用双行小字作简短的批语。这样一来，每读到精妙之处，必有评家喝彩插话，好不热闹！小说夹批暂时打断了我们的阅读，提醒我们反复咀嚼玩味，这一处究竟好在哪里，不要因为贪多图快而囫囵吞枣。

前人常常把读古书说成是和古人交朋友，而读评注也正是交友的一种方式。读书读到了有趣儿的地方，你自然想知道：我的那位朋友金圣叹会怎么看呢？读小说而同时读评点，就像是跟朋友一路同行，不时停下来说上几句话，分享体会或交换感想。读到惊险之处，金圣叹会说作者可恨，直是吓杀我也。高兴的时候，又不禁大声叫好，击掌称快。偶然也浮想联翩，或者开了一个小差，不晓得被思绪带到哪儿去了。更多的时候，他承担起导读的角色，告诉我们怎样读懂小说的字法、句法和章法，或者回顾前面的章回，看出小说结构的奥秘和前后呼应勾连之妙。金圣叹一直在注意武松的那根哨棒，不厌其烦地记录它出现的次数和场合，吊足了我们的胃口。想不到武松最终抡起哨棒，使尽平生气力，从半空劈将下来，却打在了枯树上，哨棒也断成了两截。面对老虎，武松只剩下了赤手空拳。这真是千钧一发之际，金圣叹评曰："半日勤写哨棒，只道仗他打虎，到此忽然开除，令人瞠目噤口，不复敢读下去。"你看他这样一路点评下来，道破了小说的奥妙。但他也是一位普通读者，读到这里，已惊得魂飞魄散，却又欲罢不能，反而越是害怕越想读。他分享了我们的阅读体验，也道出了我们此刻的心情。有他一路陪伴，谁说阅读是孤独的行旅？

《水浒传》固然不同于古文，金圣叹在评点中也混入了口语的成分，但他仍旧保留了古文的基本句式和句法。这类混杂的文字书写风格，在明清时期往往可见。

总批： 天下莫易于说鬼，而莫难于说虎。无他，鬼无伦次，虎有性情也。说鬼到说不来处，可以意为补接；若说虎到说不来时，真是大段着力不得①。所以《水浒》一书，断不肯以一字犯着鬼怪，而写虎则不惟一篇而已，至于再，至于三。盖亦易能之事薄之不为②，而难能之事便乐此不疲也。

写虎能写活虎，写活虎能写其搏人，写虎搏人又能写其三搏不中：此皆是异样过人笔力。

吾尝论世人才不才之相去，真非十里二十里之可计。即如写虎要写活虎，写活虎要写正搏人时，此即聚千人，运千心，伸千手，执千笔，而无一字是虎，则亦终无一字是虎也。独今耐庵乃以一人、一心、一手、一笔，而盈尺之幅，费墨无多，不惟写一虎，兼又写一人，不惟双写一虎一人，且又夹写许多风沙树石，而人是神人，虎是怒虎，风沙树石是真正虎林。此虽令我读之尚犹目眩心乱，安望令我作之耶！

读打虎一篇，而叹人是神人，虎是怒虎，固已妙不容说矣。乃其尤妙者，则又如读庙门榜文后，欲待转身回来一段；风过虎来时，叫声"阿呀"，翻下青石来一段；大虫第一扑，从半空里撺将下来时，被那一惊，酒都做冷汗出了一段；寻思要拖死虎下去，原来使尽气力，手脚都苏软了，正提不动一段；青石上又坐半歇一段；天色看看黑了，惟恐再跳一只出来，且挣扎下冈子去一段；下冈子走不到半路，枯草丛中钻出两只大虫，叫声"阿呀，今番罢了"一段。皆是写极骇人之事，却尽用极近人之笔，遂与后来沂岭杀虎一篇，更无一笔相犯也。

……那时已有申牌时分③，这轮红日，厌厌地相傍下山。骇人之景。武松乘著酒兴，只管走上冈子来。走不到半里多路，见一个败落的山神庙。奇文。○不因此庙，几令榜文无可贴处。行到庙前，见这庙门上贴着一张印信榜文。武松住了脚读时，上面写道：

阳谷县示：为景阳冈上新有一只大虫，伤害人命，见今杖限各乡里正并猎户人等行捕，未获。如有过往客商人等，可于巳、午、未三个时辰，结伴过冈；其余时分，及单身客人，不许过冈，恐被伤害性命。各宜知悉。政和年月日。奇文。

武松读了印信榜文，方知端的有虎④，欲待转身再回酒店里来，有此一折，反越显出武松神威。不然，便是卒然不及回避，侥幸得免虎口者矣。寻思道："我回去时，须吃他耻笑，不是好汉，难以转去。"以性命与名誉对算，不亦异乎？存想了一回，说道："怕甚么鸟！且只顾上去看怎地！"活写出武松神威。武松正走，看看酒涌上来，看他写酒醉，有节有次。便把毡笠儿掀在脊梁上，冬天也，偏要写得热极；后到大虫扑时，忽然惊出冷来，绝世妙手。将哨棒绾在肋下⑤，哨棒十一。○"哨棒绾在肋下"，第五个身分。一步步上那冈子来。回头看这日色时，渐渐地坠下去了。骇人之景。○我当此时，便没虎来，也要大哭。此时正是十月间天气，日短夜长，容易得晚。自注一句。武松自言自说道："那得甚么大虫，人自怕了，不敢上山。"又作一纵。武松走了一直，酒力发作，醉。焦热起来，热。一只手提哨棒，哨棒十二。○又"提着哨棒"，第六个身分。一只手把胸膛前袒开，画绝。踉踉跄跄，直奔过乱树林来。骇人之景，可知虎林。见一块光挞挞大青石⑥，奔过乱林，便应跳出虎来矣，却偏又生出一块青石，几乎要睡。使读者急杀了，然后放出虎来，才子可恨如此。把那哨棒倚在一边，"哨棒倚在一边"，第七个身分。○哨棒十三。放翻身体，却待要睡，惊死读者。只见发起一阵狂风。

　　那一阵风过了，只听得乱树背后"扑"地一声响，跳出一只吊睛白额大虫来。出得有声势。武松见了，叫声"阿呀"，从青石上翻将下来，有此一折，反越显出武松神威。不然，便是三家村中说子路，不近人情极矣。便拿那条哨棒在手里，哨棒十四。○拿着哨棒，第八个身分。闪在青石边。一闪。○已下人是神人⑦，虎是活虎，读者须逐段定睛细看。○我常思画虎有处看，真虎无处看；真虎死有处看，真虎活无处看；活虎正走，或犹偶得一看，活虎正搏人，是断断必无处得看者也。乃今耐庵忽然以笔墨游戏，画出全副活虎搏人图来。今而后要看虎者，其尽到《水浒传》中景阳冈上，定睛饱看，又不吃惊，真乃此恩不小也。○传闻赵松雪好画马，晚更入妙，每欲构思，便于密室解衣踞地，先学为马，然后命笔。一日管夫人来，见赵宛然马也。今耐庵为此文，想亦复解衣踞地，作一扑、一掀、一剪势耶？东坡《画雁》诗云："野雁见人时，未起意先改。君从何处看，得此无人态？"我真不知耐庵何处有此一副虎食人方法在胸中也。圣叹于三千年中，独以才子许此一人，岂虚誉哉！那大虫又饥又渴，把两只爪在地下略按一按，和身望上一扑，从半空里撺将下来。虎。武松被那一惊，酒都作冷汗出了。神妙之笔，灯下读之，火光如豆，变成绿色。说时迟，那时快；武松见大虫扑来，只一闪，闪在大虫背后。人。〇二闪。那大虫背后看人最难，百忙中自注一句。便把前爪搭在地下，把腰胯一掀，掀将起来。虎。武松只一闪，闪在一边。人。〇三闪。大虫见掀他不着，吼一声，却似半天里起个霹雳，振得那山冈也动。把这铁棒也似虎尾倒竖起来只一剪。虎。武松却又闪在一边。人。〇四闪。原来那大虫拿人只是一扑，一掀，一剪；三般捉不着时，气性先自没了一半。百忙中注一句。〇才子博物，定非妄言，只是无处印证。〇此段作一束，已上只用四闪法，已下放出气力来。那大虫又剪不着，再吼了一声，一兜兜将回来。虎。武松见那大虫复翻身回来，双手轮起哨棒，"轮起哨棒"，第九个身分。〇哨棒十五。尽平生气力，只一棒，从半空劈将下来。人。〇此一劈，谁不以为了却大虫矣，却又变出怪事来。只听得一声响，"簌簌"地将那树连枝带叶劈脸打将下来。定睛看时，一棒劈不着大虫，尽平生气力矣，却偏劈不着大虫，吓杀人句。原来打急了，正打在枯树上，百忙中又注一句。把那条哨棒折做两截，只拿得一半在手里。哨棒十六。〇半日勤写哨棒，只道仗他打虎，到此忽然开除，令人瞠目噤口，不复敢读下去。〇哨棒折了，方显出徒手打虎异样神威来，只是读者心胆堕矣。

那大虫咆哮，性发起来，翻身又只一扑，扑将来。虎。武松又只一跳，却退了十步远。人。那大虫恰好把两只前爪搭在武松面前。虎。武松将半截棒丢在一边，了却哨棒。〇哨棒十七。两只手就势把大虫顶花皮胳胳地揪住，一按按将下来。人。那只大虫急要挣扎，虎。被武松尽气力捺定，那里肯放半点儿松宽。人。武松把只脚望大虫面门上、眼睛里，只顾乱踢。脚踢妙绝，双手放松不得也。踢眼睛妙绝，别处须踢不入也。那大虫咆哮起来，把身底下爬起两堆黄泥，做了一个土坑。虎。〇耐庵何由得知踢虎者，必踢其眼，又何由得知虎被人踢，便爬起一个泥坑？皆未必然之文，又必定然之事，奇绝妙绝。武松把那大虫嘴直按下黄泥坑里去，人。那大虫吃武松奈何得没了些气力。虎。武松把左手紧紧地揪住顶花皮，偷出右手来，提起铁锤般大小拳头，尽平生之力，只顾打。人。打到五七十拳，那大虫眼里、口里、鼻子里、耳朵里，都迸出鲜血来，更动弹不得，只剩口里兀自气喘。虎。武松放了手，来松树边寻那打折的哨棒，拿在手里；只怕大虫不死，把棒橛又打了一回。哨棒十八。〇哨棒余波。眼见气都没了，方才丢了棒，哨棒此处毕。寻思道："我就地拖得这死大虫下冈子去。"第一念要提去，妙。就血泊里双手来提时，那里提得动。原来使尽了气力，手脚都苏软了。有此一折，便越显出方才神威。

武松再来青石上坐了半歇，写出倦极，便越显出方才神威。又收到青石，妙绝。寻思道："天色看看黑了，倘或又跳出一只大虫来时，却怎地斗得他过？且挣扎下冈子去，明早却来理会。"特下此句，使下文来得突兀。就石头边寻了毡笠儿，叫声"阿呀"，翻下青石来，一时手脚都慌了，不及知毡

《景阳冈武松打虎》评点（节选） 335

笠落在何处矣，写得入神。转过乱树林边，收到乱树。一步步挨下冈子来。走不到半里多路，只见枯草中又钻出两只大虫来。吓杀，奇文。武松道："阿呀！我今番罢了！"吓杀，奇文。只见那两只大虫在黑影里直立起来。吓杀，奇文。武松定睛看时，却是两个人，把虎皮缝做衣裳，紧紧绷在身上，手里各拿着一条五股叉，奇文。见了武松，吃一惊道："你……你……你吃了㺔猔心⑧、豹子肝、狮子腿，胆倒包着身躯，如何敢独自一个，昏黑将夜，又没器械，走过冈子来！你……你……你，是人是鬼？"打虎既毕，却于猎户口中评之。武松道："你两个是甚么人？"那个人道："我们是本处猎户。"武松道："你们上岭来做甚么？"绝倒语。〇我上岭来是打虎，你上岭来却做甚么？妙绝。两个猎户失惊道："你兀自不知哩！如今景阳冈上，有一只极大的大虫，夜夜出来伤人。只我们猎户，也折了七八个，过往客人，不记其数，都被这畜生吃了！本县知县着落当乡里正和我们猎户人等捕捉。那业畜势大难近，可知一扑、一掀、一剪，乃是非常之事。谁敢向前，我们为他，正不知吃了多少限棒，只捉他不得！今夜又该我们两个捕猎，和十数个乡夫在此，上上下下放了窝弓药箭等他。正在这里埋伏，却见你大剌剌地四字无心中写出神威。从冈子上走将下来，我两个吃了一惊。你却正是甚人？曾见大虫么？"

武松道："我是清河县人氏，姓武，排行第二。百忙中带定望哥一案，故处处下此四字。却才冈子上乱树林边，正撞见那大虫，被我一顿拳脚打死了。"第一遍自叙。两个猎户听得痴呆了，说道："怕没这话？"武松道："你不信时，只看我身上兀自有血迹。"可惜红袄。两个道："怎地打来？"武松把那打大虫的本事，再说了一遍。第二遍自叙。○实是异常得意之事，不得不说了又说。○我亦要说，可怜无甚说得出的事也。两个猎户听了，又喜又惊，叫拢那十个乡夫来。

---

① [鬼无伦次] 六句：鬼怪没有条理，老虎却有性情。说鬼怪说到说不上来的地方，可以用想象来补充，而说老虎说到说不上来的地方，真是费尽了口舌也没用。
② 薄：鄙薄、轻视。
③ 那时已有申牌时分：那时已是下午三点到五点。 申牌：下午三时至五时的意思。古于衙门和驿站前设置时辰台，每移一时辰，则以刻有指示时间的牌子换之。
④ 方知端的有虎：才知道真的有虎。 端的：多见于早期白话，意为真的、确实。
⑤ 绾（wǎn）：系结。
⑥ 光挞挞（tà）：外表光滑的样子。
⑦ 已：即"以"。
⑧ 㹀猙：即"忽律"，鳄鱼。

金圣叹

快事(节选)

本文选自金圣叹《读第六才子书〈西厢记〉法》。

金圣叹读《西厢记·拷艳》,为其中的生花妙笔而击掌称快。他想起自己二十年前山中客居无聊,与好友大谈平生快事以解郁闷。于是他乘兴追记谈话的片段,留下了这篇奇文。这些"不亦快哉"的瞬间,都来自身边的日常生活,但融入了金圣叹对快乐、幸福的感悟,因此显得不同凡响,弥足珍贵。其中写到了身体的感受,也有心灵的自适。有的涉及友情、知交与一见如故的默契。有的只与个人有关,他不写下来,就没人知道。此外呢,还有那么多即兴的快乐,既出乎意料,也强求不来——这一切都被金圣叹用精练而又轻松的文字捕捉了下来,就好像是一幅幅生动的速写。

这些速写集锦,率意而成,不拘形式,与古典诗词还有所不同,但又让我们重温了古典诗词中的许多经典时刻,如白居易雪夜邀客的期待:"晚来天欲雪,能饮一杯无?"谢灵运病愈后初见春色的惊喜:"池塘生春草,园柳变鸣禽。"更不用说《论语》中的"有朋自远方来，不亦乐乎"了。这样的心情或兴致，可遇而不可求，并且得而复失，稍纵即逝。用金圣叹评《西厢记》的话说，"文章最妙，是此一刻被灵眼觑见，便于此一刻放灵手捉住。盖于略前一刻，亦不见，略后一刻，便亦不见，恰恰不知何故，却于此一刻忽然觑见，若不捉住，便更寻不出"。文学的价值也正在于此了：它将灵光乍现的刹那化为永久，也让我们重新认识了生活。

读这样的文字，真是人生的一大快事！

昔与斫山同客共住①，霖雨十日，对床无聊，因约赌说快事，以破积闷②。至今相距既二十年，亦都不自记忆。偶因读《西厢》至《拷艳》一篇，见红娘口中作如许快文，恨当时何不检取共读，何积闷之不破？于是反自追索，犹忆得数则，附之左方，并不能辨何句是斫山语，何句是圣叹语矣。

其一，夏七月，赤日停天，亦无风，亦无云，前后庭赫然如洪炉，无一鸟敢来飞。汗出遍身，纵横成渠。置饭于前，不可得吃。呼簟欲卧地上③，则地湿如膏，苍蝇又来，缘颈附鼻，驱之不去。正莫可如何，忽然大黑，车轴疾澍，澎湃之声如数百万金鼓，檐溜浩于瀑布④。身汗顿收，地燥如扫，苍蝇尽去，饭便得吃，不亦快哉！

其一，十年别友，抵暮忽至。开门一揖毕，不及问其船来陆来，并不及命其坐床坐榻，便自疾趋入内，卑辞叩内子⑤："君岂有斗酒，如东坡妇乎？"⑥内子欣然拔金簪

---

① 斫山：即王斫山，金圣叹的平生好友，他们曾客居同住。
② 霖雨：连续下雨。　破：破除、解除。
③ 簟（diàn）：竹制的凉席。
④ [忽然大黑] 四句：此处写暴雨骤降，倾盆而下的情形。　车轴：形容雨点密集。　澍（shù）：及时雨。　檐溜浩于瀑布：大雨顺屋檐间的雨漏疾驰而下，看上去比山间的瀑布还要浩瀚。
⑤ [卑辞] 句：以谦卑的语气征询妻子。　叩：叩问、叩请。　内子：对妻子的称呼。
⑥ [君岂有斗酒] 二句：此处作者以"君"称妻子，有亲昵、戏谑之意。　出自苏轼《后赤壁赋》："妇曰：'我有斗酒，藏之久矣，以待子不时之需。'"

相付。计之可作三日供也,不亦快哉!⑦

其一,空斋独坐,正思夜来床头鼠耗可恼。不知其"戛戛"者是损我何器,"嗤嗤"者是裂我何书。中心回惑,其理莫措。忽见一俊猫注目摇尾,似有所睹。敛声屏息,少复待之,则疾趋如风,"撽"然一声⑧,而此物竟去矣,不亦快哉!

其一,重阴匝月⑨,如醉如病,朝眠不起,忽闻众鸟毕作弄晴之声。急引手搴帷⑩,推窗视之,日光晶荧,林木如洗,不亦快哉!

其一,夜来似闻某人素心⑪,明日试往看之。入其门,窥其闺,见所谓某人,方据案面南看一文书⑫。顾客入来,默然一揖,便拉袖命坐,曰:"君既来,可亦试看此书。"相与欢笑,日影尽去。既已自饥,徐问客曰:"君亦饥耶?"不亦快哉!⑬

---

⑦ [内子]三句:此处是说妻子拿她的金簪支付待客的酒钱,算下来足供三天的酒食,因此引以为快。 供:供给。
⑧ 撽(zhì):此处为象声词。
⑨ 重阴匝月:连续阴天一个月之久。 匝:满。
⑩ 弄晴之声:指禽鸟在初晴时婉转鸣唱。 搴帷:拉开窗帘。
⑪ 素心:宁静淳朴、不慕功利。
⑫ [方据案]句:正面朝南坐在书桌前读书。
⑬ 以上这一则写作者慕名访客,不拘俗套,却一见如故,莫逆于心。他们在一起读书谈笑,日落而别,连饥饿都差一点儿忘掉了。

其一，冬夜饮酒，转复寒甚，推窗试看，雪大如手，已积三四寸矣。不亦快哉！

其一，久欲觅别居，与友人共住，而苦无善地。忽一人传来云，有屋不多，可十余间，而门临大河，嘉树葱然。便与此人共吃饭毕，试走看之，都未知屋如何。入门先见空地一片，大可六七亩许，异日瓜菜不足复虑⑭，不亦快哉！

而实不图《西厢记》之《拷艳》一篇，红娘口中则有如是之快文也……。夫枚乘之七治病，陈琳之檄愈风，文章真有移换性情之力⑮。我今深恨二十年前赌说快事，如女儿之斗百草，而竟不曾举此向斫山也⑯。

---

⑭ 异日：他日。
⑮ [夫枚乘] 三句：此处用了两个典故。一是汉代的枚乘作《七发》，写楚太子有疾，吴客前往探视，为之描述八月广陵观潮的壮观场面。太子听了，豁然病愈。二是三国时期的陈琳曾代袁绍作檄文讨伐曹操，痛斥他"除灭忠正，专为枭雄"。据说曹操当时正患风疾，听罢檄文，惊出了一身冷汗，连头疼也减轻了不少。
⑯ [我今深恨] 三句：此处大意是我如今十分后悔当年跟王斫山赌说快事时，就像女孩儿斗百草那样，一心只想着胜负，竟然没有拿《西厢记》中的《拷艳》这一篇"快文"，与他一同分享。

黄宗羲

天一阁藏书记

黄宗羲（1610—1695），字太冲，号南雷，别号梨洲山人，浙江余姚人。他与顾炎武、王夫之并称明末清初三大思想家。黄宗羲学问广博，见解深邃，著述宏富。他的重要著作包括《明夷待访录》《明儒学案》和《宋元学案》。

宋濂在《送东阳马生序》中写他年少时家贫，不得不向藏书家借书来抄写，而藏书家是些什么人呢？藏书的背后又有怎样的故事？黄宗羲的这篇文章似乎正是接着这个话题往下写的，开头就说：我曾经感叹读书难，藏书更难，要想收藏得长久而不散失，那就更是难上加难了。这是人生的感慨，也是经验之谈。全文围绕着这几个中心观点，一步一步展开论述，并结合自己耳闻目睹的藏书楼的兴废成败，写得具体翔实而又富于情感。

藏书之难，难在藏书者一要有财力，二要爱书。可是，若以为爱书者因此而得天之佑，却又不然。古今图书之厄，何可胜计？藏书不可以盈利为目的，否则不能长久。而固守藏书，又必须有不计一切利害得失的执着与决绝。不仅如此,其他方面的挑战也难以低估:除了水火之灾,以及战争和政治的破坏,还务必杜绝偷盗,更有家贼难防。金钱的诱惑无时不在,败家子的故事我们都耳熟能详。往往不出几代人,一些规模可观的藏书就散失殆尽了。

宁波的天一阁藏书楼是中国藏书史上的一个奇迹。自明代的范钦(1506—1585)开始迄今,虽屡经灾厄,却屹立不倒,写下了一部家族藏书的悲壮史诗。1673年,著名学者黄宗羲得到了主人的特殊许可,进入天一阁藏书楼读书。他检阅了其中的全部藏书,取其流通未广者抄为书目,并撰成此文,为中国私家藏书史留下了重要的记录和思考。

在一个读电子书的时代,我们回顾这一段可歌可泣的藏书史,不免有恍然隔世之感,也令人感慨唏嘘。黄宗羲通篇历数了藏书家的种种厄运与考验,却不忘在篇末加上了一笔:如果家族的子孙能像范氏家族那样,世世代代"如护目睛"那样守护藏书,那么,说他们得到了上天的佑护,也不是没有道理的。

或许那正是因为他们的这种精神,足以感天地而泣鬼神吧!

尝叹读书难,藏书尤难,藏之久而不散,则难之难矣。

自科举之学兴,士人抱兔园寒陋十数册故书,崛起白屋之下,取富贵而有余①。读书者一生之精力,埋没敝纸渝墨之中,相寻于寒苦而不足②。每见其人有志读书,类有物以败之③,故曰:读书难。

藏书,非好之与有力者不能④。欧阳公曰:"凡物好之而有力,则无不至也。"二者正复难兼。杨东里少时贫不

---

① [自科举]四句:自从科举兴起,读书的士子只要抱着十几册简陋的旧书,就能从贫寒起家,获取富贵而有余。 兔园:指唐人编纂的《兔园册》,是浅近的类书,也曾在民间广泛传播,被用作蒙学读物。 白屋:平民的住宅。
② [读书者]三句:相形之下,真正的读书之人,花费了一生的精力读书,却埋没在质量低劣的书籍之中,彼此相问于贫寒艰难而尚且无暇,更谈不上得富贵取功名了。 敝纸渝墨:用粗劣纸张印成的书籍,墨色浸染溢出。
③ 类有物以败之:像有什么东西在与他作对。
④ 好:喜好。 有力:此指有财力。

能致书，欲得《史略释文》《十书直音》，市直不过百钱，无以应，母夫人以所畜牝鸡易之⑤。东里特识此事于书后⑥。此诚好之矣⑦。而于寻常之书犹无力也，况其他乎？有力者之好，多在狗马声色之间⑧，稍清之而为奇器，再清之而为法书名画至矣⑨。苟非尽捐狗马声色、字画、奇器之好，则其好书也必不专⑩。好之不专，亦无由知书之有易得有不易得也。强解事者以数百金捆载坊书，便称

⑤ [杨东里] 五句：杨东里年少时家贫买不起书，想购买《史略释文》《十书直音》，市价不过百钱，却拿不出来，他的母亲用蓄养的母鸡交换，才得到这些书。 杨东里：明杨士奇，官至明朝内阁首辅，以贤明擅于用人著称，著有《东里集》。《史略释文》《十书直音》：均为书名。
⑥ [东里特识此事] 句：东里特地将这件事记在书后。 识（zhì）：记载。
⑦ 诚：真的、确实。
⑧ 狗马声色：奢淫的生活。狗马：指供游乐的事物；声色：指声乐和女色。
⑨ [稍清之] 二句：比较清高的爱好是奇器，再清高的是书法名画，也就算是极致了。 奇器：指古玩等珍奇器物。
⑩ [苟非尽捐] 二句：如果不完全放弃对奢淫生活、字画、奇器的爱好，那么他对书的爱好也必定不会专一。 捐：捐弃。

百城之富，不可谓之好也⑪。故曰：藏书尤难。

归震川曰："书之所聚，当有如金宝之气，卿云轮囷覆护其上⑫。"余独以为不然。古今书籍之厄，不可胜计。以余所见者言之。越中藏书之家，钮石溪世学楼其著也⑬。余见其小说家目录亦数百种，商氏之《稗海》皆从彼借刻⑭。崇祯庚午间，其书初散，余仅从故书铺得十余部而已⑮。

⑪ [强解事者]三句：不懂装懂地用几百金买了书坊里的书，捆载着回来，便自称如有百城之富，这不能说是真的爱书。
⑫ [归震川曰]四句：归有光说："书籍所汇聚起来的，有如金宝之气，卿云环绕覆护在它的上面。" 卿云："卿"通"庆"，古时象征吉祥的彩云。 轮囷（qūn）：屈曲的样子。
⑬ [越中藏书之家]二句：在越中的藏书名家之中，钮石溪的世学楼是有名的。 钮石溪：明代钮纬，著名藏书家。他晚年修建了世学楼，所藏之书对后人影响深远。
⑭ [商氏之《稗海》]句：商氏的《稗海》皆是从世学楼借刻的。 《稗海》：明代商濬编刻的丛书，多收录历朝野史与唐宋笔记。
⑮ 崇祯庚午间：即崇祯三年（1630年）。

辛巳余在南中，闻焦氏书欲卖，急往讯之，不受奇零之值，二千金方得为售主。时冯邺仙官南纳言，余以为书归邺仙犹归我也⑯。邺仙大喜，及余归而不果⑰，后来闻亦散去。

庚寅三月，余访钱牧斋，馆于绛云楼下，因得翻其书籍，凡余之所欲见者无不在焉⑱。牧斋约余为读书伴侣，闭关三年，余喜过望。方欲践约，而绛云一炬，收归东壁矣⑲。

⑯ [辛巳余在南中] 七句：崇祯十四年（1641年）我在南京，听说焦氏后人想卖书，赶快去问讯。他的书不零星出卖，需要出二千金才能买下。当时冯邺仙出任南纳言一职，我认为书归邺仙就像是归我一样。　焦氏：焦竑，官至翰林院修撰，为晚明杰出的思想家与藏书家。藏书楼号"五车楼"，藏书失散于晚明兵火。　冯邺仙：明人冯元飙，曾任兵部尚书。　南纳言：明代南京的通政使。
⑰ 不果：指冯元飙的买书计划最终没有实现。
⑱ [庚寅三月] 五句：顺治七年（1650年）三月，我去拜访钱牧斋，住在他的绛云楼下，因而能翻阅楼中的书籍，凡是我想读的书没有不在那里的。　钱牧斋：钱谦益，号牧斋。明末清初著名诗人、学者，也是大藏书家。　绛云楼：钱谦益的藏书楼，也是他迎娶江南名妓柳如是后夫妻共住的居所。顺治七年，绛云楼失火，楼内图书付之一炬。
⑲ [方欲践约] 三句：我正想赴约，绛云楼却遭火灾，楼内图书皆收归上天所有了。　东壁：天上二十八星宿之一，主掌图书。

歙溪郑氏丛桂堂[20]，亦藏书家也。辛丑在武林捃拾程雪楼、马石田集数部，其余都不可问[21]。

甲辰馆语溪，槜李高氏以书求售二千余，大略皆钞本也，余劝吴孟举收之[22]。余在语溪三年，阅之殆遍，此书固他乡寒故也[23]。

江右陈士业颇好藏书，自言所积不甚寂寞[24]。乙巳寄吊其家，其子陈澎书来，言兵火之后，故书之存者惟熊

---

[20] 歙（shè）溪：地名，今安徽歙县。
[21] [辛丑在武林]二句：顺治十八年（1661年），我在武林搜集到程钜夫《雪楼集》、马祖常《石田集》几部书，其余的藏书都下落不明了。　武林：今浙江杭州。　程雪楼：元程钜夫所著的《雪楼集》三十卷，汇集了元史的珍贵素材。　马石田集：元马祖常的《石田集》十五卷，收录元代诗文、碑铭等，同样也是为治元史者所经常参考的史料。　捃（jùn）拾：搜集。
[22] [甲辰馆语溪]四句：康熙三年，我住在浙江桐乡时，嘉兴高氏后人以二千金的价格出售其藏书，其中大多为钞本，我劝吴孟举买下它们。　甲辰：这里指康熙三年（1664年）。　馆：居住。　语溪：今浙江桐乡。　槜（zuì）李：地名，浙江嘉兴的别称。　高氏：明末清初高承埏，为明末浙江著名的刻书家，好藏书，藏书处称稽古堂。　吴孟举：吴之振，字孟举。
[23] 此书固他乡寒故也：这些书的确就像是身在异乡遇见的旧友。　寒故：贫贱时的故交。
[24] [江右陈士业]二句：江西的陈士业喜爱藏书，称自己的收藏已经相当不少了。　陈士业：陈弘绪，字士业，明末清初人。好藏书，工古文与诗。明亡后隐居，藏书为清军抢掠，付之一炬。

勿轩一集而已㉕。

语溪吕及父，吴兴潘氏婿也，言昭度欲改《宋史》，曾弗人、徐巨源草创而未就，网罗宋室野史甚富，缄固十余簏在家㉖。约余往观，先以所改历志见示㉗。未几而及父死矣㉘，此愿未遂，不知至今如故否也？

祁氏旷园之书初庋家中，不甚发视，余每借观，惟德公知其首尾，按目录而取之，俄顷即得㉙。乱后迁至化

㉕ 乙巳：这里指康熙四年（1665年）。　寄吊：寄信给他的家属吊唁。熊勿轩：即熊禾，号勿轩，为宋末元初著名学者。

㉖ [语溪吕及父] 六句：语溪的吕及父，是吴兴潘昭度的女婿，他说潘昭度打算修改《宋史》，曾弗人和徐巨源已经着手却没有完成，两人收集了很多宋代的野史，封存了十几簏放在家里。　吕及父：事迹不详。　潘氏：明潘曾纮，字昭度，喜爱藏书，搜集宋朝野史甚多。　曾弗人：即明代的曾异撰，是出色的文学家，擅长诗、古文与书法。　徐巨源：明徐世溥，亦为著名文学家，尤擅于古文。　簏：用竹子、柳条编成的容器。

㉗ [先以所改历志] 句：他先把修改过的《宋史》中关于历法的部分拿给我看。

㉘ 未几：不久。

㉙ [祁氏旷园] 六句：祁承爜的书籍最初收藏在家里，平常不轻易拿给人看，但我常常借出来读。只有德公了解藏书的详情，每一次都按照目录取书，随借随到。　祁氏旷园：明祁承爜所拥别墅称旷园，内有藏书楼"澹生堂"。祁承爜好藏书，其子祁彪佳继承父业，也是著名藏书家与戏曲作家，清兵入侵后，自沉殉国，祁家藏书散失一空。　庋（guǐ）：收藏。　德公：祁凤佳，即祁彪佳之兄。　俄顷：很快、一会儿。

鹿寺，往往散见市肆。丙午，余与书贾入山，翻阅三昼夜，余载十捆而出，经学近百种，稗官百十册，而宋元文集已无存者③⁰。途中又为书贾窃去卫湜《礼记集说》《东都事略》③¹。山中所存，唯举业讲章③²、各省志书，尚二大橱也。

丙辰至海盐，胡孝辕考索精详，意其家必有藏书③³。访其子令修，慨然发其故箧，亦有宋、元集十余种，然皆余所见者。孝辕笔记称引《姚牧庵集》，令修亦言有其

---

③⁰ [丙午]七句：康熙五年，我和书商到山中，挑书挑了三天三夜，最后我打好了十捆书运出，里面有经学书籍近百种，野史小说一百一十多册，但其中已找不到宋、元文集了。 丙午：这里指康熙五年（1666年）。书贾：书商。 稗（bài）官：野史小说。

③¹ 卫湜（shí）：宋代学者，汇集《礼记》诸家传注，作成《礼记集说》一百六十卷。《东都事略》：南宋王称撰，记北宋九朝史事。

③² 举业讲章：为学习科举文或经筵日讲所编写的五经、四书一类的讲义。

³³ 丙辰：这里指康熙十五年（1676年）。 海盐：今浙江海盐。 胡孝辕：明胡震亨，长于搜集诗文资料，藏书丰富，有"好古楼"，纂辑《唐音统签》。

书,一时索之不能即得,余书则多残本矣㉞。

吾邑孙月峰亦称藏书而无异本,后归硕肤㉟。丙戌之乱㊱,为火所尽。余从邻家得其残缺实录,三分之一耳。

由此观之,是书者造物者之所甚忌也,不特不覆护之,又从而灾害之如此。故曰:"藏之久而不散则难之难矣㊲。"

天一阁书,范司马所藏也㊳。从嘉靖至今盖已百五十年矣。司马殁后,封闭甚严。癸丑余至甬上,范友仲破戒

㉞ [孝辕笔记]四句:胡震亨在他的笔记中引用过《姚牧庵集》,其子胡令修也说家中有此书,但是一时却找不出来,而其他的藏书都是些残本而已。《姚牧庵集》:元代姚燧著,姚燧为著名理学家与文学家,《牧庵集》收录碑铭诗词等,原本散佚,至清朝才重新搜集重编。

㉟ 吾邑:我(作者)的故乡。黄宗羲的故乡为浙江余姚。 孙月峰:明人孙鑛(kuàng),官至南京兵部尚书,亦为文史家。 异本:特异的版本。硕肤:明人孙嘉绩,崇祯进士,抗清名臣。

㊱ 丙戌之乱:顺治三年(1646年)清兵南下,孙嘉绩和黄宗羲等发起抗清运动。

㊲ [由此观之]数句:由此看来,书是造物主最忌恨的东西,不但不予以保护,反而加害于书,至如此地步。因此我说:"藏书久而不散,难上加难。"

㊳ 范司马:明人范钦(1506—1585)字尧卿,号东明,为天一阁主人,官至兵部侍郎,故称为司马。

引余登楼，悉发其藏㊴。余取其流通未广者抄为书目，凡经、史、地志、类书、坊间易得者及时人之集、三式之书，皆不在此列㊵。余之无力，殆与东里少时伯仲，犹冀以暇日握管怀铅，拣卷小书短者抄之㊶。友仲曰诺㊷。荏苒七年，未蹈前言㊸。然余之书目遂为好事流传，昆山徐健庵使其门生誊写去者不知凡几㊹。友仲之子左垣乃并前所未列者

㊴ [癸丑余至甬上] 三句：康熙十二年（1673年）我到宁波，范司马的曾孙范友仲打破了外姓不得登阁的禁令，带我进入藏书楼，把所藏书籍毫无保留地展示出来。　甬（yǒng）上：宁波。

㊵ [余取其流通未广者] 三句：我挑选天一阁的藏书中流通不广的部分登记编目，凡是市面上易得的经书、史书、方志、类书，以及时人之文集和术数之书，都没有收在这部书目中。

㊶ [余之无力] 四句：我无财力，几乎与东里年轻时差不多，还寄希望在空暇时拿起笔来，拣些短小的书籍抄写一番。　伯仲：古时以伯、仲、叔、季表示兄弟之间的排序，因此用"伯仲"来比喻两人相比时，难分优劣。　管：毛笔。　铅：古人以铅书字，谓之铅笔。

㊷ 诺：表示答应。

㊸ 荏苒（rěnrǎn）：时间在不知不觉中过去。　蹈：履行、兑现。

㊹ [然余之书目] 二句：（虽然一直没有机会重返天一阁，）但我编的书目却被好事者流传开来，昆山的徐乾学让他的门生抄去了不知有多少。　徐健庵：清徐乾学，官至刑部尚书，好藏书，以传是楼的藏书而远近闻名。本篇作者黄宗羲也曾到传是楼观书，撰有《传是楼藏书记》。

重定一书目,介吾友王文三求为藏书记[45]。

近来书籍之厄,不必兵火,无力者既不能聚,聚者亦以无力而散,故所在空虚[46]。屈指大江以南以藏书名者不过三四家。千顷斋之书,余宗兄比部明立所聚[47]。自庚午讫辛巳,余往南中,未尝不借其书观也。余闻虞稷好事过于其父,无由一见之[48]。曹秋岳倦圃之书,累约观之而未果[49]。据秋岳所数,亦无甚异也。余门人自昆山来

[45] 介:凭借、通过。
[46] [近来书籍]五句:近年来,书籍的劫难并不限于兵火之灾,无能为力的人是聚不起书来的,而有能力这样做的人,也常因无力维持而导致书籍散佚,因此所到之处,每每空无所得。
[47] [千顷斋之书]两句:千顷斋的书是我同宗兄长所收藏的。 千顷斋:明黄居中,字明立,官至南京国子监博士,喜好藏书,称其藏书楼为千顷斋。 比部:明清时刑部官员的通称。
[48] [余闻虞稷好事]二句:我听说虞稷比他的父亲更好事,可是和他还从来没有见过面。 虞稷:黄居中之子,继承了父亲的藏书志业。
[49] [曹秋岳倦圃之书]二句:曹溶数次约我去他家的藏书楼看书,但一直未能成行。 曹秋岳:明曹溶,号倦圃,官至户部侍郎,有藏书楼称静惕堂,藏书多宋、元文集。

者，多言健庵所积之富，亦未寓目。三家之外，即数范氏(50)。韩宣子聘鲁，观书于太史氏，见《易象》与《鲁春秋》，曰："周礼尽在鲁矣(51)。"范氏能世其家，礼不在范氏乎(52)？幸勿等之云烟过眼，世世子孙如护目睛(53)，则震川覆护之言，又未必不然也(54)。

(50) [三家之外] 二句：以上三家藏书之家（黄家、曹家、徐家）之外，就数范氏的天一阁藏书最多了。

(51) [韩宣子聘鲁] 四句：韩宣子受聘于鲁国，在鲁国太史那里看书，见到了《易象》与《鲁春秋》两部书，感叹道："周礼尽在鲁国了。"此事见《左传·昭公二年》。

(52) [范氏能世其家] 二句：范氏家族能世代传承所藏之书，礼不就在范家吗？

(53) [幸勿] 二句：希望不要把书籍看作是过眼云烟，世代子孙都要像爱护眼睛那样来爱护书籍。

(54) [则震川覆护之言] 二句：那么，归有光说书籍得"金宝之气"和"卿云"保佑的那句话，就未必不是真的了。

李渔

取景在借

李渔(1611—1680),字笠鸿,号笠翁。他多才多艺,作诗写戏,替别人设计园林,还自组家庭戏班,四处演出。关于戏曲的写作和表演,他也有不少新见。

《闲情偶寄》是作者一生艺术实践和生活经验的总结,分词曲、演习、声容、居室、器玩、饮馔、种植、颐养八个部分,论及戏曲理论、妆饰打扮、园林建筑、器玩古董、饮食烹调、竹木花卉、养生医疗等诸多领域,俨然就是一部小百科词典。其中介绍了他自己设计的暖椅、养生秘诀,还有室内装饰和园林工艺的各种新奇招数,真是花样百出。而李渔一贯的幽默诙谐,更令读者忍俊不禁。作为时尚趣味的倡导者,李渔不喜空谈,往往不厌其烦地教导我们怎样动手去做,所以这本书又无妨说是李渔自编的读者指南。谁要是有兴趣,也可以亲自动手试试看。

本篇节选自《闲情偶寄·居室部·窗栏第二》,讲的是开窗借景的方法。借景原是园林设计的一种方法:园林通常不大,但是如果巧妙地将周围的景点纳入园林的景观，就可以在有限的空间中创造出无尽的风光。李渔把这一手法用在了他设计的小船上，从而在移动当中把河边的风景尽收眼底了。而从岸上看去，小船又变成了水中移动的戏台。船上和岸上相互观看，根本说不清究竟谁在台上，谁在台下了。

"观看"是李渔关注的中心，他的借景小船，在一个流动的空间中，为主人和游客创造了一次全新的视觉体验。还记得吗？张岱在《西湖七月半》中也写到了"观看"的现象。在西湖这样一个热闹的景点，究竟是谁看谁，谁是观看者，谁又是观看的对象呢？这里似乎并没有固定的角色，也不存在固定的关系。

最让李渔得意的是，他为小船"借景"时，设计了一个扇形"取景框"。从前不过就是寻常事物，一旦被摄入这个魔幻的取景框，当即就变成了图画，而且是移动变化的图画，永远不会令人生厌。这样看来，李渔岂不就是照相机发明之前的摄影师吗？他走在了时代的前面。更有趣的是，这个取景框不仅可以"摄入"外面的景物，还可以把船上的风景"射出窗外"，供岸上的游客欣赏玩味。这岂不是把照相机也给比下去了吗？

李渔的谐趣好奇与活跃的心智，在他的这篇文字中都得到了淋漓尽致的表现。

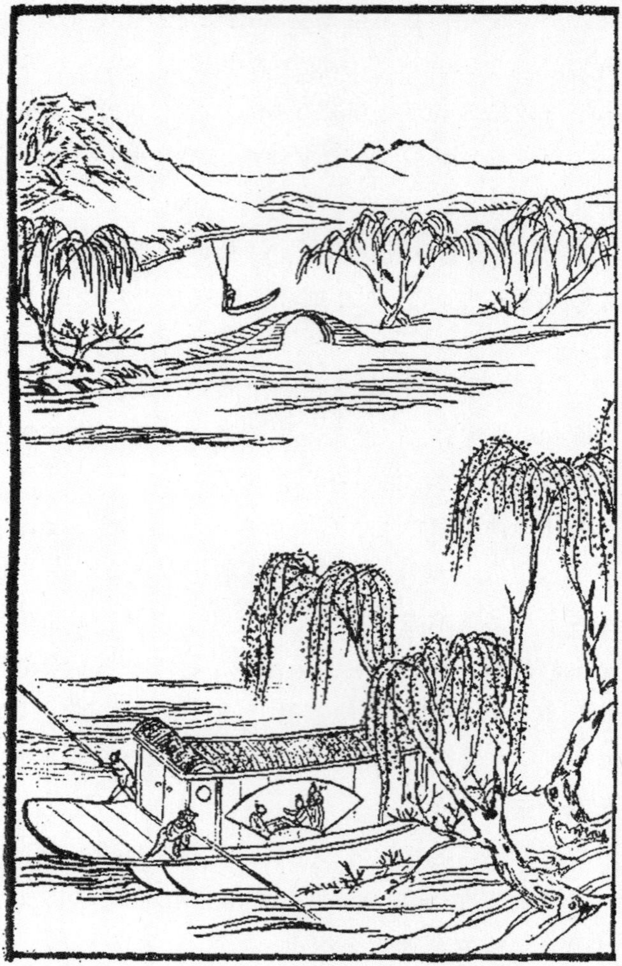

开窗莫妙于借景,而借景之法,予能得其三昧①。向犹私之,乃今嗜痂者众,将来必多依样葫芦,不若公之海内,使物物尽效其灵,人人均有其乐②。但期于得意酣歌之顷,高叫笠翁数声,使梦魂得以相傍,是人乐而我亦与焉,为愿足矣③。

向居西子湖滨,欲购湖舫一只,事事犹人④,不求稍异,止以窗格异之⑤。人询其法,予曰:四面皆实,独虚

---

① 三昧:奥妙、诀窍。
② [向犹私之]六句:以前我还将诀窍私藏起来,可是当下有怪癖嗜好的人不少,将来一定会有更多的人依葫芦画瓢,不如现在就向大家公开,使得每一样事物都能发挥它的灵验,每一个人都可以分享其中的乐趣。 向:过去、从前。
③ [但期]五句:只希望人们在得意尽兴之时,能高声呼唤我几声,使我们的梦魂得以相依为伴,大家的快乐,我也能分享,就如愿以偿了。 与:参与、分享。
④ 事事犹人:每件事都学别人,与别人一样。
⑤ [不求]二句:不要求有任何特异,只是在窗格上有所不同而已。

其中，而为"便面"之形⑥。实者用板，蒙以灰布，勿露一隙之光；虚者用木作框，上下皆曲而直其两旁，所谓便面是也。纯露空明，勿使有纤毫障翳⑦。是船之左右，止有二便面，便面之外，无他物矣。坐于其中，则两岸之湖光山色、寺观浮屠⑧、云烟竹树，以及往来之樵人牧竖⑨、醉翁游女，连人带马尽入便面之中，作我天然图画。且又时时变幻，不为一定之形。非特舟行之际⑩，摇一橹，

⑥ [四面] 三句：四面都是实的，只有中间是空的，而呈"便面"的样子。 便面：用以遮面的扇状物，这里指船上的扇形窗口。
⑦ [纯露] 二句：让窗子完全透光，没有丝毫遮蔽。 障翳：遮蔽。
⑧ 浮屠：佛塔。
⑨ 樵人牧竖：樵夫牧童。
⑩ 非特：不只。

变一象,撑一篙,换一景,即系缆时,风摇水动,亦刻刻异形⑪。是一日之内,现出百千万幅佳山佳水,总以便面收之⑫。而便面之制,又绝无多费,不过曲木两条、直木两条而已。

世有掷尽金钱,求为新异者,其能新异若此乎?此窗不但娱己,兼可娱人。不特以舟外无穷之景色摄入舟中,兼可以舟中所有之人物,并一切几席杯盘射出窗外,

---

⑪ 刻刻异形:每一刻看到的情形都不一样。
⑫ [是一日]三句:一天之内出现的千百万幅美好的山水图画,都可以收入我的扇形窗口了。

以备来往游人之玩赏⑬。何也？以内视外，固是一幅便面山水；而以外视内，亦是一幅扇头人物⑭。譬如拉妓邀僧，呼朋聚友，与之弹棋观画，分韵拈毫⑮，或饮或歌，任眠任起⑯，自外观之，无一不同绘事⑰。同一物也，同一事也，此窗未设以前，仅作事物观；一有此窗，则不烦指点，人人俱作画图观矣⑱。

⑬ [不特] 四句：不仅可以把窗外的景色摄入舟中，也可以把舟里的人物及杯盘投射到窗外去，以供来往的游人观赏。
⑭ [而以外视内] 二句：从外面往里面看，也如同是一幅扇面人物画。
⑮ 分韵拈毫：分韵赋诗题写。
⑯ 任眠任起：随意起卧，不守固定的钟点。
⑰ [自外] 二句：从外面看进去，没有一处不似图画。
⑱ [同一物] 数句：同一件物体，同一个事件，在没设这扇窗子以前，只被看作是寻常的事物。而一旦有了这扇窗子，无须烦扰别人指点，人人都把它当作图画来看了。

李渔

厅壁

本篇节选自《闲情偶寄·居室部·墙壁第三》,讲的是如何装饰居室中厅的墙壁。李渔不知从哪里请来了几位画师,为他的客厅设计了一幅壁画。从他的描写来看,这幅画似乎受到了西方幻象壁画的一些影响,在室内创造了室外空间的幻觉。但他还有自己的噱头:把鹦鹉隐藏在图绘的树枝树叶之间,客人走进客厅,正在赞叹画师艺术高超,以假乱真,没料到忽然枝头颤动,鹦鹉张开翅膀从画上飞了下来,一时大惊失色。这是李渔最开心的时刻了。他看上去就像是一位喜欢恶作剧的顽童,来了客人,便故伎重演,而且乐此不疲。

厅壁不宜太素，亦忌太华。名人尺幅自不可少①，但须浓淡得宜，错综有致。予谓裱轴不如实贴②。轴虑风起动摇，损伤名迹；实贴则无是患，且觉大小咸宜也③。实贴又不如实画，"何年顾虎头，满壁画沧州④"，自是高人韵事。予斋头偶仿此制，而又变幻其形，良朋至止，无不耳目一新，低回留之不能去者⑤。

因予性嗜禽鸟，而又最恶樊笼，二事难全，终年搜

① 尺幅：小幅字画。
② [予谓]句：我认为裱成图轴不如直接贴在墙上。 裱轴：裱成图轴。
③ [轴虑风起动摇]四句：画轴要担心风起摇动，会损害名人的墨迹。若是直接贴在墙上，那么就没有这个问题了，而且尺幅大小都可以。
④ [何年]二句：玄武庙的墙壁上，不知道什么时候被顾恺之画满了高人隐逸的山水壁画。 顾虎头：顾恺之，为东晋著名画家。 沧州：滨水之处，代指隐士居住的地方。
⑤ [予斋头]五句：我在书斋里偶尔仿照这种方式，又变换形象。好友到此，无不觉得耳目一新，徘徊留恋而不忍离去。 斋头：书斋。

索枯肠，一悟遂成良法⑥。乃于厅旁四壁，倩四名手，尽写着色花树，而绕以云烟，即以所爱禽鸟，蓄于虬枝老干之上⑦。画止空迹，鸟有实形，如何可蓄⑧？曰：不难，蓄之须自鹦鹉始。从来蓄鹦鹉者必用铜架，即以铜架去其三面，止存立脚之一条，并饮水啄粟之二管⑨。先于所画松枝之上，穴一小小壁孔，后以架鹦鹉者插入其中，务使极固，庶往来跳跃，不致动摇⑩。松为着色之松，鸟

⑥ [终年] 二句：我整年竭力思索，突然间醒悟，想出了一个好方法。
⑦ [乃于] 六句：于是聘请四位名画家，在厅旁的四面墙壁，画满着色的花树，并且以云烟缭绕其间，再把心爱的鸟养在蜷曲的树枝和老树干上。　倩：聘请。
⑧ [画止空迹] 三句：画是虚的，鸟却有实在的形体，怎么能畜养在画中呢？
⑨ [从来蓄鹦鹉者] 四句：从来畜养鹦鹉的人一定要用铜架，把铜架的其中三面去除，只留下一根立脚，再加上供鹦鹉饮水啄食的两条管子。
⑩ [先于所画松枝之上] 六句：先在墙上所画的松枝上钻一个小洞，之后再把铜架插进去，务必要插得牢固，这样鹦鹉来去跳跃时，就不至于动摇。　穴：钻洞。　庶：希望、但愿。

亦有色之鸟，互相映发，有如一笔写成。良朋至止，仰观壁画，忽见枝头鸟动，叶底翎张⑪，无不色变神飞，诧为仙笔⑫；乃惊疑未定，又复载飞载鸣，似欲翱翔而下矣。谛观熟视，方知个里情形⑬，有不抵掌叫绝，而称巧夺天工者乎？

若四壁尽蓄鹦鹉，又忌雷同，势必间以他鸟⑭。鸟之善鸣者，推画眉第一。然鹦鹉之笼可去，画眉之笼不可

---

⑪ 翎：羽毛。
⑫ 诧：惊讶。
⑬ [谛观熟视]二句：仔细观察审视，才知道其中的情形。 个里：此中、其中。
⑭ [势必]一句：势必搭配其他鸟类。

去也，将奈之何⑮？

予又有一法：取树枝之拳曲似龙者，截取一段，密者听其自如，疏者网以铁线，不使太疏，亦不使太密，总以不致飞脱为主⑯。蓄画眉于中，插之亦如前法。此声方歇，彼喙复开；翠羽初收，丹睛复转⑰。因禽鸟之善鸣善啄，觉花树之亦动亦摇；流水不鸣而似鸣，高山是寂而非寂。坐客别去者，皆作殷浩书空，谓咄咄怪事，无有过此者矣⑱。

⑮ [然鹦鹉] 三句：然而鹦鹉可以不用笼子，画眉却不能去掉笼子，这该怎么办呢？
⑯ [密者] 五句：树枝密的地方不用管它，疏的地方再加上铁丝，使它既不太密也不太疏，总的目的是确保画眉不至于飞走。
⑰ [此声方歇] 四句：这只画眉的叫声才停，那只的嘴巴又张开歌唱了；这只画眉刚收起翅膀，那只的眼睛又转动起来了。
⑱ [坐客别去者] 四句：离去的客人，都像殷浩书空一样，觉得令人惊讶的怪事，没有什么能跟这相比了。"殷浩书空""咄咄怪事"都出自《世说新语》。晋代殷浩被桓温废免，整天用手在空中书写"咄咄怪事"四字。后人用"殷浩书空"来表示对出乎意料之事的反应。

郑燮

范县署中寄舍弟墨第二书

郑燮（1693—1766），字克柔，号理庵，又号板桥。郑板桥一生画兰、竹、石，是"扬州八怪"的代表人物。扬州八怪是清中期扬州地区的一批风格相近的书画家的总称，又称"扬州画派"。他们大胆创新的艺术风格，为清中叶的文化带来了新鲜的活力。

郑板桥曾任范县县令，此封家书即他在任时写给堂弟郑墨的。他在信中向堂弟谈了买地筑宅的想法。新宅的地点不错，听上去颇有野趣，拟建的房子也足够敞亮：一间客厅，一间书房，可以贮存书籍，与良朋好友和后生小子谈文作诗。此生足矣，更复何求？唯一的问题，有人告诉他，就是怕强盗。此地多盗，可又有什么办法呢？郑板桥的回答有趣得很：那就只好开门把他们请进来，看上了什么就拿去好了。如果一无所获，干脆把家里的传家宝拿出来，换上几百钱，总可以救一时之急了吧？郑板桥的玩笑自有严肃之处，毕竟所谓盗贼不过就是穷人，没穷到吃不上饭，也不至于打劫为生。作为县令，他比谁都明白他们的难处。不过，他的玩笑又是自嘲:如果家里的宝贝最多也只能换上几百钱,那比强盗的处境又能好到哪儿去呢?他实际上告诉堂弟说,我只是一个穷县令,家徒四壁,怕什么强盗?

　　买宅原本是一件烦琐平常之事,但被郑板桥这么一写,就妙趣横生了。你看他是怎么写请强盗入门的:"不知盗贼亦穷民耳,开门延入,商量分惠,有甚么便拿甚么去。"我们的第一个印象就是语气生动,明白如话,原来古文还可以写成这样!再就是说什么跟强盗"商量分惠",听上去仿佛是不义之财,取之何妨?接下来该操心的,就只是如何分配了。这哪像是被强盗打劫的人说的话?可除了郑板桥,又有谁说得出这样的妙语呢?他的古文,很值得一读。

吾弟所买宅，严紧密栗，处家最宜①，只是天井太小，见天不大②。愚兄心思旷远，不乐居耳③。

是宅北至鹦鹉桥不过百步，鹦鹉桥至杏花楼不过三十步，其左右颇多隙地。幼时饮酒其傍，见一片荒城，半堤衰柳，断桥流水，破屋丛花，心窃乐之。若得制钱五十千④，便可买地一大段，他日结茅有在矣。吾意欲筑一土墙院子，门内多

---

① [严紧]二句：指此处住宅空间不大，格局紧凑，最适宜居家过日子。
② 天井：指宅院中的露天空间。
③ [愚兄]二句：只是我做哥哥的心思开阔远大，不喜欢住在那里而已。
④ 制钱：明、清两代由官府发行的、由官炉铸制的钱币，不同于前朝的旧钱和本朝的私铸钱。清廷规定白银一两兑换制钱千文，制钱五十千即白银五十两。

栽竹树草花，用碎砖铺曲径一条，以达二门。其内茅屋二间，一间坐客，一间作房，贮图书史籍笔墨砚瓦酒董茶具其中，为良朋好友后生小子论文赋诗之所。其后住家主屋三间，厨屋二间，奴子屋一间，共八间。俱用草苫[5]，如此足矣。

　　清晨日尚未出，望东海一片红霞，薄暮斜阳满树，立院中高处，便见烟水平桥。家中宴客，墙外人亦望见

---

[5] 苫（shān）：用茅草编成的覆盖物。

灯火。南至汝家百三十步，东至小园仅一水，实为恒便⑥。或曰：此等宅居甚适，只是怕盗贼。不知盗贼亦穷民耳，开门延入，商量分惠，有甚么便拿甚么去；若一无所有，便王献之青毡，亦可携取质百钱救急也⑦。吾弟当留心此地，为狂兄娱老之资，不知可能遂愿否⑧？

⑥ [东至] 二句：往东至小园仅隔一水，实在是非常方便。
⑦ [若一无所有] 三句：如果实在一无所有，就拿出家里的传家宝，也可换得百钱以救一时之急。　青毡（zhān）：用兽毛碾成的制品，典出王献之的故事，后泛指家传的故物。《晋书·王羲之传》附《王献之》："夜卧斋中，而有偷人入其室，盗物都尽。献之徐曰：'偷儿，青毡我家旧物，可特置之。'群偷惊走。"　质：抵押。
⑧ [吾弟当留心此地] 三句：你要随时留心这地方，作为我这狂放的哥哥欢度晚年的依托，不知道能不能如愿呢？

郑燮

书后又一纸

郑板桥在给他堂弟郑墨写的一封信中,说自己"平生最不喜笼中养鸟",而意犹未尽,又作了以下这一段补充。

前人写笼中之鸟者不少,也不乏同情之心,但他们真正关心的不是鸟,而是人,是他们自己。他们写鸟不过是用它来做比喻,也就是把它当成"喻体"来用,实际上是比喻自己深陷官场,失去了自由。陶渊明辞官归家时写道:"久在樊笼里,复得返自然。"说自己仿佛刚从笼子里放了出来,重新恢复了本性。至于笼子里的鸟呢?那是另外一个话题。而郑板桥却不然,他真正关心起鸟来了。他先说自己最不喜欢在笼中养鸟。为什么呢?他在信中解释道:"我图娱悦,彼在囚牢,何情何理,而必屈物之性,以适吾性乎?"在他看来,以牺牲鸟的天性来娱悦自己,这是不能接受的。而见笼中之鸟,有如囚徒,已足以令他为之不欢了,又谈何娱悦呢?在《书后又一纸》中,他接下来说,养鸟的最佳方法是在屋舍周围多种树,让鸟儿在树林中筑巢为家,自由地鸣叫飞舞。篇末写到自己最大的快乐,就是鸟儿能以天地为园囿,江河为池,让它们各适其性,在无限的天地间自由翱翔。

郑板桥可以说是以鸟之乐为乐,以鸟之悲为悲了,而不是借着这个话题来说自己的悲欢和哀乐。

所云不得笼中养鸟，而予又未尝不爱鸟，但养之有道耳。欲养鸟莫如多种树，使绕屋数百株，扶疏茂密①，为鸟国鸟家。将旦时，睡梦初醒，尚展转在被，听一片啁啾，如《云门》《咸池》之奏②。及披衣而起，颒面漱口啜茗，见其扬翚振彩，倏往倏来，目不暇给，固非一笼一羽之乐而已③。大率平生乐处，欲以天地为囿，江汉为池④，各适其天，斯为大快⑤。比之盆鱼笼鸟，其巨细仁忍何如也⑥！

① 扶疏：枝叶繁茂四布的样子。
② [将旦时] 五句：每天早晨，刚从梦中醒来，还在被褥里翻来覆去时，就可以听到一片鸟鸣声，就好像听到了《云门》《咸池》等古乐的演奏。 啁啾（zhōujiū）：形容鸟叫声。《云门》《咸池》：指古乐舞，相传与黄帝、尧有关。
③ [及披衣而起] 六句：等到起身穿好衣服，洗脸漱口品茶时，看到它们张开五彩缤纷的翅膀飞来飞去，令人目不暇接，这种乐趣本来就不是一笼一鸟之乐所能比的。 颒（huì）面：洗脸。 啜（chuò）茗：饮茶。 翚（huī）：羽毛。
④ 江汉：长江、汉水。
⑤ [各适其天] 二句：让它们各自适应其天性，这才是最大的快乐。
⑥ [比之] 二句：跟在盆里养鱼、笼中养鸟比起来，这样养鸟，在空间的大小与用心的仁慈或残忍上，显得多么不同啊！

姚鼐

登泰山记

姚鼐（1732—1815），字姬传，人称惜抱先生，是桐城派的重要作家。他曾纂辑《古文辞类纂》，此书为古文的发展确认正宗文统，影响深远，也成为后人学习古文的范本。

泰山自古为天子祭天的所在，也是著名的登览胜地。姚鼐的这篇游记描述了他与泰安知府朱孝纯于乾隆三十九年十二月二十八、二十九日（除夕）[1]，冒雪同登泰山的经历。他以形象的语言勾勒出泰山冬季的奇崛风景，尤其是夕照和日出，写得清晰如画，历历在目。其中"苍山负雪，明烛天南"两句，写他沿石阶而上，抬头初见峰巅负载着耀眼的白雪，在那一刻有如明亮的烛光，点燃了南天一角。白雪与蜡烛，原本一冷一热，并且水火不容，但作者却在峰顶闪耀的雪色中看到了擎天而立的烛光，真是出人预料，独具慧眼。精彩的比喻不是生造出来的，而是来自意外的发现：不经意中，从两个毫不相干、甚至性质相反的事物之间，看到了相似点。它给我们带来了惊喜，仿佛在那一

---

[1] 转换成西历，即 1775 年 1 月 29 日、30 日。

刹那重新认识了世界。

桐城派论文讲究趣旨"雅洁",姚鼐的这篇古文就是"雅洁"的标本。它章法谨严,文字简练,多用短句,甚至三两个字就形成一个句顿,偶尔与长句穿插搭配。骈偶对仗在古典诗文中原本寻常可见。汉字的特征,外加诗赋的训练,使得文人在写作时,自然而然地就带出了骈偶句。而姚鼐却不同,他在行文当中尽量避免骈偶化,甚至通篇找不到一处对仗句。这正是古文家刻意排斥骈文的结果,做起来并不容易。当然,做得恰到好处,可以给文章带来古雅的风味;要是做过了头,就变成了局促枯槁。

姚鼐作文还十分注重声音节奏的表现力。文章的开头部分写道:"自京师乘风雪,历齐河、长清,穿泰山西北谷,越长城之限,至于泰安。"这些短句,再加上密集地使用一系列动词,造成了急促的节奏与运动感,也传达了他迫不及待的心情。

值得注意的是,这篇游记依时间顺序一路写来,从一开始的匆忙急切,历尽艰辛,写到如梦似幻的沿途风光,直到泰山极顶看日出,可以说终于达到了辉煌的巅峰。但作者并没有结束在这个辉煌的瞬间上,而是把目光投向了四周的雪景。乍看上去,这有些违背常理,谁不希望把文章完成在一个高潮上呢?但这篇文章的结尾却独具匠心，别开生面。

回观登临日观峰的来路，鸟兽匿迹，瀑布停流，唯有松林和苍黑色的山石与白雪相映衬，线条短促明快，横平竖直。姚鼐笔下的泰山雪景三多、三少、三无："山多石，少土；石苍黑色，多平方，少圆。少杂树，多松，生石罅，皆平顶。冰雪，无瀑水，无鸟兽音迹。至日观数里内无树，而雪与人膝齐。"这一段读下来，就如同在观赏一座天然雕塑或一幅黑白照片，所有多余的事物、色彩和形状，全被白雪覆盖或抹掉了。这里用的是减法，而不是加法。你看他不只是描写眼前之景，还逐一指点那些看不见的东西，包括奔流的瀑布、活动的鸟兽、杂树和土，还有柔和的圆形轮廓。它们从画面上消失了、隐去了，或难得一见，或所剩无几。留下的部分构成了山的骨干和本质。而姚鼐的风格又何尝不是如此呢？这一段文字就像他笔下的泰山雪景那样干净洗练：不仅偏好短句，还删繁就简，不加修饰，少用甚至不用形容词和副词，是不折不扣的极简派作风。

读到这里，泰山风光已经从华彩绚烂变成了黑白明暗，由瞬息万变而归于万籁俱寂，连时间都仿佛停滞不动了。笼罩在天地之间的，是纯粹的静穆，过滤掉任何声响，平息了一切骚动。以此终篇，作者总算没有辜负这一次雪中泰山之旅。他一路写雪，从京城写起，又从山下一直写到了山上，而写雪是为了写山。日观峰的雪景奇观，终于让他领略了泰山超乎万象之上的崇高肃穆，而他此时此刻的内心感受，也自不待言了。前人称赞一篇诗文的结尾写得好，经常会说：言有尽而意无穷。或者说：此时无声胜有声。经历了奔波跋涉，也目睹了绚丽辉煌，姚鼐的泰山之行最终就结束在那群峰之巅的无边空寂与旷古宁静之中。

我记得有一位诗人也曾经这样写过："一切的峰顶，沉静。"

泰山之阳，汶水西流；其阴，济水东流①。阳谷皆入汶，阴谷皆入济。当其南北分者，古长城也②。最高日观峰，在长城南十五里。

余以乾隆三十九年十二月，自京师乘风雪，历齐河、长清，穿泰山西北谷，越长城之限，至于泰安。是月丁未，与知府朱孝纯子颍由南麓登。四十五里，道皆砌石为磴③，其级七千有余。

---

① [泰山之阳] 四句：泰山的南面，汶（wèn）河向西流，它的北面，济水向东流。这几句描写泰山的方位，山南水北谓之阳，山北水南谓之阴。 汶水：即大汶河，发源于山东莱芜东北原山，向西南流经泰安东。 济水：发源于河南济源市西王屋山，东流到山东入海。
② [当其南北分者] 二句：占据在南北分界线上的是古长城。 古长城：指战国时齐国修筑的长城，在山东境内。
③ 磴（dèng）：石头台阶。

泰山正南面有三谷。中谷绕泰安城下，郦道元所谓环水也。余始循以入，道少半，越中岭，复循西谷，遂至其巅。古时登山，循东谷入，道有天门。东谷者，古谓之天门溪水，余所不至也。今所经中岭及山巅，崖限当道者，世皆谓之天门云④。道中迷雾冰滑，磴几不可登。及既上，苍山负雪，明烛天南。望晚日照城郭，汶水、徂徕如画，而半山居雾若带然⑤。

④ [崖限当道者]二句：横挡在道中的像门槛一样的山崖，世人称之为"天门"。限：门槛。
⑤ [道中迷雾冰滑]八句：一路上雾气弥漫，路面结冰打滑，石阶几乎无法攀登。等到登上了山顶，望见青山上背负着白雪，雪色如同烛光那样，照亮了南面的天空。遥望夕阳映照着泰安城郭，汶水、徂徕山就像是图画一样，半山腰滞留的雾气仿佛是一条长长的带子。徂徕（cúlái）：山名。

戊申晦，五鼓⑥，与子颍坐日观亭待日出。大风扬积雪击面。亭东自足下皆云漫。稍见云中白若樗蒱数十立者，山也⑦。极天云一线异色，须臾成五采。日上，正赤如丹，下有红光动摇承之。或曰，此东海也。回视日观以西峰，或得日或否，绛皓驳色，而皆若偻⑧。

亭西有岱祠⑨，又有碧霞元君祠⑩。皇帝行宫在碧霞元

⑥ 戊申：即十二月二十九日，除夕日。 晦：每月的最后一天。 戊申晦：戊申这一天正值晦日。 五鼓：五更的鼓声。
⑦ [稍见] 二句：约略可见云中露出几十个白色的像樗蒱似的东西，那就是山峰。 樗蒱（chūpú）：古代的一种赌博游戏玩具，据说博戏中用于掷的骰子是用樗木制成的，其形两头椭圆，一面涂黑，一面涂白。
⑧ [回视] 四句：大意是回头看日观峰西面的山峰，有的被日光照到，有的没有照到，红白错杂，色彩斑驳。因为这些山峰不及日观峰的高度，看上去就像是面对日观峰而弓背俯首。 绛：红色。 皓：洁白、明亮。 偻（lǔ）：弯腰弓背。
⑨ 岱祠：东岳大帝庙。
⑩ 碧霞元君祠：据说是祭祀东岳大帝女儿的祠庙。

君祠东⑪。是日，观道中石刻，自唐显庆以来，其远古刻尽漫失。僻不当道者，皆不及往⑫。

山多石，少土；石苍黑色，多平方，少圜⑬。少杂树，多松，生石罅，皆平顶。冰雪，无瀑水，无鸟兽音迹。至日观数里内无树⑭，而雪与人膝齐。

桐城姚鼐记。

---

⑪ 皇帝行宫：此处指乾隆皇帝登泰山时所住的宫室。
⑫ [自唐显庆以来]四句：写姚鼐观看沿途的石刻，有的刻于唐代显庆年间，更早的石刻要么难以辨认，要么不复存在了。那些不在道边的、偏远一些的石刻，就来不及去看了。　显庆：唐高宗年号（656—661）。　漫：漫漶、模糊不清。
⑬ 圜：通"圆"。
⑭ 日观：即日观峰。

龚自珍

病梅馆记

龚自珍（1792—1841），字璱人，号定盦（ān），是清代中后期著名的文学家和思想家。他以诗词闻名，也开创了经世散文的新风格。

龚自珍在这篇短文中描述了一种病态的艺术观念，强调它如何对自然与生命造成了扭曲、压抑和伤害。他评论的对象是盆景艺术。对这门艺术该做何评价，那是另一个问题。龚自珍话中有话，借题发挥，抨击的是清王朝令人压抑的沉闷空气。

这篇文章让我们回想起孟子与告子的一场辩论。告子把人的本性比作木材，无所谓好坏善恶。工匠可以随心所欲地把它制成任何形状的器具，因为一切都取决于外力。孟子表示不同意。他认为木匠在制作器具时，务必顺应不同木材各自的本性，否则就会对它们造成斫伤和戕害。人的修养也是如此，哪里听说过通过戕贼人性，来培养仁义的呢？归根结底，孟子认为人性本善，而仁义修养也正是为了扩充光大人性，而不是通过暴力的手段对它施加改造。

在龚自珍看来,暮气沉沉的大清帝国早已令人不堪重负,正如繁文缛节的盆景以艺术之名,扼杀了草木的自然生长和盎然生机。他以作家和思想者的敏锐,在时代的氛围中感受到了令人窒息的压迫。他在1839年写作的《己亥杂诗》组诗中的一首写道:"九州风气恃风雷,万马齐喑究可哀。我劝天公重抖擞,不拘一格降人才。"有千万匹马的马群竟然喑哑无声,巨大的沉默黑云般覆盖着神州大地——这是龚自珍那个时代的悲哀,也是他个人的不幸。然而物极必反,六十年之后,我们听到了梁启超对"少年中国"的呼唤。少年人的"朝阳",如他所言,即将从古老帝国的灰烬中重新升起,而"历代之民贼有窒其生机者"也终将被历史所唾弃。

江宁之龙蟠，苏州之邓尉，杭州之西溪，皆产梅。

或曰：梅以曲为美，直则无姿；以欹为美①，正则无景；以疏为美，密则无态。固也②。此文人画士，心知其意，未可明诏大号，以绳天下之梅也③；又不可以使天下之民，斫直，删密，锄正，以夭梅、病梅为业以求钱也④。梅之欹、之疏、之曲，又非蠢蠢求钱之民，能以其智力为也⑤。有以文人画士孤癖之隐，明告鬻梅者，斫其正，养其旁条，删其密，夭其稚枝，锄其直，遏其生气，

① 欹（qī）：斜。
② 固也：的确如此。
③〔此文人画士〕四句：文人画家对此心知肚明，却不便公开宣扬，大力号召，用这种标准来约束天下之梅。 绳：标准、法度。此处用作动词，意思是规范、纠正。
④ 斫：砍去。 删：删刈。 夭：受到摧折。
⑤〔梅之欹〕三句：梅的枝干的倾斜、枝叶的疏朗、枝干的弯曲，又不是那些忙于赚钱的人凭借他们的智慧和力量就能做到的。

以求重价⑥,而江、浙之梅皆病。文人画士之祸之烈至此哉!

予购三百盆,皆病者,无一完者。既泣之三日,乃誓疗之、纵之、顺之,毁其盆,悉埋于地,解其棕缚⑦;以五年为期,必复之、全之。予本非文人画士,甘受诟厉⑧,辟病梅之馆以贮之⑨。

呜呼!安得使予多暇日,又多闲田,以广贮江宁、杭州、苏州之病梅,穷予生之光阴以疗梅也哉⑩?

⑥ [有以文人画士]九句:有的人把文人画士这种奇僻的隐秘嗜好,明白地告诉给卖梅的人,让他们砍掉端正的枝干,培养倾斜的侧枝,除去繁密的枝干,摧折它的嫩枝,锄掉笔直的枝干,遏制它的生机,用这样的方法来谋求好价钱。
⑦ 解其棕缚:解开捆绑它们的棕绳的束缚。
⑧ 诟厉:诅咒诟骂。
⑨ [辟病梅之馆]句:辟出一座病梅馆来储存病梅。
⑩ 安得:如何能做到。 穷予生之光阴:穷尽我一生的时间。 疗:治疗。

吴敏树

说钓

吴敏树（1805—1873），字本深，曾建书斋于故里南屏山，遂自号南屏。他为官清廉，长于古文，以儒家的五经、司马迁的《史记》和其他秦汉时期的作品为古文楷模，而欲在归有光和桐城派之外自立一家。

钓鱼有什么可说的，竟然还写成了一篇《说钓》？这篇文章说的是钓鱼，却别有所喻：通篇而下，汲汲于功名的"沽名钓誉"之徒，被一网打尽，成了作者笔下讥讽的对象。

钓鱼的人，如果像文中的"我"那样只想着结果，情况就不很妙了。钓到了小鱼，就期盼着大鱼而又唯恐不得回家交差，不过是为了博妻子一笑罢了。放下饭碗又匆忙出门，直奔大鱼而去，而且志在必得。结果却总不能如愿，更糟糕的是空手而归。就这样瞻前顾后，心烦意乱，把自己拖得疲惫不堪，还没钓到大鱼，就先被大鱼给打垮了。即便偶然侥幸，钓到了大鱼，可是"大之上有大焉，得之后有得焉"。比来比去，不知休止，而终无满足之时。

作者从"我"自身的钓游经验开始，连类引譬，写到了科举考试和官场生涯。然而沽名钓誉的宦海浮沉，又远甚于钓鱼的患得患失。因此，回首往昔，即便是想念起一心钓鱼的日子，也已经回不去了。这就叫作退而求其次却不可得。从文章的章法上说，便是退一步的写法。这样一来，文字的表达就显得曲折有致，更富于层次感了。

还有一层意思不该忘记。作者在文章的开头就提醒我们，在他设立目标，一心一意要钓大鱼之前，垂钓原本是何等自在悠闲的一桩乐事啊！他当初村居无事，就曾以钓游为乐："钓之道未善也，亦知其趣焉。"那时的我虽然不擅长钓鱼，却颇能体会其中的乐趣。钓游之乐乃隐逸之乐，不以鱼为目的，也与技术的高低无关。模仿欧阳修《醉翁亭记》的说法，正是：钓者之意不在鱼，在乎山水之间也。

愿钓游者不忘初心，永远保有那些简单的快乐。

余村居无事，喜钓游。钓之道未善也，亦知其趣焉①。当初夏、中秋之月，蚤食后出门，而望见村中塘水，晴碧泛然，疾理钓丝②，持篮而往。至乎塘岸，择水草空处投食其中，饵钓而下之，蹲而视其浮子，思其动而掣之③，则得大鱼焉。无何④，浮子寂然，则徐牵引之，仍自寂然；已而手倦足疲，倚竿于岸，游目而视之，其寂然者如故。盖逾时始得一动⑤，动而掣之则无有。余曰："是

---

① [钓之道]二句：我对钓鱼的门道并不精通，但颇得其中乐趣。
② 蚤：早。 晴碧泛然：描写水面倒映晴空，一片空阔。 疾：急速、赶紧。
③ 浮子：钓鱼时，绑在鱼线上的浮物，即鱼漂、浮漂。浮子下沉，就表示有鱼上钩。 掣：拉起。
④ 无何：没多久。
⑤ 逾时：过了很久。

小鱼之窃食者也,鱼将至矣。"又逾时动者稍异,掣之得鲫⑥,长可四五寸许。余曰:"鱼至矣,大者可得矣!"起立而伺之,注意以取之,间乃一得,率如前之鱼,无有大者⑦。日方午,腹饥思食甚,余忍而不归以钓。见村人之田者,皆毕食以出,乃收竿持鱼以归。归而妻子劳问有鱼乎⑧?余示以篮而一相笑也。乃饭后仍出,更诣别塘求钓处,逮暮乃归,其得鱼与午前比⑨。或一日得鱼稍大

⑥ 鲫:鲫鱼,常见的食用鱼。
⑦ [起立而伺(sì)之]五句:站起来等候大鱼的到来,全神专注,希望可以到手。可间或钓到几只,却和先前钓到的相差无几,并没有什么大鱼。 伺:观察,等候。
⑧ [归而]句:回到家中,妻子慰劳,问有没有钓到鱼?
⑨ [逮暮乃归]二句:到了傍晚才回家,钓到的鱼和上午差不多。

者某所,必数数往焉,卒未尝多得,且或无一得者⑩。余疑钓之不善,问之常钓家,率如是⑪。

嘻!此可以观矣。吾尝试求科第官禄于时矣,与吾之此钓有以异乎哉⑫?其始之就试有司也,是望而往,蹲而视焉者也⑬;其数试而不遇也,是久未得鱼者也;其幸而获于学官、乡举也,是得鱼之小者也⑭;若其进于礼部,吏于天官,是得鱼之大,吾方数数钓而又未能有之者

⑩〔或一日得鱼〕四句:某天在一处钓到了比平时稍大的鱼,我就会好几次都去那个地方,却不见得能钓到更多,有时甚至连一条都没钓到。
⑪〔余疑钓之不善〕三句:我常怀疑是我的钓鱼技巧不好,但请教了经常钓鱼的行家,他们说的情况也大致如此。
⑫〔吾尝试求科第官禄〕二句:我曾经想通过科举而谋取功名禄位于当下,这与我在此垂钓的经验又有什么不同呢? 科第官禄:科举品第,官位薪俸。
⑬〔其始之就试有司也〕三句:一开始去衙署参加科举考试,就像钓鱼时的情形,有所期待而前往,蹲在池塘边观察。 有司:负责科举考试的政府部门。
⑭〔其幸而获于学官、乡举也〕二句:有幸获得学官赏识,乡试中举,就像钓到了小鱼。 学官:掌管教育、考试的官员。 乡举:各省每三年举行一次乡试,乡试录取者称"举人"。

也⑮。然而大之上有大焉,得之后有得焉,劳神侥幸之门,忍苦风尘之路,终身无满意时,老死而不知休止。求如此之日暮归来而博妻孥之一笑,岂可得耶⑯?

　　夫钓,适事也,隐者之所游也,其趣或类于求得。终焉少系于人之心者,不足可欲故也⑰。吾将唯鱼之求,而无他钓焉,其可哉⑱?

⑮ [若其进于礼部] 四句:如果受礼部录取,得到吏部的任职,那就像钓到大鱼一样,我才有过可数的几次钓鱼经验,还不可能有这样的收获。　礼部:主管教育、考试等的政府部门。　天官:这里指吏部,主管官吏的任免、考核、升降、调动。

⑯ [然后大之上有大焉] 八句:但是大鱼之上还有更大的鱼,得到了之后又想得到更大的。劳费心神,想着侥幸可以成功,忍受奔波的辛苦,终其一生都没有满意之时,到死也不知停歇。哪怕只求像当初那样,晚上回家可以博得妻儿一笑,又岂能做得到呢?　孥:儿女。

⑰ [夫钓] 六句:钓鱼是闲适之事,也是隐者的喜好。其趣旨与功利之事有类似之处,但最终只不过稍系于人心而已,那是因为从中获得的利益无足轻重,不值得费心追求。　适:适意。　求得:有目的性的功利行为。

⑱ [吾将唯鱼之求] 三句:我只是希望得鱼而已,别无其他索求,总还是可以的吧?

曾国藩

养晦堂记

曾国藩（1811—1872），字伯涵，号涤生，晚清名臣。他终身恪守儒家的理学，推崇桐城派古文，对晚清的文坛产生了持久的影响。

本篇是曾国藩为朋友刘孟容的书斋养晦堂所写的记文。刘孟容（1816—1873）即刘蓉，号霞仙。他曾做过曾国藩的幕客，为人勤奋好学，长于诗词古文。曾国藩在文章中详述了"养晦"的原因和道理，并赞扬和肯定朋友的高贵品质。他希望后世学子能外观世事之变，内求诸己，像君子那样行身处世，安顿自己的人生。

争强好胜，是人之血性使然，但君子却能韬光养晦，不在众人所争之事上，较一日之短长。这背后的道理究竟何在呢？这篇文章中的两句话值得我们深思：一句是"自以为晦，天下之至光明也"；另一句是"君子之道，自得于中而外无所求"。大意是说，君子或许自以为养晦就是自甘晦暗，但实际上却是天下最大的光明；君子之道来源于自我的内心，而不依赖世间的成功和荣耀。文章接着写道：多少人趋炎附势，奔命于显耀之途,一旦大势已去,意兴萧索,希望像普通人那样生活却不可得,所谓烜赫荣耀不过是徒有其名罢了。的确,从未有过发自内心的光明,又何曾见到过真正的辉煌呢?

让我们仔细观察一下作者选择的两组词语:一组与晦默相关,包括"闷、幽默、暗然退藏、暗默自藏、养晦",另一组与光耀相关,如"赫赫、炎炎、烜赫、高明、光明、焜耀"。每一组又可以分为两类,大致以内外划界。例如,内心的"光明"与外在的"烜赫",就判然不同,而褒贬自见。这两组词语贯穿了全文的终始,也为文章提供了一个富于象征性的意义结构。

君子修辞以立其诚,在曾国藩这样的儒者那里,文章与个人的身心修养是密不可分的。他的《养晦堂记》教导我们躲避耀眼的显赫,而让自己沐浴在晦默君子的至大"光明"之中。

凡民有血气之性，则翘然而思有以上人。恶卑而就高，恶贫而觊富，恶寂寂而思赫赫之名①。此世人之恒情②。而凡民之中有君子人者，率常终身幽默，暗然退藏。彼岂与人异性？诚见乎其大，而知众人所争者之不足深较也③。

盖《论语》载，齐景公有马千驷，曾不得与首阳饿莩挈论短长矣④。余尝即其说推之，自秦汉以来，迄于今

---

① [凡民]五句：平常人只要有血气之性，就会期待超过他人，厌恶身份低微而想有所高升，厌恶贫困而觊觎（jìyú）富裕，厌恶默默无闻而渴望赫赫有名。　翘然：翘首企足貌，形容期待和渴望。　上：此处作动词用，指超过，居于他人之上。
② 恒情：常态。
③ [而凡民之中有君子人者]六句：然而众人中的君子，他们大多终其一生而沉静不显，退避隐藏。难道他们的本性和他人不同吗？不是的，而确实是因为他们的见识宏大，因而知道一般人所争之事是不值得认真计较的。　幽默：寂静无声。　诚：的确。
④ [盖《论语》载]三句：《论语》中记载，齐景公拥有四千匹马，在道德上却不能与饿死在首阳山上的隐士伯夷、叔齐相提并论。周武王统一天下，殷人伯夷、叔齐兄弟二人耻食周粟，隐于首阳山，采薇而食，后饿死。　饿莩（piǎo）：饿死者的尸首。　莩：通"殍"。　挈（qiè）论：评论。

日,达官贵人,何可胜数?当其高据势要,雍容进止,自以为材智加人万万⑤,及夫身没观之,彼与当日之厮役贱卒,污行贾竖,营营而生,草草而死者,无以异也⑥。而其间又有功业文学猎取浮名者,自以为材智加人万万,及夫身没观之,彼与当日之厮役贱卒,污行贾竖,营营而生,草草而死者,亦无以甚异也。然则今日之处高位而获浮名者,自谓辞晦而居显⑦,泰然自处于高明⑧。曾不

⑤ 势要:高位和要职。 雍容:形容仪态从容舒缓,文雅大方。 进止:即行止,一举一动。 加人万万:远远超过常人。
⑥ [及夫身没观之]六句:等到死的时候回过头来观察,他们与同时代的那些卑贱的奴仆差役和品行不端的商贾之徒一样,生时奔走钻营,死时仓促草率,并没有什么不同之处。 厮役贱卒:指地位低贱的奴仆和差役。 污行贾竖:行为卑污的市井商贩。
⑦ 自谓辞晦而居显:自以为脱离了默默无闻的状态而身居显要之位。
⑧ 高明:此指显要之位。

知其与眼前之厮役贱卒、污行贾竖之营营者行将同归于澌尽,而毫毛无以少异⁹。岂不哀哉!

吾友刘君孟容,湛默而严恭⁰,好道而寡欲。自其壮岁,则已泊然而外富贵矣⑪。既而察物观变,又能外乎名誉⑫。于是名其所居曰"养晦堂",而以书抵国藩为之记⑬。

昔周之末世,庄生闵天下之士,湛于势利,汩于毁

⑨ [曾不知]二句:他们竟不知道自己与眼前蝇营狗苟的奴仆差役、不端商人即将一同消亡,而且没有丝毫的差别。 澌尽:消灭。少:稍微。
⑩ 湛(zhàn)默:同"沉默"。
⑪ [自其壮岁]二句:从壮年起,他就已经心境淡泊而不慕富贵了。
⑫ 外乎名誉:以名誉为身外之物。
⑬ [而以书抵国藩]句:(他)寄信给我,请我为他的"养晦堂"作记。

誉，故为书戒人以暗默自藏，如所称董梧、宜僚、壶子之伦，三致意焉⑭。而扬雄亦称："炎炎者灭，隆隆者绝。高明之家，鬼瞰其室⑮。"君子之道，自得于中而外无所求。饥冻不足于事畜而无怨，举世不见知而无闷⑯。自以为晦，天下之至光明也。若夫奔命于烜赫之途，一旦势尽意索，求如寻常穷约之人而不可得，乌睹可谓焜耀者哉⑰？余为备陈所以，盖坚孟容之志⑱；后之君子，亦观省焉。

⑭ [昔周之末世] 七句：周代末年，庄周忧怜天下的读书人沉迷于权势、财富、诋毁和赞誉，所以写文章告诫世人要以缄默隐藏自己，如他所称许的董梧、宜僚、壶子这些人，他对此再三表达其意。闵：同"悯"。 湛（dān）：沉溺。 汩（gǔ）：沉迷。 董梧、宜僚、壶子：早期道家所称许的人物，出自《庄子》和《淮南子》等书。

⑮ [而扬雄亦称] 数句：而汉代的扬雄也说过："声威烜赫之人容易招致毁灭和子孙断绝，高贵显赫之家常有鬼来窥看。"

⑯ [饥冻不足于事畜] 二句：自己饥寒交迫，不足以侍奉父母和抚养妻儿却不发怨言；不被世人了解认可，而内心却不苦闷烦恼。事畜：指服侍父母，抚养妻儿，语出《孟子》。

⑰ [若夫奔命] 四句：像那些为了世间的荣耀而疲于奔命的人，有朝一日大势已去、意兴阑珊，希望自己能像寻常贫寒之人那样生活却不可得，哪里看得见堪称真正的辉煌呢？ 烜（xuǎn）赫：名声或威望很盛。 穷约：穷困、拮据。 可谓：堪称。 焜耀（kūn yào）：明照、辉煌。

⑱ [余为备陈所以] 二句：我为此详细陈述其中的缘由，是为了坚定孟容的志向。 坚：坚固、加强。

魏源

《海国图志》叙（节选）

魏源（1794—1857），名远达，字默深，号良图。他是晚清著名的思想家，是引领近代中国走向世界的先行者之一。他倡导学习西方先进科学技术，提出"师夷长技以制夷"。魏源的思想后来产生过深远的历史影响。

《海国图志》在林则徐主持编译的《四洲志》的基础上扩展而成，是一部介绍西方国家科学技术和世界各国地理、历史知识的综合性图书。这本书的出现拓宽了国人的视野，也开启了近代中国放眼看世界的新风气。

"叙"即"序"。这篇序文是魏源于1843年为《海国图志》五十卷本所作的序。这里读到的是节选本，删去了原文最后一部分对全书章节的介绍。《海国图志》初刻为五十卷，后增补六十卷。

为这样一部重要的著作写序，多少有些难以下手吧，作者自己也未必就拿得准。或者千头万绪，说来话长，反倒像是一部二十四史，不知从何说起了。但魏源却毫不为难，直奔主题而去。从前人为书作序，往往采用问答体，魏源也是如此。他每一段都以一个问题开头，每一段只回答那个问题：这部书以什么为依据？出自何处？与从前的海图之书有什么不同？当然，最关键的还是：编这本书的目的是什么？它有什么用处？只要这几个问题都问到了点子上，读者人人点头，序文就成功了一半。为什么只成功了一半呢？那是因为还有另一半：这些问题不能东一榔头西一棒，而必须有内在的逻辑关系，能够从一个问题引出下一个问题来。这篇序文思路清晰，笔法凌厉，如快刀斩乱麻，可以见出魏源行文做事的一贯风格，不信试看这几句："是书何以作？曰：为以夷攻夷而作，为以夷款夷而作，为师夷长技以制夷而作。"把一部大书的目的概括成了三句话，而且句句紧逼，绝不拖泥带水，读罢让人为之心折。回答了读者最关心的这一系列问题，序的目的就达到了。这本书可以言归正传，正式开始了。

《海国图志》六十卷何所据？一据前两广总督林尚书所译西夷之《四洲志》①，再据历代史志及明以来岛志，及近日夷图、夷语②。钩稽贯串，创榛辟莽，前驱先路③。大都东南洋、西南洋增于原书者十之八，大小西洋、北洋、外大西洋增于原书者十之六④。又图以经之，表以纬之⑤，博参群议以发挥之。

　　何以异于昔人海图之书？曰：彼皆以中土人谭西洋⑥，

① 林尚书：即林则徐。
② 夷图、夷语：外国人绘制的地图和撰写的著作。
③ [钩稽贯串] 三句：通过查考后将这些资料贯连起来，这些都是前人没有做过的事，就像铲除杂树野草，开辟道路一样。钩稽：查证考核。创榛辟莽："创"和"辟"指开辟、剪除，"榛"和"莽"泛指丛生的荆棘和草莽。
④ [大都] 二句：基本上关于东南洋、西南洋的部分比原书增加了十分之八，大小西洋、北洋、外大西洋部分比原书增加了十分之六。东南洋：魏源在此指东南亚海域，包括朝鲜、日本海域和大洋洲海域。　西南洋：指包括阿拉伯海东部在内的南亚海域，以及西南亚东南面的阿拉伯西部等海域。　大西洋：指西欧诸国和西班牙、葡萄牙的西南海域，即大西洋连接这些国家的部分，以及北海的南部和西部。　小西洋：大西洋和印度洋连接非洲的部分。　北洋：指北冰洋及其南面各海的连接欧亚两大洲的部分，部分波罗的海沿岸国家的海域，丹麦以西的北海东部及格陵兰岛周围海域。　外大西洋：指大西洋连接南、北美洲的部分。
⑤ [又图以为经之] 二句：此外，以图为经，以表为纬。
⑥ 中土：中国。　谭：通"谈"。　西洋：这里的西洋指大西洋沿岸的欧美各国。

此则以西洋人谭西洋也。

是书何以作？曰：为以夷攻夷而作，为以夷款夷而作，为师夷长技以制夷而作⑦。

《易》曰："爱恶相攻而吉凶生，远近相取而悔吝生，情伪相感而利害生⑧。"故同一御敌，而知其形与不知其形，利害相百焉⑨；同一款敌，而知其情与不知其情，利害相百焉。古之驭外夷者，诹以敌形，形同几席；诹以

---

⑦ [为以夷攻夷而作] 三句：为了借助外夷来攻克外夷而作，为了使用外夷的方式与外夷交接相处而作，为了通过学习外夷的长处来制服外夷而作。 款：此处指接待、相处，包括款议谈判。
⑧ [爱恶相攻] 三句：出自《周易》的《系辞》，大意是说，爱恶相互冲突产生吉凶，远近相互争夺产生悔恨，真假相互作用产生利害。悔吝：悔恨。
⑨ 利害相百：利害之间相差百倍。

敌情，情同寝馈⑩。

然则执此书即可驭外夷乎？曰：唯唯，否否⑪！此兵机也，非兵本也⑫；有形之兵也，非无形之兵也。明臣有言⑬："欲平海上之倭患⑭，先平人心之积患。"人心之积患如之何？非水，非火，非刃，非金，非沿海之奸民，非吸烟贩烟之莠民⑮。故君子读《云汉》《车攻》，先于《常武》《江汉》，而知二《雅》诗人之所发愤⑯；玩卦爻内外消息，而

⑩ [古之驭外夷者] 五句：古代能够驾驭外敌的人，他们都能清晰准确地掌握敌人的情形，如同与他们熟悉到了同餐共寝的程度。　诹（zōu）：询问、探取。　几席：饭桌和床席。　寝馈（kuì）：睡觉、吃饭。
⑪ 唯唯，否否：应答之词，不置可否。
⑫ [此兵机也] 二句：这是用兵的计策，而不是用兵的根本。
⑬ 明臣：明代大臣。
⑭ 倭患：指明代东南沿海经常出现的海盗侵扰之患。　倭：指日本。
⑮ 莠（yǒu）民：刁民。
⑯ 《云汉》《车攻》：为《诗经》中赞美周王勤政爱民的诗篇。《常武》《江汉》：为《诗经》中歌颂周王征伐外敌的诗篇。　二《雅》：指《大雅》和《小雅》，是《诗经》中的两个部分。　这几句说君子读《诗经》时，先读称颂周王勤政爱民的篇章，然后才读周王攻伐外敌的篇章。这就如同明臣所说的那样："欲平海上之倭患，先平人心之积患。"

知大《易》作者之所忧患⑰。愤与忧，天道所以倾否而之泰也，人心所以违寐而之觉也，人才所以革虚而之实也⑱。

昔准噶尔跳踉于康熙、雍正之两朝，而电扫于乾隆之中叶。夷烟流毒，罪万准夷⑲。吾皇仁勤，上符列祖。天时人事，倚伏相乘⑳。何患攘剔之无期，何患奋武之无会㉑？此凡有血气者所宜愤悱，凡有耳目心知者所宜讲画也㉒。去伪、去饰、去畏难、去养痈、去营窟，则

⑰ 玩：玩味、体会。　卦爻："爻"是《周易》中构成卦的符号，古人根据爻象的变化来预测吉凶。《易》：即《周易》。
⑱ [愤与忧]四句：人们有了愤发与忧患，天道才因此穷尽否运而转为安泰，人心才因此脱离蒙昧而获得醒觉，人才也因此抛弃空谈而走向实务。　违：脱离。　寐：蒙昧。　革：革除。
⑲ [昔准噶尔]四句：过去准噶尔部在康熙、雍正两朝时飞扬跋扈，但在乾隆朝中叶却如闪电般被扫除。如今鸦片烟流传的毒害，其罪恶超过了准噶尔一万倍。　准噶尔：清代的蒙古四部之一，以伊犁为核心，往来游牧于天山南北。　跳踉：猖狂，引申为叛乱。　夷烟：指鸦片烟。
⑳ 倚伏：指祸福相互依存，出自《老子》："祸兮福之所倚，福兮祸之所伏。"相乘：指祸福相互转化。
㉑ 患：担心。　攘剔：排斥、剔除。　奋武：振奋武事。　会：机会。
㉒ 宜：应该。　愤：激愤。　悱（fěi）：积思求解。　讲画：议论、筹划。

人心之寐患祛㉓,其一。以实事程实功,以实功程实事㉔,艾三年而蓄之,网临渊而结之㉕,毋冯河,毋画饼,则人材之虚患祛㉖,其二。寐患去而天日昌,虚患去而风雷行。《传》曰:"孰荒于门,孰治于田?四海既均,越裳是臣㉗。"叙《海国图志》。

㉓ [去伪] 数句:去除伪装和粉饰,去除畏难思想,抛弃姑息养奸的做法,抛弃只为个人谋算的念头,人心的蒙昧之病就消除了。 养痈:"痈"即毒疮,因为怕疼而不愿割除,最终养痈成患,引申为姑息养奸的意思。 营窟:经营遁身之所。 祛:消除、治愈。

㉔ [以实事程实功] 二句:以实事为考核功绩的标准,用功绩来衡量实事。 程:衡量。

㉕ [艾三年而蓄之] 二句:艾草存放了三年之后,药性更好;到了水边才织网,也为时不晚。

㉖ [毋冯(píng)河] 三句:不要徒步过河,不要画饼充饥,人材虚而不实的弊病就去除了。 冯河:徒步涉水渡河。

㉗ [《传》曰] 数句:韩愈《琴曲歌辞·越裳操》里说:"谁使得门前荒芜,谁在田地里耕种?等到四海一统,远在南荒的越裳国也臣服。"越裳:古代传说中的南海国,多指今越南、老挝和柬埔寨一带。

梁启超

少年中国说

梁启超(1873—1929),字卓如,号任公,别号饮冰室主人,近代改良运动代表人物之一。梁启超也是近代文学革命的倡导者,大力提倡"诗界革命""新文体"和"小说界革命",在思想界和文坛上起了促进革新的作用。

我们从前面的文选一路读来,到了梁启超这里,恐怕会感觉有些异样吧?的确如此,一个新的时代已经到来,古文也为之面目一新。读梁启超的文章,可以强烈地感受到它的时代性。他作文如同面对观众讲演,慷慨陈词,振聋发聩,下笔万言而不自休。此外,梁启超很早就进入了报业,也经常在报刊上发表文章。这些文章往往纵论时事,眼界宏大,旁征博引,并且大量使用比喻和排比句,带来了激扬恢宏的气势,因此又被称作报刊政论体。梁启超的文章就是这个新时代的产物,是古文中的新文体。是的,新时代也可以有古文,而古文也可以有新文体。

《少年中国说》写于1900年。当时的中国内忧外患,处境艰难,而梁启超却为中国想象了一个置之死地而后生的未来。"少年中国说"至少有两个源头:一方面来自十九世纪的欧洲，一方面来自中国的先贤。把一个民族的历史比作人的一生，由少年、壮年而至老年——这是欧洲十九世纪浪漫主义者和民族主义者所常用的说法。马志尼创"少年意大利说"，为同样也是古老文明的中国带来了希望。一个历史悠久的老大民族如何自新，如何从古老的传统中焕发出生命的活力，这正是梁启超所面对的问题。在这篇文章中，梁启超也提到了龚自珍的诗篇《能令公少年行》。这首诗写诗人如何奋飞于想象之域，奇迹般恢复了少年的元气。而向往自由之境，并以绝大的勇力冲决一切对生命的束缚与压制，这也正是他《病梅馆记》的主题。

在这篇文章中，梁启超反复写到清王朝如何日渐衰朽，从上至下，沉抑郁闷而无所作为；悲凉之雾，遍被华林。官员们在年复一年的科举考试、日复一日的八股文吟哦，以及没完没了的请安、作揖、磕头、当差和各式各样的官场逢迎周旋当中，消耗了生命和意志力。他们终日所思所想，无非就是谋求一官半职，然后不惜代价保住官位，同时却尸位素餐，并且心安理得。梁启超想象的少年中国与老大中国截然相反：那里的一切都象征着新生的、向上的力量，如朝阳、如乳虎、如春前之草、如长江之初发源。少年中国让我们回到了开始的开始，去拥抱生的欢欣和面向未来的无限展望。

《少年中国说》在比喻与实指之间不断滑动往还："少年"既是未来中国的一个比喻，又象征着一种精神状态，与年龄未必有关，如作者引用的欧洲谚语所说：

"有三岁之翁，有百岁之童。"不过，所谓少年也无妨从字面上来理解，指的就是生龙活虎、如日初升的少年人，而梁启超正是将中国的希望寄托在了他们身上："少年智则国智，少年富则国富，少年强则国强，少年独立则国独立，少年自由则国自由，少年进步则国进步，少年胜于欧洲则国胜于欧洲，少年雄于地球则国雄于地球。"

　　奋发吧，少年！诚如梁启超所言："今日之责任，不在他人，而全在我少年。"

日本人之称我中国也，一则曰老大帝国，再则曰老大帝国。是语也，盖袭译欧西人之言也。呜呼！我中国其果老大矣乎？梁启超曰：恶①，是何言！是何言！吾心目中有一少年中国在。

欲言国之老少，请先言人之老少。老年人常思既往，少年人常思将来。惟思既往也，故生留恋心；惟思将来也，故生希望心。惟留恋也故保守；惟希望也故进取。惟保守也故永旧；惟进取也故日新。惟思既往也，事事皆其所已经者，故惟知照例；惟思将来也，事事皆其所未经者，故常敢破格。老年人常多忧虑，少年人常好行乐。惟多忧也，故灰心；惟行乐也，故盛气。惟灰心也，故怯懦；惟盛气也，故豪壮。惟怯懦也，故苟且；惟豪壮也，故冒险。惟苟且也，故能灭世界；惟冒险也，故能造世界。老年人常厌事，少年人常喜事。惟厌事也，故常觉一切事无可为者；惟好事也，故常觉一切事无不可为者。老年人如夕照，少年人如朝阳；老年人如瘠牛，少年人如乳虎；老年人如僧，少年人如侠；老年人如字典，少年人如戏文；老年人如鸦片烟，少年人如泼兰地酒②；老年人如别行星之陨石，少年人如大洋海之珊瑚岛；老年人如埃及沙漠之金字塔，少年人如西伯利亚之铁路；老年人如秋后之柳，少年人如春前之草；老年人如死海之潴为泽③，少年人如长江之初发源：此老年与少年性格不同之大略也。梁启超曰："人固有之，国亦宜然。"

梁启超曰：伤哉，老大也！浔阳江头琵琶妇，当明月绕船，枫叶瑟瑟，衾寒于铁，似梦非梦之时，追想洛阳尘中春花秋月之佳趣④。西宫南内，白发宫娥，一灯如穗，三五对坐，谈开元天宝间遗事，谱《霓裳羽衣曲》⑤。青门种瓜人，左对孺人，顾弄孺子，忆侯门似海珠履杂遝之盛事⑥。拿破仑之流于厄蔑，阿剌飞之幽于锡兰⑦，与三两监守吏，或过访之好事者，道当年短刀匹马，驰骋中原，

① 恶（wū）：感叹词，表示惊讶和反感。
② 泼兰地酒：即白兰地，一种烈酒。
③ 潴（zhū）：水停聚处。
④ [浔阳江头琵琶妇] 数句：出自唐代白居易的《琵琶行》，写浔阳江头一位弹琵琶的歌女，"老大嫁作商人妇"的凄苦命运。
⑤ [西宫南内] 数句：暗用白居易的《长恨歌》的意境，其中有"西宫南内多秋草，落叶满阶红不扫"句，写宫女追忆安史之乱前的盛唐遗事。中唐时期此类诗歌很多，如元稹的《行宫》："白头宫女在，闲坐说玄宗。"《霓裳羽衣曲》：传为杨贵妃所作。
⑥ [青门种瓜人] 四句：在长安东门外种瓜的召平，对着身边的妻子，戏逗自己的孩子，回忆起当年门前车水马龙、宾客云集的热闹情景。青门种瓜人：即秦东陵侯召平，秦破，为布衣。家贫，种瓜于长安城东门（即青门）外。　侯门：指权豪势要之家。　珠履：缀着珍珠的鞋子。　杂遝（tà）：纷杂繁多貌。
⑦ 厄蔑：指位于地中海的厄尔巴岛，1814年拿破仑一世战败后被流放至此。　阿剌飞：指艾哈迈德·阿拉比（约1839—1911），埃及爱国将领。1882年率军抵抗英国入侵，战败后被囚禁在锡兰（今斯里兰卡）。　流：流放。　幽：囚禁。

席卷欧洲，血战海楼，一声叱咤，万国震恐之丰功伟烈，初而拍案，继而抚髀⑧，终而揽镜。呜呼！面皱齿尽，白发盈把，颓然老矣！若是者舍幽郁之外无心事，舍悲惨之外无天地，舍颓唐之外无日月，舍叹息之外无音声，舍待死之外无事业，美人豪杰且然，而况于寻常碌碌者耶？生平亲友，皆在墟墓，起居饮食，待命于人，今日且过，遑知他日，今年且过，遑恤明年⑨，普天下灰心短气之事，未有甚于老大者。于此人也，而欲望以拏云之

⑧ 抚髀（bì）：用手拍大腿，表示感叹。
⑨ 遑知：怎知。 遑恤：哪里顾得上。

手段，回天之事功，挟山超海之意气，能乎不能？

呜呼！我中国其果老大矣乎？立乎今日以指畴昔，唐虞三代，若何之郅治⑩；秦皇汉武，若何之雄杰，汉唐来之文学，若何之隆盛；康乾间之武功，若何之烜赫。历史家所铺叙，词章家所讴歌，何一非我国民少年时代良辰美景赏心乐事之陈迹哉！而今颓然老矣！昨日割五城，明日割十城，处处雀鼠尽，夜夜鸡犬惊，十八省之土地财产，已为人怀中之肉，四百兆之父兄子弟，已为人注籍之奴，岂所谓"老大嫁作商人妇"者耶？呜呼！凭君莫话当年事，憔悴韶光不忍看！楚囚相对，岌岌顾影，人命危浅，朝不虑夕⑪。国为待死之国，一国之民为待死之民，万事付之奈何，一切凭人作弄，亦何足怪！

梁启超曰：我中国其果老大矣乎？是今日全地球之一大问题也。如其老大也，则是中国为过去之国，即地球上昔本有此国，而今渐渐灭，他日之命运殆将尽也。如其非老大也，则是中国为未来之国，即地球上昔未现此国，而今渐发达，他日之前程且方长也。欲断今日之中国为老大耶？为少年耶？则不可不先明国字之意义。夫国也者何物也？有土地，有人民，以居于其土地之人民而治其所居之土地之事；自制法律而自守之，有主权，有服从，人人皆主权者，人人皆服从者。夫如是，斯谓之完全成立之国。地球上之有完全成立之国也，自百年以来也。完全成立者，壮年之事也；未能完全成立而渐进于完全成立者，少年之事也。故吾得一言以断之曰：欧洲列邦在今日为壮年国，而我中国在今日为少年国。

夫古昔之中国者，虽有国之名，而未成国之形也。或为家族之国，或为酋长之国，或为诸侯封建之国，或为一王专制之国，虽种类不一，要之，其于国家之体质也，有其一部而缺其一部。正如婴儿自胚胎以迄成童，其身体之一二官支⑫，先行长成，此外则全体虽粗具，然未能得其用也。故唐虞以前为胚胎时代，殷周之际为乳哺时代，由孔子而来至于今为童子时代，逐渐发达，而今乃始将入成童以上少年之界焉。其长成所以若是之迟者，则历代之民贼有窒其生机者也⑬。譬犹童年多病，转类老态，或且疑其死期之将至焉，而不知皆由未完全未成立也。非过去之谓，而未来之谓也。

且我中国畴昔岂尝有国家哉！不过有朝廷耳。我黄帝子孙，聚族而居，立于此地球之上者既数千年，而问其国之为何名，则无有也。夫所谓唐、虞、夏、商、周、秦、汉、魏、晋、宋、齐、梁、陈、隋、唐、宋、元、明、清者，则皆朝名耳。朝也者，一家之私产也⑭；国也者，人民之公产也。朝有朝之老少，国有国之老少，朝与国既异物，则不能以朝之老少而指为国之老少明矣。文、武、成、康，周朝之少年时代也。幽、厉、桓、赧，则其老年时代也。高、文、景、武，汉朝之少年时代也。元、平、桓、灵，则其老年时代也。自余历朝，莫不有之，凡此者，谓为一朝廷之老也则可，谓为一国之老也则不可。一朝廷之老且死，犹一人之老且死也，于吾所谓中国者何与焉⑮。然则，吾中国者，前此尚未出现于世界，而今乃始萌芽云尔。天地大矣，前途辽矣，美哉我少年中国乎！

玛志尼者⑯，意大利三杰之魁也。以国事被罪，逃窜异邦，乃创立一会，名曰"少年意大利"。举国志士，云涌雾集以应之，卒乃光复旧物，使意大利为欧洲之一雄邦。夫意大利者，欧洲第一之老大国也，自罗马亡后，

⑩ 畴昔：往昔。 若何：何等。 郅治：大治。
⑪ [凭君莫话当年事]六句：请君莫说当年事，韶华已逝，衰老憔悴，不忍目睹！就像是束手待毙的楚囚，彼此相对，在危急之中，顾影自怜。性命危在旦夕，难以预测。 楚囚：原指春秋时期被囚禁在晋国的楚人钟仪，后泛指处于困境的囚徒。
⑫ 官支：器官、肢体。
⑬ 民贼：残害人民的人。 窒：窒息。
⑭ [朝也者]二句：王朝是皇帝一家的私产。
⑮ 何与：有什么关系呢。
⑯ 玛志尼：即朱塞佩·马志尼（1805—1872），意大利民族解放运动的领袖，他在1831年创立"青年意大利"革命团体，组织武装暴动，争取国家统一，多次流亡海外，屡败屡战，为意大利的民族独立做出了巨大贡献。

土地隶于教皇，政权归于奥国，殆所谓老而濒于死者矣，而得一玛志尼，且能举全国而少年之，况我中国之实为少年时代者耶？堂堂四百余州之国土，凛凛四百余兆之国民，岂遂无一玛志尼其人者？

龚自珍氏之集有诗一章，题曰《能令公少年行》，吾尝爱读之，而有味乎其用意之所存。我国民而自谓其国之老大也，斯果老大矣；我国民而自知其国之少年也，斯乃少年矣。西谚有之曰："有三岁之翁，有百岁之童。"然则国之老少，又无定形，而实随国民之心力以为消长者也。吾见乎玛志尼之能令国少年也，吾又见乎我国之官吏士民能令国老大也，吾为此惧！夫以如此壮丽浓郁翩翩绝世之少年中国，而使欧西、日本人谓我为老大者，何也？则以握国权者皆老朽之人也。非哦几十年八股，非写几十年白折，非当几十年差，非挨几十年俸，非递几十年手本，非唱几十年诺，非磕几十年头，非请几十年安，则必不能得一官，进一职⑰。其内任卿贰以上⑱，外任监司以上者，百人之中，其五官不备者，殆九十六七人也，非眼盲，则耳聋，非手颤，则足跛，否则半身不遂也。彼其一身饮食步履视听言语，尚且不能自了，须三四人在左右扶之捉之，乃能度日，于此而乃欲责之以国事，是何异立无数木偶而使之治天下也。且彼辈者，自其少壮之时，既已不知亚细、欧罗为何处地方，汉祖、唐宗是那朝皇帝；犹嫌其顽钝腐败之未臻其极，又必搓磨之，陶冶之，待其脑髓已涸，血管已塞，气息奄奄，与鬼为邻之时，然后将我二万里山河，四万万人命，一举而畀于其手⑲。呜呼！老大帝国，诚哉其老大也。而彼辈者，积其数十年之八股、白折、当差、挨俸、手本、唱诺、磕头、请安，千辛万苦，千苦万辛，乃始得此红顶花翎之服色，中堂大人之名号，乃出其全副精神，竭其毕生力量，以保持之。如彼乞儿，拾金一锭，虽轰雷盘旋其顶上，而两手犹紧抱其荷包，他事非所顾也，非所

⑰ [非哦几十年八股]数句：除非吟诵几十年八股文，写几十年的白折，当几十年差，熬几十年俸给，递几十年名帖，唱几十年的诺（原文如此，现代汉语用"喏"），磕几十年头，请几十年安，否则必定不能得一官，升一职。 哦：吟诵。 白折：臣下的进本。 挨：拖延、混日子。 手本：明清时拜见上司、贵人所用的名帖。
⑱ 卿贰：次于卿相的朝中高官，即二品、三品的京官。
⑲ 畀（bì）于其手：断送在他手上。 畀：交付、断送。

知也，非所闻也。于此而告之以亡国也，瓜分也，彼乌从而听之，乌从而信之[20]。即使果亡矣，果分矣，而吾今年既七十矣八十矣，但求其一两年内，洋人不来，强盗不起，我已快活过了一世矣。若不得已，则割三头两省之土地，奉申贺敬，以换我几个衙门；卖三几百万之人民作仆为奴，以赎我一条老命，有何不可，有何难办。呜呼！今之所谓老后、老臣、老将、老吏者，其修身、齐家、治国、平天下之手段，皆具于是矣。西风一夜催人老，凋尽朱颜白尽头。使走无常当医生，携催命符以祝寿，嗟乎痛哉！以此为国，是安得不老且死，且吾恐其未及岁而殇也[21]。

梁启超曰：造成今日之老大中国者，则中国老朽之冤业也；制出将来之少年中国者，则中国少年之责任也。彼老朽者何足道，彼与此世界作别之日不远矣，而我少年乃新来而与世界为缘。如僦屋者然[22]，彼明日将迁居他方，而我今日始入此室处。将迁居者，不爱护其窗栊，不洁治其庭庑，俗人恒情，亦何足怪[23]？若我少年者，前程浩浩，后顾茫茫。中国而为牛、为马、为奴、为隶，则烹脔鞭棰之惨酷，惟我少年当之[24]。中国如称霸宇内，主盟地球，则指挥顾盼之尊荣，惟我少年享之。于彼气息奄奄与鬼为邻者何与焉？彼而漠然置之，犹可言也；我而漠然置之，不可言也。使举国之少年而果为少年也，则吾中国为未来之国，其进步未可量也；使举国之少年而亦为老大也,则吾中国为过去之国,其澌亡可翘足而待也。故今日之责任,不在他人,而全在我少年。少年智则国智,少年富则国富,少年强则国强,少年独立则国独立,少年自由则国自由,少年进步则国进步,少年胜于欧洲则国胜于欧洲,少年雄于地球则国雄于地球。红日初升,其道大光;河出伏流,一泻汪洋。潜龙腾渊,鳞爪飞扬;乳虎啸谷,百兽震惶。鹰隼试翼,风尘吸张;奇花初胎,

⑳ 乌从:从哪里、怎么可能。
㉑ [使走无常当医生]六句:让替阎王勾魂的人作医生,带着催命符来祝寿,真是令人悲痛啊!用这样的方式治理国家,国家又怎么能不衰老死亡,何况我还担心它没有成年就夭折了? 走无常:据迷信的说法,阎王派遣活人作鬼差,去勾摄将死者的魂魄。承应鬼差的人,又称走无常。
㉒ 僦(jiù):租赁。
㉓ [俗人恒情]二句:世俗之人的常情就是如此,又有什么可奇怪的呢?
㉔ [中国而为牛、为马]三句:中国如果成为牛马奴隶,那么像烹烧、宰割、鞭打、棰楚这样的惨酷遭遇,就只有我们的少年去承受了。

矞矞皇皇。干将发硎,有作其芒[25]。天戴其苍,地履其黄。纵有千古,横有八荒[26]。前途似海,来日方长。美哉我少年中国,与天不老!壮哉我中国少年,与国无疆!

"三十功名尘与土,八千里路云和月。莫等闲白了少年头,空悲切。"此岳武穆《满江红》词句也。作者自六岁时即口受记忆,至今喜诵之不衰。自今以往,弃"哀时客"之名,更自名曰"少年中国之少年"。

[25] [干将发硎(xíng),有作其芒]:名为干将的宝剑在磨刀石上发刃,于是锋芒闪耀。 硎:磨刀石。 有作:"有"为助词,无义;作,始、发。
[26] [天戴其苍]四句:头顶着苍天,脚踏着黄土地。我们的历史追溯千古,我们的疆土占据八荒。

后记

《给孩子的古文》是活字文化"给孩子"系列中的一本，目的是为青少年读者提供一本好的古文读本。在"给孩子"的系列中，这是第一种包含了详细注释和导读的文学读本。就编撰者而言，选定篇目只是一个开始。从开始到成书，前后花费的时间，远远超出了最初的设想。

《给孩子的古文》于 2019 年 5 月出版，这一次趁着改版的机会，我对本书的文字部分做了一些补充和修订。增补了《论语》《列子》《庄子》和《世说新语》中的几个片段，并且修改、扩充了全书的注释，对部分导读也做了加写和改写。

在编撰和修订的过程中，我得到了许多师长和朋友的支持、鼓励和协助，在此一并致谢。首先要感谢活字文化的董秀玉和李学军，她们考虑得非常周到，从各个方面为我提供了支持与配合。在起步阶段，马维洁编辑协助我做了筹备工作，为全书打下一个基础。此后薛倩接手，负责本书的文字修订工作。最后由闫晟哲接任责编，主持完成了修订版的增补、修改。美编赵欣为这本书精心设计了雅致的封面和版式。此外，本书的题花设计选自徐冰《芥子园山水卷》，特此致谢。最让我高兴的是，李二民去年年初加盟活字文化。他不辞辛劳，反复核对，严格把关，及时推进了本书的修改与完成。

在这个读本的选目阶段，袁行霈先生提供了许多宝贵的建议。林鹤、郭院林审阅了本书的导读和注释部分，杨中薇、张一帆协助我补充了清代文选的注释，白谦慎、薛龙春回答了我有关书画的问题。作为"给孩子"丛书系列的发起者和主持者，北岛多方敦促，令我无法懈怠和拖延。李陀对这本书的关注，贯穿了从编撰到出版的全过程，丝毫不亚于他与北岛合编的《给孩子的散文》。在过去的几年当中，还有不少朋友和不相识的读者，以各种不同的方式提供了反馈和建议，我都酌情采纳并做了相应的修改。井玉贵特意寄来长信，逐条说明，尤其令我感动。他们的关心与期待，不断地提醒我，这本书有着特殊的意义，只能编好不能编坏。在《给孩子的古文》的修订版出版之际，我愿借此机会对他们表示最诚挚的谢意！

在此，我还要感谢哥伦比亚大学东亚系中国文学与文化中心，尤其是感谢黄、林基金的赞助者黄骅和林鹤。他们一如既往，给予了我无条件的支持。

最后，我要感谢我的妻子彭昕为我所做的一切，她在这本书上投注了巨大的热情。我们的女儿明明和青青正在读中学，这本书也是为她们编的，是送给她们的礼物。

2019 年 11 月 28 日